EVIDENCE
E.L.A.S
TO BE OPENED BY AUTHORIZED PERSONNEL ONLY
ESPECIALISTAS LITERÁRIAS NA ANATOMIA DO SUSPENSE
CRIME SCENE FICTION
DARKSIDE BOOKS

NOELLE
W. IHLI

E.L.A.S®
ESPECIALISTAS
LITERÁRIAS NA
ANATOMIA DO
SUSPENSE

ESPECIALISTAS LITERÁRIAS NA ANATOMIA DO SUSPENSE

CRIME SCENE® FICTION

Quaisquer referências a eventos históricos, pessoas reais ou lugares reais são utilizadas de forma ficcional. Nomes, personagens e lugares são produtos da imaginação da autora.

Diretor Editorial
Christiano Menezes

Diretor de Novos Negócios
Chico de Assis

Diretor de Planejamento
Marcel Souto Maior

Diretor Comercial
Gilberto Capelo

Diretora de Estratégia Editorial
Raquel Moritz

Gerente de Marca
Arthur Moraes

Gerente Editorial
Bruno Dorigatti

Editor
Paulo Raviere

Editor Assistente
Lucio Medeiros

Capa e Projeto Gráfico
Retina 78

Coordenador de Diagramação
Sergio Chaves

Designer Assistente
Jefferson Cortinove

Preparação
Marta de Almeida Sá

Revisão
Liana Amaral
Gabriela Mekhitarian

Finalização
Roberto Geronimo

Marketing Estratégico
Ag. Mandíbula

Impressão e Acabamento
Braspor

DADOS INTERNACIONAIS DE CATALOGAÇÃO NA PUBLICAÇÃO (CIP)
Jéssica de Oliveira Molinari CRB-8/9852

Ihli, Noelle W.
Chame por Andrea / Noelle W. Ihli ; tradução de Débora Isidoro.
— Rio de Janeiro : DarkSide Books, 2025.
256 p.

ISBN: 978-65-5598-565-8
Título original: Ask for Andrea

1. Ficção norte-americana 2. Suspense
I. Título II. Isidoro, Débora

25-3462 CDD 813

Índice para catálogo sistemático:
1. Ficção norte-americana

[2025]

DarkSide® *Entretenimento LTDA.*
Rua General Roca, 935/504 — Tijuca
20521-071 — Rio de Janeiro — RJ — Brasil
www.darksidebooks.com

NOELLE W. IHLI

CHAME POR ANDREA

TRADUÇÃO DÉBORA ISIDORO

E.L.A.S

DARKSIDE

Para Nate.

Eu vou te assombrar (mas só porque te amo).

1
MEGHAN

MONTANHAS OQUIRRH, UTAH

UM ANO ANTES

Apesar do peso esmagador do homem em cima de mim, meu cérebro gritava me dizendo para eu correr.

Corre, meu cérebro dizia, enquanto ele grunhia e apertava o cachecol — meu cachecol — em torno do meu pescoço.

Entretanto, em vez de correr, fiquei paralisada, como um rato sob a pata de um gato, até que a pressão e a dor desapareceram de repente.

Ele me olhou por alguns segundos enquanto se levantava, com a boca encurvada numa expressão de desgosto. Estava ofegante. Seu rosto pálido pairava sobre o meu na escuridão; a pinta singular em uma bochecha lembrava um ponto final rígido.

Ele deixou o cachecol rosa esverdeado cair no chão ao meu lado.

Corre, meu cérebro rugiu de novo. *CORRE!*

Continuei imóvel. Nem piscava.

Ele se virou para o carro que havia estacionado de maneira precária no acostamento da estrada esburacada de terra.

Só conseguia imaginar o que ele havia deixado no porta-malas. Porém eu sabia que, se não me mexesse, eu acabaria descobrindo.

E foi então que, enfim, eu corri; corri como um raio para as sombras dos pinheiros, onde havia muitos esconderijos, embora não houvesse segurança.

Desci escorregando por uma margem íngreme para um leito seco de rio, correndo ainda mais e me esforçando para não cair. Já nem sentia mais a dor no pescoço.

Não sabia para onde estava indo. Tudo o que eu sabia era que precisava estabelecer a maior distância possível entre mim e o impecável Kia Sorento azul. E, o mais importante, eu precisava me afastar do homem elegante de fala mansa que o dirigia, *o Agulha* — foi assim que o nomeei quando contei a Sharesa sobre nosso encontro iminente. A agulha no palheiro de solteiros do aplicativo MatchStrike: pais divorciados com filhos, acordos complicados de guarda e as fotos constrangedoras no banheiro de academia.

Jimmy era diferente. Com aqueles olhos escuros num tom de âmbar, a barba bem aparada cobrindo o queixo anguloso e um corte de cabelo de risca definida, ele era quase um sósia de Chris Hemsworth.

Quando mostrei sua foto para Sharesa, ela gritou de verdade.

Por outro lado, eu tentava segurar as expectativas. Essa cena dos relacionamentos online não era nova para mim. Depois do meu plantão, peguei um Uber para o Gracie's Spot, em Salt Lake, e me preparei para conhecer o primo esquisito do Chris Hemsworth. Até mandei uma mensagem para Sharesa quando estava a caminho. *Liga para mim em uma hora com uma boa desculpa?* Vi os pontinhos aparecerem logo depois de tocar em enviar. *Qual é? Você sabe que está sedenta.* Revirei os olhos. Mais pontinhos. *Eu ligo <3.*

Ficamos conversando em uma mesa no fundo do Gracie's até o bar fechar, às onze da noite. Fui ao banheiro e mandei uma mensagem para Sharesa avisando que, enfim, eu não precisaria de resgate.

Ela respondeu no mesmo instante, como de costume: *Sedeeenta.*

Eu estava lavando as mãos quando um papel preso no espelho do banheiro chamou minha atenção. "Seu encontro não está indo bem? Está se sentindo em perigo ou um pouco incomodada? Mande chamar Andrea no balcão. Vamos garantir que você chegue em casa segura." Sorri e enxuguei as mãos, sentindo-me grata por não precisar perguntar quem era Andrea. Não nessa noite. Não por causa dele.

Parei de olhar para o papel e observei meu reflexo no espelho. Tinha dedicado mais tempo ao cabelo, que costumo manter reto e solto sobre os ombros. Mais cedo, eu tinha criado ondas que pareciam fios de ouro à luz do restaurante. Retoquei o batom rosa-escuro que havia se tornado minha marca registrada ao longo dos anos e comprimi os lábios, imaginando se ele me beijaria mais tarde.

Bebi duas cervejas durante a noite. Não o suficiente para me deixar bêbada, nem perto disso. Apenas o bastante para me ajudar a relaxar. Porque, na verdade, ele não parecia o primo esquisito do Chris Hemsworth. Era atencioso e divertido. Até a pinta grande na bochecha o deixava mais atraente.

Ele bebeu ginger ale. Isso não me abalou. Eu morava em Utah, afinal.

A última coisa de que me lembro é que eu me senti meio quente demais. E muito, muito feliz. As luzes coloridas brilhando nos modernos lustres *sputnik* pareciam, de repente, ter auras. Então, quando ele se propôs a me levar para casa, em vez de ficar esperando um Uber no frio, eu nem hesitei.

Os bancos tinham aquelas coberturas de papel amassado, como se o carro tivesse sido lavado há pouco tempo.

Essa é a última coisa de que me lembro. Até acordar com as mãos dele — e meu cachecol — apertando meu pescoço. As luzes alegres do Gracie's haviam desaparecido; tinham sido substituídas pelo cheiro fresco dos pinheiros, pela terra sob meu cabelo e pelo redemoinho escuro do ar gelado da noite.

Por alguns instantes, não consegui entender o que estava acontecendo. Não conseguia gritar. Não conseguia me mexer. Não conseguiria nem dizer onde estava. Só sabia que tudo em mim doía.

A lembrança do nosso encontro rompeu a névoa quando vi os olhos dele brilhando em cima de mim. Não eram mais afetuosos nem cor de âmbar, como os vi à mesa do Gracie's. Esses olhos eram frios. Estavam arregalados. E cheios de fúria.

Pensei no papel no espelho do banheiro do Gracie's *Mande chamar Andrea.*

Andrea não poderia me ajudar agora. Ninguém poderia.

Eu me movi mais depressa do que jamais havia me movido na vida; nem me lembrei do latejar na cabeça e no peito e da pressão esmagadora do cachecol.

Não interessava para onde eu iria. Tudo o que importava era estabelecer a maior distância possível entre nós, mesmo que para isso eu tivesse que correr para dentro do bosque assustador.

Pensei ter ouvido alguém gritar quando me lancei correndo pela margem rochosa do leito do riacho raso. Parecia uma voz de mulher.

Ignorei o chamado e continuei correndo.

Ele não me seguiu. Não precisava.

Porque, quando parei de correr, percebi, assombrada, que não estava ofegante.

Com a mesma velocidade, o assombro se transformou em horror.

Eu não estava ofegante porque não estava respirando.

2
BRECIA

BOULDER, COLORADO

DOIS ANOS ANTES

Percebi que estava morta da mesma maneira que você percebe que estava sonhando, antes de acordar. Só que de trás para a frente, acho. Porque o pesadelo foi real.

De início, eu não sabia que havia acontecido. Pelo menos durante alguns segundos. Não até me levantar — enquanto meu corpo inteiro continuava imóvel. Olhei para o pijama de cambraia macia que havia vestido ao chegar em casa, ao voltar do trabalho, que agora estava sujo e úmido. Uma das minhas pantufas tinha sido chutado, então, dava para ver o esmalte cor de pêssego descascado nas unhas do meu pé descalço. Meu cabelo comprido e escuro estava coberto com alguma coisa mais escura ainda e pegajosa. Eu não sentia mais o latejar na cabeça ou a horrível pressão no pescoço.

Ele também estava olhando para mim. Não para *mim*, eu. Para o meu corpo. Para meus olhos cor de avelã, injetados de sangue, que não piscavam. Ele respirava com dificuldade, inexpressivo. Ainda segurava o fio da extensão.

Tinha deixado crescer uma barba tipo Joaquin Phoenix que quase disfarçava a pinta escura na bochecha, mas não a escondia por completo. A mudança o fazia parecer dez anos mais velho do que na última vez que o vi. Se ele usasse essa barba naquela época, talvez não tivéssemos saído. Não me entenda mal: adoro uma barba por fazer, mas essa coisa era quase um ninho de passarinho. E o rebaixava de uma nota nove confortável para um belo de um três.

Um ano atrás, tínhamos namorado por uma semana. Como sei disso? Porque ele ficou chateado quando passei nosso "aniversário de uma semana" com minhas amigas. Não consegui entender por que isso o incomodou tanto. Era aniversário da Lanelle. E, como já disse, estávamos juntos havia *uma semana*. Mesmo assim, falei sobre ele o tempo todo. Não tinha namorado muito desde o fim do último relacionamento, dois anos antes, e era bom voltar a falar a palavra "namorado". Foi bom responder a todas as perguntas picantes regadas a margaritas de melancia sobre se ele beijava bem (sim), se era bom de cama (não sabia, estávamos só começando) e como nos conhecemos. Essa última pergunta foi mais complicada de responder. Não me orgulhava de, enfim, ter atingido o grau de desespero necessário para criar um perfil no MatchStrike. Por isso, me esquivei da pergunta. Decidi que, se a gente durasse, eu confessaria.

Quando o encontrei a caminho da saída do restaurante depois da festa de Lanelle, não soube o que pensar, de início. Ele sorriu aquele sorriso bonito e agiu como se tudo fosse uma coincidência maluca. E foi assim que contei a história do encontro para Lanelle e minhas outras amigas. Pude perceber que elas o acharam fofo. Que eu tinha me dado bem. Então, ignorei a sensação desagradável no estômago enquanto tentava me lembrar se havia mencionado o nome do restaurante mais cedo. Tinha certeza absoluta de que não havia falado nada.

Aceitei a carona dele para casa, embora isso me obrigasse a deixar meu carro no estacionamento do Barbacoa. No começo, ele só parecia feliz por me ver. Mas, quando lhe perguntei quem havia ido encontrar no Barbacoa, ele meio que mudou de assunto. Então, perguntei de novo. E foi nesse momento que do nada ele explodiu.

Falou sem parar sobre o fato de eu o ter dispensado para sair com minhas amigas. Depois, me acusou de não ter ficado feliz por encontrá-lo no restaurante.

Mais tarde, naquela mesma noite, mandei uma mensagem para ele dizendo que achava que era melhor terminarmos tudo. Ele tentou me ligar no mesmo instante. Não atendi, e ele ligou de novo. E de novo. Pus o celular no modo avião e fui dormir, ainda sentindo o efeito das margaritas de melancia e arrependida por não ter esperado mais para falar sobre ele com as garotas.

Na manhã seguinte, quando acordei, tinha 22 mensagens esperando por mim no celular. Começaram doces. Ele havia tido um dia terrível e só queria me ver. Entendia por que fiquei chateada. Podíamos tentar de novo? Quando cheguei à última mensagem, eu era uma vadia gorda. Uma vadia gorda que havia desperdiçado o tempo dele. Assim que terminei de ler essa mensagem, chegou outra. Ele podia ver que eu tinha lido as mensagens, então, por que eu não respondia? Eu tinha desperdiçado seu tempo, partido seu coração e, agora, nem respondia às mensagens.

E elas continuaram a chegar durante os três dias seguintes, embora eu não as respondesse. Por fim, bloqueei o número dele e denunciei seu perfil no MatchStrike, intencionando poupar outras garotas de viver o mesmo problema.

Quando as mensagens pararam de chegar, eu me esqueci dele.

Redecorei meu duplex. Mudei de emprego e consegui um salário melhor. Cortei uma franja e fiz luzes no cabelo. Apaguei o perfil no MatchStrike depois de um punhado de esquisitos que não passaram nem do segundo encontro. E adotei um gato — um pestinha chamado Frank.

Portanto, quando saí de pijama naquela noite para levar o lixo na rua, ele era a última pessoa que eu esperava ver.

A princípio, nem o reconheci com aquela barba horrorosa. Ele estava lá parado de um jeito quase casual, como se, talvez, tudo não passasse de uma coincidência. Como naquela noite no Barbacoa. Mas dessa vez ele estava no meu quintal lateral. Atrás da minha cerca.

Quase gritei. Só me contive quando reconheci seus olhos. Sendo bem honesta, fiquei um pouco aliviada quando vi que não era um desconhecido.

E depois fiquei furiosa. Fazia um *ano.* Qual era a *porra* do problema desse cara, para aparecer desse jeito? E me assustar assim? Ele achava que agora eu o aceitaria de volta?

Foi quando ele mostrou o fio da extensão. Da minha extensão. Eu o reconheci em câmera lenta quando ele começou a se aproximar de mim. Ainda não havia me lembrado de levar o fio para dentro, depois de usá-lo para ligar as luzes de Natal, que, por fim, me convenci a instalar.

Se quer saber, estrangular alguém é um negócio que leva tempo. Ouvi isso uma vez em um episódio de *Investigation Discovery*. Posso dizer que demora ainda mais quando é você quem está sendo estrangulada. Minha garganta pegava fogo. Minha cabeça pegava fogo. Meu peito pegava fogo. Até meus olhos pareciam estar queimando. Eu não conseguia emitir nenhum som. Não enxergava nada, e as lágrimas escorriam por meu rosto.

Acho que para ele também estava demorando demais. Porque, no fim, ele bateu minha cabeça no chão de cimento. Depois disso, tudo escureceu. O fogo insuportável se apagou de repente, desapareceu junto com o frio no ar e a sensação do chão molhado, áspero.

Quando vislumbrei pela primeira vez, bem, eu ainda não sabia bem como chamar aquilo... Minha alma? Meu espírito? Meu eco? Foi mais ou menos como olhar para o meu reflexo no espelho. Eu não flutuava na brisa, nada disso. Não era transparente. Só não estava mais viva. Ainda usava o pijama e o chinelo, mas estavam limpos, como alguns minutos antes.

Assim que percebeu que eu estava morta — o que aconteceu um minuto depois que *eu* mesma percebi que estava morta —, ele saiu correndo pelo portão dos fundos. Fiquei em pé ao lado do meu corpo e da lata de lixo que havia acabado de tirar da garagem.

Fui atrás dele, e logo descobri que conseguia acompanhá-lo com facilidade — algo que jamais poderia ter dito sobre mim mesma enquanto estava viva. Cheguei a segurar seu braço e vi meus dedos tocarem de leve seu ombro. Esperava que eles passassem direto, que atravessassem seu corpo.

A rigor, não se pode dizer que ele não reagiu, mas passou a andar mais depressa na calçada escura, até chegar ao Kia azul que havia deixado no fim da rua.

Quando ele abriu a porta do motorista, mergulhei de cabeça dentro do automóvel. Não ia correr o risco de deixá-lo escapar, se aquela porta batesse na minha cara.

Quando o vi entrar apressado no carro, soube que não podia fazer nada pela garota caída no chão com sangue no cabelo. Não podia fazer nada por Frank, que talvez ainda estivesse dormindo na grande poltrona estofada no meu quarto.

Ninguém me procuraria esta noite. Ninguém perceberia o meu desaparecimento, muito menos que eu estava morta, não até a manhã seguinte, quando sentissem minha falta no trabalho. Ninguém poderia fazer nada para me ajudar agora.

Antes de ligar o carro, ele usou um pacote de lenços umedecidos para limpar as mãos. Com cuidado. De um modo quase delicado. Como se não tivesse acabado de usá-las para enrolar um fio sujo de extensão em volta do meu pescoço ao lado da minha lata de lixo, no meu quintal lateral, até conseguir me fazer parar de respirar.

Quando penso nisso agora, sei que foi nesse momento que decidi que ia assombrá-lo.

Eu o observei do assento do passageiro enquanto ele dirigia. Seus olhos cor de âmbar, negros na escuridão do carro, permaneciam atentos à rua enquanto ele percorria o trajeto de vinte minutos até sua casa.

Não era o apartamento sobre o qual ele me falou no ano anterior — onde alguém com quem ele dividia o espaço costumava deixar as meias na cozinha. Em vez disso, era uma casinha térrea de tijolos no estilo da década de 1970 em Broomfield, com uma lâmpada queimada na varanda.

Eu o segui pela calçada interna até a casa, passando por um triciclo caído sobre um canteiro de flores dominado pelo mato e um emaranhado de Barbies seminuas nos degraus da entrada.

A única lâmpada acesa na varanda piscou quando ele girou a maçaneta e entrou na casa, fechou a porta e me deixou do lado de fora, onde passei um tempo olhando para os brinquedos e para a profusão de azaleias nos canteiros que eu sabia que ele não tinha plantado.

Depois que ele entrou, descobri que não era capaz de atravessar a porta fechada. Então, fiquei feliz por ter entrado no carro quando tive chance.

Fiquei do lado de fora, na varanda, durante algum tempo, porque, apesar de todos os filmes de terror a que tinha assistido, eu não tinha nenhuma informação útil sobre estar morta. Eu poderia fazer a maçaneta se mover, se me concentrasse de verdade? Não. O que aconteceria se eu gritasse? Tentei. Eu me ouvia bem, mas, considerando a reação do homem que passava pela rua com o cachorro, ninguém mais me ouvia.

Bem, não foi bem assim. O cachorro, um schnauzer cinza, parou e olhou diretamente para a varanda.

Senti uma ponta de esperança. "Ei, amigão! Oi!" O schnauzer rosnou baixinho. Farejou o chão. Depois, continuou andando. O dono nem desviou o olhar da luz azulada da tela do celular.

Dei as costas para o cachorro inútil e me sentei na escada da varanda. Observei minhas mãos — o reflexo das minhas mãos. Vi como elas descansavam sobre o reflexo dos meus joelhos. O modo como meus pés repousavam sobre o concreto rachado. Quase sem tocar o chão, como se eu fosse feita de alguma coisa pouco mais pesada que o ar.

Tentei afastar uma folha no degrau e a vi se mover de uma forma quase imperceptível, tanto que nem saberia dizer se tinha sido a brisa da noite.

Você está morta, eu disse a mim mesma com firmeza. *Pode ficar triste.*

Quando minha tia preferida morreu em um acidente de automóvel, o amortecimento da negação durou uma hora. Foi um choque muito grande. Não consegui absorver o impacto. Quando a realidade, por fim, se impôs, tive a sensação de que todo o ar deixava meu corpo. Foi esse o sentimento. Entretanto, dessa vez, a coisa horrível havia acontecido comigo.

Vi silhuetas turvas se movendo atrás do vidro granulado da janela da cozinha, acima do canteiro de flores. Pisei nas azaleias e vi meu reflexo se fragmentar pelos espaços entre as plantas. Elas não se moviam. *Eu* me movia.

Teria sido algo muito fascinante, caso eu não tivesse acabado de ser assassinada; no entanto, aquilo me deu uma ideia. Eu não conseguia atravessar paredes. Nem segurar nada. Era como se tivesse o poder do ar noturno. Não do vento, nem isso. *Do ar.*

Passei um tempo pensando nessa ideia, vendo as folhas das azaleias dançando com a brisa leve. Levantei a mão e tentei agarrar algumas flores no arbusto mais próximo. Dessa vez, observei com mais atenção quando minha mão escorregou como fumaça entre dois grandes botões cor-de-rosa.

Não era vento; era ar. Mas o ar podia ir aos lugares. E isso me deu uma ideia.

Contornei a casa até encontrar o portão lateral, que estava fechado. Dali eu podia ver o quintal que ladeava a casa e as latas de lixo através das ripas. Foquei o ar entre as ripas e segui em frente.

Atravessei a cerca com facilidade.

Olhei para uma portinhola de gato meio aberta na entrada da garagem. Passei por ela também. Nenhum problema.

A luz estava acesa, iluminando uma garagem bem-organizada e algumas fileiras de caixas empilhadas de um lado e uma minivan do outro. Olhei rápido para as caixas. Estavam etiquetadas: cozinha, banheiro, quarto etc. Um rolo de etiquetas e um marcador permanente tinham sido deixados em cima da caixa no alto da pilha.

Ele estava se mudando.

Ouvi um barulho atrás de mim e me virei a tempo de ver um gatinho malhado entrar na garagem pela portinhola.

"Oi, gatinho", falei em voz baixa, e juro que ele se sentou e olhou direto para mim por alguns segundos, antes de se acomodar na frente de uma tigela com comida para gato. Eu o segui e me abaixei ao lado dele, enquanto o gato comia. Pensei em Frank e em seu miado melódico. Ele devia estar arranhando o carpete ao pé da escada em sinal de protesto por ainda não ter sido alimentado.

Eu sabia que não podia chorar lágrimas de verdade. Mesmo assim, senti o ardor familiar no fundo dos olhos e a tristeza se espalhando dentro de mim. Nunca mais sentiria o pelo macio embaixo do queixo de Frank, nem ouviria seu ronronado rouco quando ele se deitava ao meu lado na cama e fechava os olhos.

Esse sentimento cresceu, e eu ouvi um estalo abafado antes de a garagem mergulhar na escuridão.

Paralisada, ouvi o chiado baixo do filamento na lâmpada.

"Acho que eu fiz isso", cochichei para o gato, que continuou comendo.

Havia pequenos pontos de luz em volta da porta de entrada da casa dele. Caminhei até lá e ouvi vozes abafadas vindas de lá de dentro.

Uma hora atrás, ele havia tirado tudo o que eu tinha.

Eu não sabia como, mas jurei que retribuiria o favor.

3
SKYE

KUNA, IDAHO

AGORA

Naquele verão, ele ia muito ao café Daily Grind quando eu estava de plantão.

Isso não me incomodava. Eu até esperava animada, na verdade. Ele me dava gorjetas. Era bonitinho. Um dos poucos brancos em Idaho que não tentava puxar conversa para descobrir de onde eu era *de verdade*, nem aproveitava a oportunidade para testar seu espanhol ruim. (Para decepção de minha mãe, fiz apenas um ano de espanhol como matéria eletiva no fim do ensino fundamental.)

Ele me chamava de "Dolly", porque eu usava uma camiseta da Dolly Parton na primeira vez que ele entrou e pediu um chocolate quente. Nunca bebia café. Sempre chocolate quente. Isso era um pouco incomum, então, eu me lembrava do pedido. Comecei a desenhar uma carinha sorridente no copo, ao lado do nome dele. *James.*

"Obrigado, Dolly", ele sempre dizia com um sorriso que me fazia corar. E eu, é claro, murmurava alguma coisa acanhada e me afastava para ir preparar o próximo pedido. Seus olhos cor de âmbar — juro, pareciam ser de ouro escuro, líquido — me seguiam, mas eu fingia não notar.

Ken, o gerente, brincava comigo de vez em quando por causa disso. Falou que eu deveria anotar meu número de telefone no copo, na próxima vez que ele aparecesse. "O cara do chocolate quente que é a cara do Chris Hemsworth está flertando com você", Ken comentou, arqueando as sobrancelhas. "A bola está no seu campo, pão de mel."

Quase segui sua sugestão. Pensei nisso algumas vezes enquanto torrava o *bagel* de um cliente ou acrescentava 5,5 doses de calda de caramelo ao *frappuccino* de alguém. Era constrangedor admitir — até para mim mesma — que nunca tinha ido a um *date* de verdade, muito menos tomado a iniciativa para isso. Dizia a mim mesma que a faculdade serviria para isso. Quando chegasse lá, no outono, trocaria de pele, de algum jeito, e me libertaria da timidez ao passar pela entrada do campus da Idaho State University.

Não era incomum vê-lo três ou quatro vezes por semana naquele verão; no entanto, algumas semanas antes da data marcada para a minha partida para a ISU, ele sumiu. Senti uma tristeza estranha por causa disso, como se tivesse perdido minha oportunidade, ou coisa parecida. Imaginava o rosto dele enquanto trabalhava, melancólica por pensar que, talvez, nunca mais o veria. Ele aparentava ser bem mais velho que eu, devia ter quase trinta. Mas era tão bonito com aqueles olhos cor de caramelo, o cabelo escuro e a pinta que lhe dava um ar dramático de celebridade, que eu nem me importava com isso.

Tive a sensação de que era o destino em ação quando, no último dia de trabalho antes de eu partir para a ISU, ele passou pela porta com aquele sorriso largo e pediu o de sempre. Senti o rosto esquentar enquanto tentava me convencer a anotar meu número no copo de chocolate quente. Disse a mim mesma que seria um treino, acho. Para provar que estava pronta para a faculdade (não estava). Mas amarelei. Eu iria embora em dois dias, então de que adiantaria?

Contei para ele que aquele era meu último dia de trabalho. Disse a ele que era quase certo que não nos veríamos de novo no Daily Grind. Tive a impressão de que a notícia o deixou desapontado de verdade num primeiro momento, mas depois ele deu de ombros. "Bem, vou sentir sua falta, Dolly."

Meu rosto ficou ainda mais quente, e eu fingi que a máquina de expresso estava vazando até ele ir embora. *Idiota*, disse a mim mesma. Eu me lembrava das palavras ofensivas em espanhol.

Terminei meu turno às quatro horas e entreguei o meu avental e o crachá de funcionária. Abracei Ken e prometi a ele que mandaria mensagens. Então saí e caminhei em direção ao ponto de ônibus. Estava prestes a tocar na setinha verde e mandar uma mensagem para minha mãe, para falar sobre o jantar — "*pupusas* em nosso *food truck* preferido?"; eu não tinha almoçado e estava faminta —, quando vi um carro reduzir a velocidade ao meu lado no estacionamento do shopping.

Era ele.

Ele olhou para mim com aquele sorriso, como se estivesse tão surpreso quanto eu. Como se fosse o destino. Então, disse: "Oi, Dolly. Quer uma carona?".

Nem hesitei. O universo me dava uma segunda chance, depois de eu ter estragado tudo mais cedo — e todas aquelas outras vezes. Ignorei com facilidade minha voz interior que perguntava baixinho o que ele ainda estava fazendo no shopping deserto, duas horas depois de que o vi pela última vez.

"É claro, por que não?", respondi, satisfeita com minha voz firme, apesar de sentir o coração batendo forte no peito. *Não é nada muito importante*, disse a mim mesma. *Ele não é um desconhecido*. Ajeitei meus cachos, que estavam caóticos, como sempre depois de um dia de trabalho. Em seguida, entrei no Kia azul e afivelei o cinto de segurança.

"Não quer comer alguma coisa antes?", ele perguntou.

Senti meu coração se acalmar um pouco.

"Quero! Estou morrendo de fome", respondi, corando e olhando para a pinta em seu rosto. Isso transformava a situação em um *date*. Eu mal podia esperar para contar tudo ao Ken, mais tarde. Ele ficaria muito orgulhoso de mim.

Ele sorriu.

"Então, vou te levar ao meu lugar preferido, ok? É meio fora de mão, mas vale a pena."

A voz na minha cabeça se manifestou de novo. Morei em Kuna durante toda a minha vida. Não havia muitos lugares que eu não conhecesse. Sobretudo lugares que serviam comida.

"Que lugar é esse?", perguntei.

Ele balançou a cabeça.

"Você vai ver."

No caminho, ele fez algumas perguntas. Perguntou sobre minha família. Se eu tinha ido visitar El Salvador (uma vez, quando eu era bebê). De que tipo de música eu gostava. O que eu queria estudar. Se era uma pessoa matinal ou uma coruja. Pergunta atrás de pergunta. Como se eu fosse a pessoa mais interessante do mundo. E tudo com aquele sorriso. Olhando para mim de modo discreto ao entrar na interestadual em direção a Boise.

Eu me convenci a relaxar. Boise ficava a trinta minutos dali, mas tinha mais restaurantes.

Passei a me concentrar no que ele estava dizendo e tentei me divertir. Ele contava uma história sobre uma das pessoas com quem dividia a casa, alguém que levou um litrão de cerveja, em vez de um barril, na última festa que fizeram. Dei risada, porque não sabia bem qual era a diferença entre um e outro, porém não queria demonstrar. Ele parecia meio velho para ainda estar fazendo festinhas em casa, mas o que eu sabia da vida?

Cinco minutos depois, ele deu seta para sair da interestadual. Olhei para a placa. Blacks Creek. Kura-Mora Road. Meu estômago revirou. Ele não mudou de tom, continuou contando a história. Estive em Blacks Creek Road uma vez para fazer uma trilha. Até onde eu sabia, não havia restaurantes por ali. Só colinas e cânions.

Meu estômago começou a doer.

"Você pegou a saída certa?", perguntei com o tom de voz mais suave possível. Ainda temia estragar tudo. Ferir os sentimentos dele. Desapontá-lo. Revelar que eu era uma menina que nunca teve um encontro de verdade, nem beijou um garoto. Que Ken — que tinha um namorado — era o único homem com quem eu convivia.

"Nunca esteve no Moe's?", perguntou, me olhando com uma expressão de surpresa autêntica. "E cresceu aqui?" Então, ele sorriu, e acreditei nele.

Só por precaução, decidi mandar uma mensagem para minha mãe.

"Ah, o Moe's?", blefei. "Sim, sempre quis conhecer." Engoli em seco ao tirar o celular do bolso da jaqueta. "Vou avisar minha mãe. Eu disse que voltaria para casa cedo."

Enquanto falava, olhei para a tela e não vi nenhum risquinho.

Meus polegares pairavam sobre a caixa de texto enquanto eu lia várias vezes a última mensagem da minha mãe. *Te quiero, mi'ja.*

A sensação de enjoo voltou. E, quando olhei para ele, vi que estava me observando. Forcei um sorriso.

Ele reagiu com naturalidade.

"Não tem sinal por uns dois quilômetros, mas, depois daquela colina, vai ter pelo menos metade da potência, três risquinhos. Nenhum problema. Se quiser, paro lá e você manda a mensagem."

A passagem imediata de pavor para alívio me deixou tonta, e dessa vez o sorriso foi verdadeiro. Talvez o Moe's existisse. Talvez estivesse tudo bem. Eu estava nervosa por nada. Como sempre.

"Quero", respondi, tão espontânea quanto pude. "Ela vai ficar preocupada, se eu não der sinal de vida."

Alguns minutos depois, fizemos uma curva na estrada. Havia uma placa logo adiante, "Saída do Rancho", e ele reduziu a velocidade e deu seta para entrar em uma via que era pouco mais que uma trilha de terra. Olhei para o meu celular enquanto os pneus rangiam contra a superfície irregular e rochosa.

Ainda sem sinal.

Ele falou como se lesse meus pensamentos, apontando para fora do carro.

"Se ainda estiver sem sinal, aquele lugar ao lado do riacho deve resolver seu problema." E sorriu. "Eu o descobri por acaso quando meu amigo Greg teve que urinar no caminho."

Dei risada e saí do carro, olhando para o celular enquanto caminhava em direção ao riacho.

Ainda sem sinal.

Levantei o celular, dei mais alguns passos e tentei de novo.

Nada.

E foi então que ele me agarrou por trás. Uma das mãos puxou minha cabeça pelo cabelo. A outra segurou meu pescoço enquanto me jogava no chão. Caí de bruços, mas o único som que consegui emitir foi um grunhido abafado quando os joelhos dele me imobilizaram.

Tentei gritar. Tentei girar o corpo para tirá-lo de cima de mim. Tentei lutar.

Meu único foco era conseguir tirar as mãos dele do meu pescoço.

Quando fazia o quarto ano, o menino que morava na casa ao lado da minha — o nome dele era Dewey — se afogou na banheira de hidromassagem do quintal dos fundos. Ele tentou entrar na água enquanto a mãe fazia o almoço, e a cobertura caiu em cima dele. Depois disso, passei a ter dificuldade para pegar no sono à noite. Não conseguia deixar de pensar em como aquilo devia ter sido para ele.

Não conseguia pensar em maneira pior para morrer do que por afogamento.

Até este momento.

Não deve ter demorado mais que uns dois minutos até eu perder a consciência, mas os segundos pareciam se expandir enquanto tentava — em vão — encontrar um jeito de fazê-lo parar.

Quando a escuridão, por fim, me engoliu, a dor e a pressão desapareceram com a luz.

Quando a luz reapareceu, ainda conseguia ouvi-lo grunhindo atrás de mim. Ainda via a terra e o cascalho embaixo do meu rosto. Todo o resto estava entorpecido.

No entanto, para meu espanto, rolei para longe das mãos dele.

Fiquei horrorizada, mas ele nem percebeu. Porque a garota de cabelos escuros e cacheados, deitada na terra com o rosto voltado para baixo, não se mexeu.

Já tinha visto aqueles especiais do programa *Dateline* sobre pessoas que tiveram experiências fora do corpo. Experiências de quase morte. Percebi bem rápido que era isso que estava acontecendo.

"SAI DE CIMA DE MIM", gritei e me atirei sobre ele.

Meus punhos socavam suas costas com a mesma força das asas de uma borboleta.

"Para, para, para!", gritei de novo.

Sabia que ele não podia me ouvir. Não tinha certeza nem de que eu mesma conseguia me ouvir.

A garota no chão — eu — não reagia mais. Seus lábios estavam azuis. Uma longa linha de saliva escorria de um canto de sua boca. Os olhos não estavam fechados, mas também não estavam abertos.

O som distante de um veículo na interestadual foi o que o fez parar. Não era perto, no entanto não havia um lugar onde se esconder ali, além de algumas sálvias rasteiras e o riacho raso.

Vi quando, enfim, se levantou e inspecionou as mãos; depois, voltou para o Kia azul.

Nem olhou para trás, para o corpo no chão.

Quando ouvi os pneus do carro derrapando no cascalho da estrada, esperei acontecer. Minha alma se reunir ao corpo sem vida e sujo no chão de terra.

Eu me sentei e permaneci o mais perto possível do meu corpo.

"Ele foi embora", sussurrei. "Pode acordar."

Eu me imaginei voltando ao corpo, foquei toda a atenção no que senti nos momentos antes de tudo ficar escuro. Eu me deitei ao meu lado, esperando sentir de novo, de repente, toda a dor, o desespero para respirar. Era isso que acontecia no episódio de *Dateline.* A pessoa se via fora do corpo e, de repente, pá, voltava para ele. Ou algum tipo de ser amoroso aparecia para avisar que ainda não era sua hora de encontrar Deus.

"Volta", sussurrei. Pensei em minha mãe, já em casa depois de um dia de trabalho, tentando descobrir por que eu ainda não havia chegado. Querendo saber por que eu não havia mandado uma mensagem. Se eu ia querer duas ou três *pupusas*.

Meu celular estava caído na terra ao meu lado. Consegui ver um canto preso embaixo da minha coxa.

Quieto, silencioso.

Como eu.

4

MEGHAN

MONTANHAS OQUIRRH, UTAH

UM ANO ANTES

Levei a noite inteira para encontrar o caminho de volta ao meu corpo na floresta escura.

Um pedaço de lua proporcionava a luminosidade suficiente para me levar de volta à ravina rochosa. De lá, tudo se tornou um jogo impossível de adivinhação entre arbustos, calcário esfarelado e centenas de pinheiros esqueléticos que pareciam ser idênticos.

Não houve tropeços nem tombos para me atrasar enquanto eu caminhava em meio à escuridão. Por outro lado, descobri que ser fantasma não me equipava com um aplicativo de mapa. E não me fazia ter menos medo do escuro. A noite estava repleta de ruídos de galhos se partindo e de murmúrios sobrenaturais. Eu gritava de pavor e frustração o tempo todo. O som não ecoava.

Apesar de todo o esforço para me mover, como os espíritos que eu via na TV, meus pés permaneciam no chão, na sapatilha coral que eu usava antes.

Acima de mim, as estrelas eram mais brilhantes do que eu jamais tinha visto. Todo o restante à minha volta era tragado pela mais completa escuridão.

Sempre gostei de acampar — nas poucas vezes que acampei, pelo menos. Mesmo assim, eu era tão rápida quanto todo mundo para me posicionar perto da fogueira ou me fechar na barraca assim que o sol se punha. A natureza era linda, de longe. De perto, costumava ser aterrorizante.

A cada graveto quebrado ou a cada galho farfalhando, eu congelava. Ou gritava.

De algum lugar distante, ouvi o coro animado de coiotes.

Não que eu tivesse medo de que alguma coisa ruim acontecesse comigo. O pior já havia acontecido. O medo era diferente de quando eu estava viva. Meu coração não disparava. A respiração não acelerava. Eu só sentia o pavor de estar sozinha, de estar perdida, de estar morta, e sentia em todas as partes que restavam de mim.

Quando fiz uma curva e me deparei com um par de olhos enormes e brilhantes olhando para mim de cima de uma pedra, dei um grito.

Os olhos não desapareceram. Pelo contrário, se aproximaram mais, antes de eu correr. Pontinhos brilhantes como estrelas giravam na minha frente enquanto eu me movia cada vez mais depressa, gritando, implorando um socorro que eu sabia que não viria.

Foram os coiotes que me levaram de volta ao meu corpo quando o céu se tornou cinzento sobre o horizonte rochoso.

Eles haviam parado de uivar. No entanto, quando subi uma encosta vagamente familiar, ouvi rosnados e grunhidos além da ravina.

A primeira coisa que vi foi um dos meus sapatos cor de coral: o gêmeo mortal e surrado dos reflexos imaculados nos meus pés. Eu estava deitada sobre a terra, e havia alguma coisa escura cobrindo a minha língua.

Havia cinco coiotes logo depois do sapato. Eram tão magros e pequenos que eu não teria sentido medo deles à luz do dia. Na escuridão, a história era outra. Costas encurvadas, olhos verdes brilhando, dentes à mostra, bocas cobertas de uma substância escura que eu sabia que era sangue; eles compunham uma imagem apavorante.

Senti o terror se expandir até ficar grande demais para eu conseguir contê-lo.

"Vão embora!", gritei, dando um passo em direção a eles.

Para minha surpresa, cinco cabeças se viraram em minha direção quando os rosnados cessaram.

O coiote que estava mais perto de mim, que tinha uma mancha escura na cabeça, retraiu os lábios para mostrar os dentes afiados.

“Saiam daqui”, gritei de novo e dei mais um passo adiante.

Eles baixaram as orelhas e farejaram o ar, recuando hesitantes e se afastando alguns passos do meu corpo.

Dei mais um passo à frente, ainda gritando.

Não dá para dizer que eles chegaram a se encolher, mas também não voltaram à refeição.

O coiote com a mancha escura rosnou e deu uma volta em torno dos companheiros — me permitindo enxergar além dele.

Eu ainda não tinha visto um corpo sem vida antes, exceto na TV.

Muito menos meu próprio corpo morto.

Medo e repulsa me invadiram como uma imensa descarga elétrica, e eu me afastei do cadáver mutilado e ensanguentado no chão. Uma das minhas pernas estava em frangalhos do joelho para baixo, presa por cordões escuros. Eles haviam rasgado minha barriga, deixando as entranhas cintilantes meio espalhadas pelo chão.

Meu rosto tinha sido poupado. No entanto o que dava para ver do pescoço por baixo do cachecol verde e rosado era uma profusão de hematomas que eram nítidos mesmo na penumbra.

O coiote com a mancha escura na cabeça deu uma volta completa, farejando o ar. Seu focinho estava molhado de sangue, e ele ainda emitia um rosnado que vinha do fundo de sua garganta.

Atordoada, estendi a mão para tocar o animal, que latiu e correu para a ravina com as orelhas grudadas na cabeça marrom-escura.

Os outros o seguiram em meio à escuridão cinzenta.

Eu me sentei na terra, alguns metros distante de onde o chão se tornou escuro e escorregadio, e me mantive por lá até o sol, enfim, nascer sobre meus restos mortais.

5

BRECIA

BOULDER, COLORADO

DOIS ANOS ANTES

Estas foram as coisas que aprendi depois de três dias morando na casa dele: as Barbies nuas jogadas no quintal da frente eram de suas filhas, Emma e Kimmie. Nunca fui muito boa em determinar quantos anos tem uma criança. Se tivesse que escolher um número, diria que as duas meninas pequenas de cabelos lisos e quase brancos de tão claros tinham 6 e 4 anos, respectivamente. Ainda eram bebês. Na maior parte do tempo, eu me mantinha longe delas, cautelosa com qualquer coisa que ele tocasse.

As azaleias franzinas embaixo da janela da cozinha tinham sido plantadas pela esposa dele, April, que era o oposto de tudo o que eu fui em vida. Quieta. Loira. Magérrima. Dona de uma paciência infinita e muito dedicada. Quando não estava seguindo o marido dela de cômodo em cômodo, transbordando de raiva, eu a observava. Ela lavava a louça, dobrava as roupas limpas, recolhia brinquedos, alimentava o gato, lia um livro e fazia o café da manhã. Aninhava-se junto dele à noite e, de manhã, o cumprimentava com um beijo. A princípio, tive certeza de que veria nela o par perfeito para ele, se olhasse com atenção suficiente: podre até a alma. No entanto, quanto mais a vigiava, mais confusa ficava. Para ser honesta, no início, eu a odiei — talvez mais até do que a teria odiado caso se tratasse de uma pessoa horrível. Mas ali estava uma mulher fiel e dotada de uma admirável ignorância. Do mesmo modo que eu era quando namorei o marido dela, um ano atrás. Porém ela era casada com ele havia anos.

O nome do gato na garagem era Oscar. De todos os que moravam na pequena casa de tijolos em Boulder, o bichano era o único que parecia ter o bom senso de odiar o chefe da família tanto quanto eu. Quando a porta da garagem se abria, ele se sentava em sua cama de gato no canto ao lado das bicicletas esticando o pescoço para ver quem era. Quando era April ou uma das meninas, ele emitia um barulhinho simpático com a garganta e corria, tomado pela esperança de ganhar colo e ser levado para dentro da casa. Quando era ele, Oscar continuava onde estava. Ou saía correndo da garagem.

Para ser franca, Oscar também não gostava muito de *mim*. Sempre que eu aparecia, o gato parava o que estava fazendo e me encarava por alguns segundos. Se eu tentasse tocá-lo, ele recuava e se afastava. Isso me dava uma estranha segurança. Significava que alguém sabia que eu existia. Mesmo que fosse só um gato laranja cheio de manchas.

As caixas na garagem, empilhadas em fileiras perfeitas e etiquetadas com marcador preto com meticuloso rigor, seriam enviadas para Herriman, Utah. A empresa de mudanças já tinha sido paga.

Eu o segui como uma sombra invisível naquele primeiro dia. Enquanto ele tomava café à mesa da cozinha. Depois, quando tirava a barba de Joaquin Phoenix, que, penso, havia sido cultivada só para ele ficar menos reconhecível. E por fim ao fazer cócegas em Kimmie e Emma, ao passar por elas.

Tentei de tudo para fazer as coisas que nas histórias os fantasmas conseguem fazer. E estou aqui para dizer que ou *Ghost Whisperer* exibe um amontoado de bobagens, ou havia um tipo diferente de fantasma envolvido naquilo. Porque eu não conseguia bater portas. Não conseguia fazer a temperatura do ambiente cair de repente (não pelo que via da reação dele, pelo menos). Não conseguia me fazer ouvir.

Não era capaz de fazer nada, na verdade.

Por um instante de maior irritação, pensei em voltar para casa. Descartei a ideia bem rápido. Não conhecia nada em Boulder. Não teria conseguido encontrar o caminho nem que quisesse.

Uma parte de mim sentia saudade de Frank e do meu apartamento. Entretanto eu sabia que a única coisa que me esperava lá era meu corpo morto. Quem sabe, nem isso. Robin, minha gerente, deve ter sido a responsável por registrar meu desaparecimento, quando viu que eu não tinha ido trabalhar. E, conhecendo Robin, sei que ela deve ter se encarregado de ir me procurar com as próprias pernas, antes de chamar a polícia.

Esperava que ela tivesse levado Frank.

Ele fez coisas normais durante o resto do dia. Havia um escritório no porão, para onde ele foi depois do café da manhã.

Para minha surpresa, ele não havia mentido a respeito de seu trabalho. Era mesmo programador, trabalhava para uma startup chamada TreeHaus. Não conseguia entender direito em que ele estava trabalhando. Eram códigos e mais códigos.

Ele continuava no MatchStrike, mas com um perfil novo, a mesma foto desfocada, intrigante, e as mesmas mentiras que me enganaram...

Que ele era solteiro.

Que seu nome era Jamie Carver.

Que estava procurando sua alma gêmea.

A essa altura, deduzi que seu nome verdadeiro era James Carson.

Ele abria o aplicativo do MatchStrike o tempo todo em uma janela anônima do navegador para ler as mensagens que havia recebido desde o último login.

Estava conversando com quatro garotas diferentes.

Nicole. Allie. Tena. Danae.

Nicole parecia ser a sua favorita. Ela respondia mais depressa e com mais frequência. Ele passava a maior parte do tempo escrevendo mensagens para ela — que depois copiava e colava nas outras conversas, quando inventava trechos dos quais gostava.

Pensei em todas as mensagens que ele mandou para mim no MatchStrike durante o último ano e me perguntei quantas tinham sido copiadas e coladas em outras conversas — ou de outras conversas. Quantas outras iscas ele mantinha na água quando decidiu me encontrar pela primeira vez.

Tentei imaginar o que ele disse à esposa, April, durante a semana em que namoramos. Ele nunca passava a noite em meu apartamento, nada desse tipo. No entanto, passávamos horas sentados de frente um para o outro no restaurante da esquina, perto de onde eu morava. Eu estava planejando convidá-lo para ir conhecer a minha casa.

Por fim, ele usou a janela anônima para me procurar. Primeiro, digitou "Brecia Collier". Depois, "assassinato de Brecia Collier".

A primeira manchete dizia: "Mulher encontrada morta no quintal de casa em Denver".

Li rapidinho, tentando não perder nenhuma palavra, antes de ele fechar o artigo.

> *Quando a polícia chegou na casa de Brecia Collier, a mulher do Colorado cujo desaparecimento foi notificado na tarde de sexta-feira, encontrou-a morta, estrangulada em seu quintal lateral.*
>
> *De acordo com documentos judiciais publicados na internet no sábado, o desaparecimento de Collier foi notificado por seus colegas ao perceberem que ela não havia aparecido para trabalhar.*
>
> *Detalhes arrepiantes revelam que a perícia confirmou que a arma usada para matar a jovem foi um fio de extensão que deve ter sido tirado da lata de lixo de Collier. De acordo com documentos do inquérito, as causas da morte foram asfixia por estrangulamento e traumatismo craniano provocado por impacto violento.*
>
> *A polícia solicita que possíveis testemunhas ou qualquer pessoa que tenha informações sobre o assassinato de Brecia Collier se apresentem imediatamente.*
>
> *"Não havia indícios de violência sexual. Acredita-se que Brecia foi surpreendida quando levava o lixo para o quintal lateral por volta das 20h30 de quinta-feira", anota como causa provável o laudo pericial.*
>
> *Ninguém atendeu à porta quando a polícia chegou na casa de Collier na tarde de sexta-feira, depois que um colega informou que ela não havia comparecido ao local de trabalho. No entanto, o carro de Collier estava estacionado do lado de fora, e ela não atendeu ao celular.*

Em uma declaração dada à imprensa no sábado de manhã, a irmã de Collier disse: "Nossa família está arrasada com essa tragédia cruel e horrível. Brecia era muito amada pelos amigos e pela família. Estamos desesperados por informações. Por favor, quem souber de alguma coisa, apresente-se!".

Tive tempo de ler a declaração de minha irmã duas vezes, antes de ele fechar a aba e voltar ao MatchStrike. Estavam desesperados por qualquer informação, o que significava que não tinham informação nenhuma.

Não sabiam quem tinha feito isso. Luzes vermelhas e azuis não apareceriam girando diante da janela.

Tentei me lembrar de quem sabia das mensagens erráticas que Jamie/James mandou depois que terminei o relacionamento com ele. Minha irmã. Lanelle. Robin. Mais umas duas amigas, talvez. A vida continuou. E, quando apareceu do nada no meu quintal lateral, ele já era notícia velha.

A verdade perturbadora era que as mensagens de James eram comuns. Ouvi histórias piores de muitas amigas. O cenário do relacionamento online era um carrossel de homens que não gostavam de ouvir a palavra "não". Eu nunca poderia ter imaginado um deles aparecendo no meu quintal com um fio de extensão.

"Qual é a porra do seu problema?", sibilei no ouvido dele. Ele não reagiu. Em vez disso, redigiu uma nova mensagem para Nicole: *Sábado à noite? Encontro você no O'Michaels?*

A resposta afirmativa de Nicole foi quase imediata.

O pedaço de papel em cima da caixa de correspondências no escritório muito bem-organizado era um recibo da U-Haul, a empresa de mudanças. O caminhão estava agendado para domingo.

Observei a foto de Nicole na janela do chat. Seu cabelo castanho avermelhado era lindo, com luzes perfeitas incorporadas à cor natural. Maquiagem sutil. Sorriso impressionante. Eu sabia que, nesse momento, ela absorvia cada palavra que "Jamie Carver" dizia.

Porque ele também era bonito. Tinha o tipo de beleza que atrai antes mesmo de você pensar que coisas bonitas podem ser venenosas.

Quando leu a resposta de Nicole, ele sorriu; um sorriso sutil que desapareceu quando passinhos leves ecoaram no andar de cima, acompanhados por gargalhadas das crianças.

A raiva que efervescia dentro de mim havia três dias borbulhou como lava quando o vi colocar os fones de ouvido e fechar a janela anônima. Se eu ainda tivesse um corpo, ele estaria tremendo. Como não tinha, o mundo todo se tornou meio desfocado e imóvel.

Foi quando ouvi um *pop* silencioso, e a tela do computador dele escureceu.

Ele desconectou o fone de ouvido do computador e o jogou em cima da mesa, irritado, como se esse fosse a origem do problema.

Olhei para a tela escura do computador quando a sensação de imobilidade desapareceu, substituída por alguma coisa parecida com esperança.

Eu tinha feito aquilo? Computadores quebravam o tempo todo. E lâmpadas queimavam. Podia ter sido uma coincidência.

Mas eu não acreditava nisso.

6
SKYE

KUNA, IDAHO

AGORA

Foi meu celular inútil que os levou até meu corpo, ao pé das colinas, na Blacks Creek Road. Três dias depois da data em que eu deveria ter ido para a faculdade.

Mesmo sem serviço, o telefone fez *ping* em várias torres de celular em Boise e Kuna. Assim que a polícia resolveu começar a busca, não foi muito difícil me encontrar.

Fiquei vigiando o corpo durante meia hora, pelo menos, antes de perder a esperança de acordar.

É claro que não acordei. Porque não era uma experiência de quase morte. Era só morte, mesmo.

Minha pele já estava ficando fosca e com um tom meio acinzentado, meio marrom. Estendi a mão para tocar os cachos negros que emolduravam meu rosto, mas recuei antes do contato. Não era mais eu. Aquela era apenas uma garota morta.

Mesmo depois de admitir que estava mesmo morta, ainda esperei mais um pouco. Deus me iluminaria? Onde estava a luz da qual todo mundo falava?

Tonta, me censurei por ter esperança.

Por fim, comecei a andar. Voltei pelo trajeto que havíamos percorrido de carro até as colinas da Blacks Creek Road. Eu conhecia o caminho.

Morta ou viva, eu *só queria ir para casa e* encontrar a minha mãe.

Eu me mantive no acostamento em ruínas da estreita rodovia de duas pistas que serpenteava pelas colinas desertas. Tinha certeza de que poderia andar pelo meio da estrada, se quisesse. Não sabia ao certo o que aconteceria comigo se fosse atropelada por um dos poucos carros que passavam por ali ao anoitecer. Havia outro nível de morte que eu atingiria, se fosse esmagada? A morte era como um *video game* com fases diferentes? Nesse caso, quantas fases havia?

Já não estava interessada em mais surpresas relacionadas à minha mortalidade. Por isso, continuei andando no acostamento.

Era fim de tarde quando comecei a andar. Em pouco tempo, o sol mergulhou além das paredes do cânion. Continuei andando.

Em um dado momento, uma família de veados saiu das colinas e atravessou meu caminho na penumbra. O maior deles ergueu a cabeça quando me aproximei e olhou para mim, balançando as orelhas para frente e para trás e se pondo em posição de escuta. Os filhotes — dois bebês de pernas muito finas — permaneceram bem perto da mãe, um de cada lado. Não passei através deles, não foi bem assim. Não como eu esperava, pelo menos. Eu me espalhei em torno deles, nos espaços de ar entre seus corpos e suas pernas.

Eles me viram fazer isso. Juro que sim. Depois, voltaram a comer as folhas verdes que brotavam entre os caules escuros e secos ao longo da estrada.

Continuei andando, enquanto o sol desaparecia por inteiro e se tornava difícil enxergar alguma coisa, exceto a estrada na minha frente.

Pensei no meu corpo caído no trecho de terra ao lado da ravina rasa e me senti culpada por tê-lo abandonado com tanta facilidade.

Pensei nele. Nos ruídos que fazia. No modo como ele limpava as mãos no jeans enquanto corria de volta ao carro, para longe do corpo da garota no chão de terra.

Pensei no que encontraria quando, enfim, atravessasse as colinas silenciosas, intermináveis. Minha mãe já teria chamado a polícia? Ken falaria aos policiais sobre o homem que sempre ia beber chocolate quente e flertar comigo?

Eu não sabia a quantos quilômetros estava de casa. Uns 25, talvez, se tivesse que arriscar um palpite. Tudo o que sabia era que teria levado a noite toda e o dia seguinte para percorrer essa distância, se estivesse viva.

Como não precisava parar, descansar nem me preocupar em me manter hidratada ou protegida dos olhos brilhantes que via ao longe, nas colinas, cheguei à rua principal em Kuna depois de algumas horas, talvez.

As ruas estavam silenciosas de um jeito como nunca as tinha visto antes. Um gato atravessou meu caminho correndo quando parei no estacionamento do shopping e fiquei olhando para as janelas amplas do Daily Grind, iluminadas pelas lâmpadas fracas que ficavam embaixo do caixa. O gato não olhou para mim quando o chamei.

Em poucas horas, Ken estaria chegando para abrir a loja a fim de receber os primeiros clientes, enchendo o espaço silencioso com o som das máquinas e o cheiro de café expresso fresco.

Uma parte de mim não queria deixar meu canto seguro no mundo. Mesmo que isso significasse ter uma vida modesta em uma cidade pequena, onde consegui me formar no ensino médio sem nunca ter beijado um garoto.

E agora jamais beijaria.

Quando, por fim, cheguei em casa, tudo era silêncio. A imagem familiar da porta da frente, da lâmpada da varanda ainda acesa, me preencheu toda com um misto de nostalgia e desespero.

A princípio, não soube como entraria em casa. Mas, depois de alguns minutos, percebi que podia me espalhar pelas frestas do sistema de ar da secadora e passar pela abertura estreita. Foi mais ou menos como espirrar. Mas eu era o espirro.

Encontrei minha mãe dormindo no meu quarto, com o mesmo moletom que ela vestia na manhã de quinta-feira, a *última vez* em que a vi. O moletom da ISU, idêntico ao que ela comprou para mim depois que recebi a carta da faculdade.

Seu rosto estava contraído, como se tivesse sido congelado em meio às lágrimas. A testa, franzida. Os olhos fechados e apertados. A boca pressionada, formando uma linha fina. Mas a respiração confirmava que ela estava dormindo.

Eu me deitei na cama ao lado dela, passei um braço em torno de sua cintura e aproximei o rosto de seu cabelo. Então, fechei os olhos e tentei me lembrar do cheiro exato do cabelo dela. A mistura suave de especiarias usadas no prato que ela havia cozinhado antes. Cheiro de sabonete. E alguma coisa que eu não sabia como descrever. Algo só dela.

Minha mãe deixou escapar um gemido baixo, e eu ouvi o ranger de seus dentes.

"Tudo bem, mãe", sussurrei.

O ruído parou.

A ideia de que alguma parte dela podia me ouvir fez meu desespero aumentar tanto, que foi como se eu fosse feita dele.

"Não fica triste. Ainda estou aqui. *Te quiero*", tentei de novo. "Consegue me ouvir?"

Ela se sentou na cama de repente e gritou, derrubando o copo de água em cima da minha mesa de cabeceira ao tentar pegar o celular. Saltei da cama e recuei até um canto do quarto, onde fiquei paralisada.

Foi quando ela olhou para a luz azulada da tela do telefone por alguns segundos, ainda com o rosto contraído. Depois, devolveu o aparelho à mesinha com todo o cuidado e se deitou na cama outra vez, murmurando alguma coisa em espanhol.

Dei alguns passos em direção à cama.

"Mãe?"

Ela olhou para o teto por alguns instantes. Inclusive quando me inclinei e me aproximei o suficiente para ver as sardas em seu rosto molhado.

Então, me sentei onde estava, no tapete, e fiquei ouvindo seus soluços até ela enfim apagar a luz.

Quando eu era criança, ninguém prestava muita atenção em mim. Para ser honesta, eu preferia assim. Era a menina latina e quieta que nunca levantava a mão na sala de aula. A que evitava contato visual a todo custo no ônibus. Ficava satisfeita quando as pessoas olhavam para mim sem me enxergar. Ela era a única exceção.

Não era mais.

7
MEGHAN

MONTANHAS OQUIRRH, UTAH

UM ANO ANTES

Os necrófagos alados apareceram depois dos coiotes. Corvos, urubus, vespas, moscas, até uma águia magricela.

Fiquei onde estava porque não sabia para onde ir. Não queria passar mais tempo andando na escuridão entre as intermináveis árvores e as pedras. E não queria correr o risco de me perder no bosque de novo.

Não demorou tanto quanto eu imaginava para superar o choque de ver meu corpo mutilado. Assisti com interesse aos carniceiros fazendo seu trabalho, disputando uma parte dos restos, cada um à sua maneira.

Quando o sol se pôs no segundo dia, meu corpo tinha sido reduzido quase que a ossos. Não eram ossos brancos, limpos. Pareciam mais ossos de sopa. Vermelhos, descarnados, sem pele nem músculos. Os animais preservaram minhas roupas, exceto onde o tecido impedia acesso à área que eles queriam atacar. O cachecol fino verde e rosado tinha sido soprado pelo vento e ficou enroscado na base de um arbusto espinhoso, onde tremulava como uma bandeira cada vez que uma brisa soprava.

Um corvo brilhante se interessou por um dos meus sapatos. Com algum esforço, ele se afastou saltitando e o arrastou para longe da bagunça, para trás de umas pedras.

No início, tentei espantar as aves e as moscas — como havia feito com os coiotes. No entanto, tinha a impressão de que isso só funcionava quando eu conseguia despertar dentro de mim muitos sentimentos.

Funcionou quando pensei em acordar no escuro, ainda com as mãos dele no meu pescoço.

Ou quando pensei nos meus pais, que agora, com certeza, sabiam que eu não estava bem.

Ou quando imaginei que estava morta e perdida no bosque, enquanto coiotes e abutres devoravam meu corpo.

Tentei manter os sentimentos mais exaltados e vibrantes por um tempo. Havia algo de confortante na ideia de ainda ser capaz de influenciar o mundo à minha volta. Mesmo que fossem apenas insetos, ou um pássaro interessado em remover toda a carne da minha perna.

Depois de um tempo, me cansei. Era impossível sentir tanta raiva, tanta tristeza e repulsa por muito tempo — como quando eu estava viva. Então, com o passar dos dias, me acomodei em um estranho estado de aceitação.

Tentei voar.

É um pouco constrangedor admitir, mas pensei que fantasmas pudessem voar. Acontecia em todos os filmes que vi. Primeiro, só tentei me fazer flutuar. Nada. Depois, saltei e bati os braços como tinha feito em sonhos. Nada. Até subi em um tronco caído — e depois em um pinheiro esquálido — para ver se um pouco mais de altura ajudaria na decolagem. Só flutuava de volta ao chão como um balão que tinha perdido todo o gás.

Por alguma razão, isso me fez sentir um desespero intenso, que eu utilizei sobretudo para espantar dois corvos que bicavam meu braço.

Quando fiquei muito frustrada e inquieta (e cansada de pular de troncos caídos e árvores), dei uma volta na clareira no sentido oposto ao qual eu tinha percorrido antes. Encontrei a estrada de terra por onde ele devia ter dirigido. Ainda havia marcas meio nítidas de pneus na terra.

Tentei percorrer a estrada por alguns quilômetros. O caminho bifurcou — e bifurcou — e bifurcou de novo até eu ter certeza de que, se continuasse andando, não conseguiria achar o caminho de volta.

A única sinalização que encontrei, uma placa de madeira que nem parecia ser oficial, dizia "Ophyr Canyon — 10". Na verdade, esse nome não me dizia nada. E, durante o dia todo, não ouvi o som de um único carro.

Então, fiquei onde estava.

As formigas fizeram sua grande estreia depois que os animais maiores perderam o interesse por meus restos. Eu as observei durante dias, até conseguir criar coragem e chegar mais perto dos meus ossos para vê-las melhor. Elas corriam em meio àquele caos organizado, entrando e saindo de seus túneis. Havia algo de hipnótico nessas criaturas enquanto indivíduos. Mesmo de perto, eu quase não conseguia saber o que estavam fazendo. As bocas eram tão pequenas que elas pareciam correr de um lado para o outro sem fazer nada; porém, durante os dias seguintes, os ossos de sopa foram limpos. Foi um alívio ver meus restos daquele jeito. Tudo cinza e branco. Não havia mais sangue.

Eu me senti grata às formigas por isso.

As noites ainda me amedrontavam. Assim que o sol se punha, eu abandonava meu lugar perto das formigas e ia me encostar em uma saliência rochosa onde a ravina descia para o leito seco do riacho. Uma grande prateleira de pedra cobria duas rochas maiores e, quando eu me encostava ali, podia olhar para as estrelas sem medo de que alguma coisa me surpreendesse pelas costas.

Eu pensava muito nele. Em como seus olhos eram afetuosos e gentis quando conversamos no Gracie's. Em como eram frios e furiosos à luz do luar quando recuperei a consciência na escuridão, no bosque, no local de onde nunca mais me levantei.

Ele me carregou ou arrastou para bem longe do carro. O local onde meu corpo ficou era pelo menos cem metros distante da estrada de terra. Teria sido impossível estacionar no terreno cheio de pedras e raízes expostas. Mesmo que outro carro passasse pela trilha, o motorista não veria nada, a menos que caminhasse até aquele local exato e notasse os ossos, que a cada dia se tornavam, mais e mais, só mais uma parte da paisagem.

Não posso dizer que conseguia dormir; no entanto, depois de alguns dias, descobri que podia me desligar. E isso era como dormir.

Quando esvaziava a cabeça e relaxava, eu conseguia divagar. Era como sonhar, mas agora eu podia escolher o que veria. Descobri que era capaz de invocar minhas lembranças com mais facilidade do que em vida, com detalhes nítidos. Tudo o que já tinha feito ou visto estava ali, esperando que eu revivesse cada detalhe em um sonho.

Passava muito tempo no quintal da casa onde cresci. Tentando evitar a lição de casa e a hora de dormir; às vezes, eu pegava um cobertor do sofá e saía escondida pela porta dos fundos a fim de ficar deitada de costas na cama elástica, enrolada na coberta, e dali via quando as luzes da varanda eram acesas e as primeiras estrelas brilhavam no céu. Quase conseguia ouvir os grilos e os passos do nosso vizinho limpando a churrasqueira, enquanto o cheiro de carvão ainda pairava no ar.

Pensei em meu último aniversário, quando Sharesa e eu alugamos um Airbnb e fomos andar de jet ski no lago Bear. Lembrei-me de como foi sentir o vento no rosto enquanto corríamos pelo lago, rindo e gritando, quando de repente parei e o jet ski balançou e nos jogou na água congelante. Rimos tanto que eu tive medo de não conseguir subir de novo no jet ski.

Pensei em meus pais, que não mantiveram muito contato depois que saí de casa para ir morar sozinha. Revi manhãs de Natal, jantares de família, noites no cinema, passeios de bicicleta e até algumas vezes em que ouvi sermões por tirar notas baixas ou chegar tarde em casa. Até essas lembranças eram confortantes.

Era um jeito bom de passar o tempo.

Contudo, de vez em quando, eu mergulhava tão fundo em uma lembrança que demorava alguns segundos para me reorientar e voltar às pedras e ao solo encharcado de sangue aos meus pés, ao local onde meus ossos tinham sido espalhados em uma clareira.

Não sabia o que aconteceria se vagasse para muito longe ou me permitisse reviver aquelas memórias por muito tempo ou completamente. Então, eu as explorava com cautela.

No quinto dia — acho que era o quinto dia, não tinha nada que pudesse me dar certeza, exceto minha memória —, ouvi o primeiro carro. Longe. Mas sem dúvida era um carro.

Corri tanto quanto pude. Em outras palavras, eu teria me impressionado muito se corresse desse jeito quando era viva, mas ainda era meio decepcionante, comparado a voar. Coisa que eu ainda sentia que deveria ser capaz de fazer.

Cheguei à estrada de terra a tempo de ver o automóvel sair da curva um pouco mais distante na encosta. Ele vinha em minha direção.

Fiquei onde estava, bem no meio da via. Contrariando toda lógica, esperava que pudessem me ver, talvez. Ou que eu conseguisse parar o carro. Ou, no mínimo, que eu experimentasse algum tipo de sensação quando o carro passasse por mim.

Não aconteceu nada disso. O carro seguiu em frente — um pouco depressa demais, para a estrada esburacada. Não parei o automóvel. E ele não me atravessou. Em vez disso, quando me atingiu, ele meio que me virou para o outro lado da estrada. Um movimento suave. Como se eu fosse um monte de mato ou uma sacola de plástico.

Vi os passageiros antes de o RAV4 verde desaparecer em uma nuvem de poeira. Um homem e uma mulher. Por sorte, não era *ele*. O casal tinha minha idade, mais ou menos. Vinte e poucos anos. Ouviam música alta e riam; riam mais alto que a música. Vi como ela olhou para ele quando o carro sacudiu ao passar sobre um buraco. Um olhar de admiração. Seguro. Feliz por estarem vivos e juntos.

A tristeza me dominou. Aquele sentimento, aquela conexão, era isso que eu buscava quando fui ao Gracie's. Foi o que me levou até lá. Foi ali que minha vida acabou. Isso foi o que restou. Um poço cheio de lembranças que terminavam aos 23 anos.

E foi então que eu vi.

O sapato do outro lado da estrada.

Meu sapato, o que o corvo havia pegado.

Estava meio encostado em um arbusto, ainda mantinha o tom de coral, mas já meio marrom de sujeira, com uma mancha escura que eu sabia ser de sangue.

Estava caído na área mais funda, que servia como acostamento para aquela estrada. Não estava muito à vista de quem passasse. Mas também não estava escondido. Não como o resto de mim.

O que significava que, se alguém olhasse no momento certo, também poderia vê-lo.

8
BRECIA

BOULDER, COLORADO

DOIS ANOS ANTES

Fiz o computador dele parar de funcionar doze vezes nos dias seguintes. Ele passou uma hora ao telefone com o suporte da Apple e até conseguiu um computador novo, que foi entregue no dia seguinte, por causa disso.

Como a troca de equipamento *não resolveu o problema,* ele chamou um eletricista, que mexeu na fiação do porão e da garagem, arrumou umas conexões soltas e, depois, avisou que cobraria mais 600 dólares para continuar procurando o problema.

Ele não quis pagar. Estava de mudança. Os novos moradores que lidassem com isso.

O barulho de estalo e a tela preta aconteciam quando eu canalizava a raiva, o ódio, o desgosto, até ter a sensação de que essa onda se quebrava em cima de mim. Não era difícil. Não no começo, com aquele lixo humano na minha frente, enfiado no porão com uma Coca Diet, fingindo estar soterrado pelo trabalho enquanto mantinha uma janela do navegador aberta no MatchStrike o tempo todo. Tudo isso enquanto as garotinhas loiras brincavam lá em cima e a mãe delas fazia comida para ele e lavava a louça que ele sujava.

Kimmie apareceu na porta do porão depois que a tela do computador apagou pela 12ª vez. A hora do jantar já tinha passado. Ele não tinha saído do porão, alegando que precisava fazer o trabalho atrasado por causa da "porcaria do computador".

Ela bateu na porta. Depois, sacudiu a maçaneta. "Papai, você vai ler? A mamãe disse que você vai."

Como ele não respondeu, ela insistiu. Mais alto. "Paaaaiiiii! A mamãe disse para vir te chamar e..."

Ele se levantou e abriu a porta com um tranco quando a mãozinha dela ainda estava na maçaneta. A menina caiu e bateu o cotovelo no batente.

"Fala para a sua *mamãe* que ela sabe que estou ocupado", ele respondeu por entre os dentes, ignorando os olhos azuis cheios de lágrimas e o modo como ela projetava o lábio inferior, formando um beicinho.

"Está bem", a menina respondeu e subiu a escada correndo.

Depois disso, parei por um tempo, sentindo-me repleta de culpa, em vez de sentir raiva.

Talvez não fosse justo cutucar o urso que não podia mais me machucar.

Ele respondeu a uma mensagem de Nicole, só uma enquanto eu interferia, resmungando e passando a mão no cabelo recém-cortado, se queixando do "computador bizarro".

Tentei trazer a emoção de volta. Impedir o que ele estava fazendo. No entanto, quanto mais tentava invocar o ódio e o horror, mais me sentia esgotada. Como a gente se sente depois de chorar durante horas e parar de repente. Eu não conseguia sentir mais nada. *Só me sentia exausta e vazia.*

Olhei para a tela por tempo suficiente para ver que ele perguntava se estava tudo certo para o sábado e se desculpava por não ter entrado em contato antes, porque estava enfrentando problemas com o computador.

Então, eu subi para ficar com April e as meninas.

April e Emma estavam montando um quebra-cabeça na sala de estar vazia, enquanto Kimmie pulava em círculos no tapete, nos espaços em que os sofás estiveram até o dia anterior. O caminhão de mudança chegaria no domingo. Quase tudo havia sido encaixotado.

Oscar, o gato, estava deitado no colo de April, olhando para a mão que movia as peças do quebra-cabeça e as encaixava em seus lugares. Quando entrei na sala, Oscar virou a cabeça e olhou em minha direção, mas continuou onde estava.

"Quinze", Kimmie anunciou ao completar outro circuito. "Dezesseis." Ela parou para recuperar o fôlego. "Mamãe, acha que consigo chegar a cem?"

April sorriu. Parecia cansada, mas feliz. Ficou acordada até tarde nas últimas noites, preparando a mudança enquanto James "trabalhava".

Percebi que ela era mais jovem do que pensei quando a vi naquela primeira noite. Assim como as meninas, ela tinha cabelos loiros, quase brancos, lisos e finos, que caíam em ondas leves sobre os ombros. Os olhos cor de avelã estudavam com atenção a pilha de peças do quebra-cabeça no chão. Eu a vi pegar as peças de um canto e empurrá-las na direção de Emma, que gritou: "Mamãe! Achei mais uma!".

April assentiu e continuou separando as pecinhas, afagando a cabeça de Oscar com a outra mão. "Acho que vamos conseguir terminar esse antes da mudança."

Fechei os olhos e tentei sufocar a raiva e o pressentimento que me invadiam cada vez que eu via a esposa e as duas filhas dele.

Ele não merecia isso. Elas também não mereciam isso, com certeza. Só não sabiam ainda.

Vi Oscar ficar tenso e levantar a cabeça quando os sentimentos continuaram crescendo e explodiram em mim como uma onda. Ele parou de ronronar e parecia pronto para pular do colo de April.

Recuei e fiquei no topo da escada do porão por alguns minutos, antes de descer. Não conseguia me conter.

Nicole demorou para responder. Eu comecei a ter esperança de que ela tivesse perdido o interesse — ou percebido que ele era um desequilibrado, ou até mesmo um assassino.

Então, na sexta-feira de manhã, ele atualizou o aplicativo do MatchStrike pela centésima vez, e lá estava: uma nova mensagem de Nicole.

Desliguei o computador de novo assim que a janela apareceu. E de novo quando ele reiniciou a máquina. Já me sentia esgotada na terceira vez que ele reiniciou o computador. Então, deixei rolar, torcendo para a mensagem ser uma desistência.

Não era.

Lamento pelos problemas técnicos. Estava começando a pensar que era comigo! Ah! Te vejo no Twiggs amanhã? Às sete, pode ser? Mas, juro, se você tiver 1,5 m e cem quilos...

Vi o sorriso em seu rosto. Ele não a decepcionaria. Sem a barba esquisita, era tão bonito quanto no dia em que o vi pela primeira vez.

Ele passou alguns minutos redigindo a resposta para Nicole. Por fim, escreveu:

Estou começando a ficar um pouco nervoso. É um 1,55 m e 95 quilos, ok? Se ainda não desistiu, pode ser às sete.

Ela respondeu quase na mesma hora com vários emojis de risada.

O sorriso dele ficou ainda maior.

Tinha conseguido convencê-la.

Quando subiu para almoçar, ele disse a April que precisava ir encontrar um empreiteiro que se responsabilizaria por parte de seu trabalho durante a mudança. Não queria se distrair com nada.

April, que embrulhava xícaras em plástico-bolha e as acomodava em uma caixa onde já estavam as outras louças da cozinha, enquanto as meninas pulavam em volta do quebra-cabeça pronto, assentiu. "Obrigada, benzinho. Quer ver um filme depois, se não for muito tarde? Nem acredito que é nossa última noite aqui." Sua expressão foi transformada pela tristeza quando ela olhou para o corredor, além dele. "Vou sentir saudade. Eu me lembro a toda hora de como foi trazer Emma e Kimmie da maternidade."

Ele afagou seu braço e pegou uma das canecas que ainda estavam no armário para beber água. "É, são muitas lembranças. Mas vamos construir outras."

Senti nojo. April sorriu melancólica e continuou embrulhando as xícaras, enquanto ele levava a caneca de água para o porão e assobiava baixinho. Devia estar pensando no encontro com Nicole.

A lâmpada da cozinha piscou sobre a cabeça de April.

Nesse momento, decidi que eu também iria ao encontro.

Não tinha ideia do que poderia fazer. Até onde sabia, eu não tinha muito poder. Uma lâmpada piscando e um computador que não funcionava não o impediriam de fazer mal a alguém.

Mas eu precisava tentar.

9
SKYE

KUNA, IDAHO
AGORA

Antes de clarear lá fora, minha mãe estava acordada, sentada à mesa da cozinha com uma xícara de café puro, fazendo algumas ligações. Eu me sentei ao lado dela, vendo um esboço de luz acinzentada começar a surgir acima do horizonte, além das janelas.

Não bebia café até um ano atrás, quando consegui o emprego no Daily Grind. Para alegria da minha mãe, comecei a recriar as bebidas em casa. De manhã, antes de eu ir para o colégio, bebíamos *latte* de soja ou caramelo *macchiato* juntas, até eu ter que sair.

O desespero me invadiu como uma onda, e me perguntei quanto tempo isso duraria. O luto pelos detalhes irrepetíveis da minha vida.

Eram tantas coisinhas bonitas. A sensação do sol de fim de tarde entrando pelas janelas depois da aula, enquanto eu fazia o dever de casa. Café fresco na boca. O cheiro do cabelo da minha mãe quando ela me abraçava. Coisas que eu tomava como certas, como parte do meu dia. E as coisas que nunca poderia experimentar. As coisas que dizia a mim mesma que temia quando fosse para a faculdade, mas que eram só nervosismo.

Minha mãe telefonou para a delegacia de polícia, primeiro.

Quando cheguei mais perto dela, consegui ouvir bem os dois lados da conversa, como se estivesse eu mesma ao telefone.

Entendi bem depressa que não estavam me procurando. Não de verdade.

Eu tinha 18 anos. Por lei, não era obrigada a voltar para casa nem a dar satisfações a ninguém.

As ligações para o meu celular caíam direto na caixa postal, mas isso não era motivo suficiente para acionarem todos os recursos necessários para tentar me rastrear.

"A documentação para o registro de ocorrência de desaparecimento foi preenchida", a mulher do outro lado da linha respondeu paciente. "Isso é tudo o que posso dizer agora. Sei como é difícil, mas um oficial vai entrar em contato com você assim que for possível. Se souber de mais alguma coisa, por favor, não deixe de me avisar."

Vi minha mãe apertar uma das mãos. Ela rangeu os dentes.

"Ela nunca fez nada parecido com isso. Nunca. Deveria estar a caminho da ISU hoje, iríamos de carro. É o primeiro ano dela na faculdade. Tem alguma coisa muito, muito errada."

Houve um breve silêncio do outro lado da linha. "Eu entendo. Um oficial vai entrar em contato logo mais, ainda hoje. De manhã."

As mãos da minha mãe tremiam quando ela desligou o telefone e ligou para o meu pai em seguida.

Meus pais se separaram quando eu estava no quinto ano. Meu pai se mudou para Oregon com a namorada, Sandy. Depois disso, eu o via duas vezes por ano. Não éramos muito próximos. Mesmo assim, quando ele atendeu o telefone no primeiro toque, quase tive uma vertigem com a mistura chocante de alegria e tristeza que me invadiu inteira.

"Marisa? A polícia está procurando por ela? Ela não voltou para casa...", meu pai começou a falar antes que a minha mãe dissesse alguma coisa.

A lâmpada no teto da cozinha começou a piscar de uma forma incontrolável, e minha mãe olhou para cima e franziu a testa. Ela apagou a luz e se levantou para ir jogar o café na pia em meio à penumbra.

"Eles não estão fazendo nada." A voz dela estava trêmula. "Vou até o trabalho dela assim que a loja abrir, às seis. Não consegui falar com ninguém ontem à noite."

Meu pai resmungou um palavrão; depois, pigarreou e disse: "Embarco no voo das dez. Devo chegar aí por volta de meio-dia. Nós vamos encontrá-la, Mari. Vamos encontrá-la. Conseguiu dar uma olhada no computador dela? Sabe se ela estava com medo de ir para a faculdade, ou alguma coisa assim?".

Podia sentir o desespero na voz dele. A esperança de encontrar uma explicação que não fosse de algo horrível. De descobrir que eu estava segura em algum lugar — apesar de não ser muito responsável.

Os dois me conheciam, sabiam que eu não era assim, embora a polícia não soubesse. Eu nunca deixaria de voltar para casa.

Minha mãe balançou a cabeça. "Eu tentei várias vezes. Não consigo imaginar qual é a senha."

"Não tem nada lá", eu disse. "Não se incomode com isso." Mas, enquanto eu ainda dizia essas palavras, ela pegou um pedaço de papel para anotar "1025" e "Mickey". Mickey era o nome de um dachshund que tivemos quando eu tinha cinco anos. E 1025 era a senha que eu havia escolhido para a conta conjunta que tive com minha mãe quando estava no ensino fundamental. Minha senha atual era uma combinação de letras e números que eu havia criado a partir do refrão de uma música da Britney Spears. Ela nunca adivinharia.

Quando minha mãe desligou o telefone, ela ficou sentada à mesa da cozinha, olhando para o celular. Eu me sentei e também olhei para ele, tentando fazê-lo tocar.

Descobrir o que havia acontecido não me traria de volta.

Mesmo assim, eu queria ser encontrada, tanto quanto ela queria me encontrar.

E, mais que tudo que jamais desejei antes, queria que a polícia caçasse James.

"Pergunte ao Ken sobre o cara do chocolate quente. O nome dele é James", falei, sabendo que ela não poderia me ouvir, mas incapaz de me conter. Tinha certeza de que ninguém me viu entrando no carro de James; no entanto, ele esteve naquela cafeteria três ou quatro vezes por semana, pelo menos, durante todo o verão.

Ken achava que ele era legal. Queria que você convidasse o cara para sair, me lembrei quando o desespero caiu sobre mim como um cobertor de chumbo na cozinha escura.

Os olhos da minha mãe se encheram de lágrimas. Talvez estivéssemos juntas sob o mesmo cobertor.

* * *

Paramos no estacionamento do Daily Grind às 5h58 cravados no relógio.

Eu estava sentada sobre uma embalagem de sanduíche de café da manhã que estava ali havia um mês, pelo menos. Minha mãe se emocionou um pouco enquanto dirigia, ouvindo uma canção sobre família e Deus. E, quando ela estacionou o carro e enxugou os olhos com a manga do moletom, percebi de repente que eu a estava assombrando.

Ainda não havia quase ninguém nas calçadas ou nas ruas. Um corredor solitário. Alguém parado na frente da loja de cookies do outro lado do centro comercial, sob a luz fraca da rua. Uma silhueta escura atravessando o cruzamento perto do ponto de ônibus. Todos estavam vivos? Ou eu podia ver pessoas mortas, agora que era uma delas? Todo mundo se tornava um fantasma quando morria, ou eu era uma anomalia? Eu desapareceria, depois de um tempo? Poderia escolher? Ou essa seria minha eternidade pessoal? Isso era o limbo, ou isso era o inferno? O que aconteceria quando pegassem James? O que aconteceria se não o pegassem? Eu ainda estava aqui porque tinha assuntos a resolver?

Interrompi essa linha de raciocínio e me concentrei em seguir minha mãe até a porta do café.

Como eu esperava, Ken estava no primeiro turno e abriria a loja. Quando ouviu as batidas na porta ainda fechada, ele se dirigiu ao balcão e olhou para fora. Pareceu confuso quando viu o velho Buick Century vermelho da minha mãe — que, às vezes, eu pegava emprestado nos fins de semana, quando ela não estava de plantão na clínica para doentes terminais —, mas correu para abrir a porta.

Antes mesmo de terminar de abrir, ele perguntou: "Oi, você é a mãe da Skye, não é?". Chorando, ela contou que eu não havia voltado para casa.

Ken não a deixou do lado de fora. Abriu a loja e, olhando para trás, avisou um dos funcionários: "Ei, você fica no atendimento, ok? Preciso de uns minutos!". Depois, a levou até a confortável poltrona verde no canto do salão, um local que não podia ser visto do balcão. Era lá que os freelancers sérios se instalavam para trabalhar — e onde, às vezes, encontrávamos adolescentes se pegando depois da aula.

Ele se sentou na frente dela e uniu as mãos de maneira cuidadosa, cruzando os dedos como fazia quando eu me esquecia de limpar a máquina de expresso no fim de semana e ela entupia. "Me conta o que aconteceu."

Quando minha mãe contou a Ken tudo o que sabia — e não era muita coisa —, ele ficou mais preocupado. Eu não tinha voltado para casa, não respondia às mensagens nem atendia às ligações, e a polícia parecia *não* ter pressa para me procurar. Ken pegou o celular para mostrar a ela que eu também não tinha respondido à mensagem dele na noite anterior. Olhei para a tela.

Dirija COM CUIDADO. *Se o cara do chocolate quente perguntar por você, vou dar o endereço do seu alojamento.*

Tive a sensação de estar me transformando em água gelada.

A expressão da minha mãe mudou, ficou mais sombria. "Quem é o cara do chocolate quente?"

"Isso", respondi, me levantando. As lâmpadas no salão piscaram e a máquina de expresso apitou. "Isso mesmo. É ele."

Ken olhou de soslaio para as luzes piscando. "É apenas um de nossos clientes. Piada interna. Eu brincava com ela o tempo todo, dizia que podia convidar o cara para sair, escrever o número do telefone no copo, mas ela nunca fez nada disso."

Vi o desânimo no rosto da minha mãe. "Acha que ele pode ter alguma coisa a ver com isso?"

Ken balançou a cabeça. "Ele parece ser muito legal. E ela nunca o convidou para sair."

As luzes piscavam tanto que Ken se virou para olhar para as luminárias. "Desculpe. Parece que uma das lâmpadas vai queimar. Vou ver se consigo resolver..." Ele se levantou, e minha mãe balançou a cabeça.

"Não, isso não tem importância. Por favor, tem alguma ideia de onde ela pode ter ido depois do trabalho? Qualquer lugar que ela tenha mencionado?"

Fiz um esforço para me concentrar nos pacotinhos de açúcar e nas colherinhas que Ken tinha acabado de dispor sobre o balcão, antes da chegada dos primeiros clientes. Tinha certeza de que era eu quem fazia as lâmpadas piscarem. Precisava me acalmar, ou não os deixaria conversar. Se ficasse um pouco mais agitada, acabaria explodindo alguma coisa na cozinha ou no caixa. E, então, Ken precisaria interromper a conversa de verdade.

Contei os pacotinhos de adoçante estévia, depois os de outro tipo, enquanto ouvia o que eles diziam. Ken estava falando que, até onde sabia, eu tinha ido pegar o ônibus para ir pra casa, como sempre fazia.

Então, ouvi a seguinte declaração: "Mas podemos ver as imagens das câmeras de segurança!".

As lâmpadas piscaram de novo quando senti a empolgação me invadir. "Isso!", gritei, e a lâmpada sobre nós estalou e apagou.

Ken franziu a testa. "A fiação está toda fodida." E olhou para minha mãe. "Hum, quero dizer, com problemas."

Minha mãe não reagiu ao palavrão nem à penumbra que invadiu o ambiente. "Podemos ver essas imagens agora? Por favor. Sei que precisa trabalhar. Mas você sabe que ela não desapareceria desse jeito."

As lágrimas começaram a inundar os olhos dela de novo, e Ken contraiu os músculos da mandíbula. Ele pôs a mão no ombro da minha mãe. "Eu sei que não. E não tem problema. Vou pedir para Amy ficar no meu lugar." E apontou para a sala dos fundos. "Vamos."

10
MEGHAN

MONTANHAS OQUIRRH, UTAH

UM ANO ANTES

Minhas roupas estavam mudando.

Percebi quando vi o sapato ao lado da estrada. Quando olhei para o meu pé, não usava mais os sapatos cor de coral com os quais tinha ido ao Gracie's. Em vez disso, estava com minhas velhas sapatilhas listradas de cinza. As confortáveis que eu usava no apartamento, antes de ir para a cama.

Também não vestia mais a calça pantalona cinza nem o moletom azul-marinho com capuz, que tinham virado uma trouxa suja de tecidos emaranhados ao lado dos meus ossos.

Minhas roupas tinham sido trocadas por uma calça de moletom e minha camiseta velha do John Lennon. Roupas que eu usava quando estava em casa sozinha.

Eu não sabia por quê. Só sabia que não queria continuar com os sapatos cor de coral nem com a roupa que havia escolhido com tanto cuidado para ir ao encontro no Gracie's.

Quando me imaginei com o roupão felpudo, de repente, pude vê-lo.

Trocar de roupa foi divertido, por alguns minutos. Experimentei o velho vestido da formatura do ensino médio. Os sapatos de salto alto que comprei no ano anterior e nunca usei. Até o maiô. Mas sem um espelho ou outro jeito de ver o resultado, fiquei com a calça de moletom e a camiseta do Lennon.

Por um instante, pensei em ficar toda nua. Mas nem morta me sentia confortável com a ideia de ser um fantasma nudista. Sem mencionar que meu corpo de verdade tinha sido desnudado de um jeito como nunca imaginei que o veria, nem nos meus sonhos mais loucos. Por isso, a ideia de usar roupas era confortável; então, fiquei com elas.

Não calçava mais os sapatos cor de coral, mas eles se tornaram o epicentro da minha nova existência.

Eu passava a maior parte do meu tempo na estrada de terra, de onde o lado desbotado de um dos sapatos podia ser visto por trás de uma pequena coleção de pedras e gravetos no acostamento empoeirado.

Enquanto mantinha essa vigília, entrava e saía de recordações, atenta a qualquer som que pudesse indicar um carro se aproximando.

No início, tive receio de esgotar todas as lembranças. De ficar sem nada. No entanto, quanto mais vagava por elas, mais percebia que as memórias que tinha nas pontas dos dedos eram como uma enorme biblioteca que havia sido destrancada. O livro da minha vida, no qual cada imagem e cada palavra possuía uma clareza impressionante. Era como o único presente bonito que ainda me restava.

No segundo dia da minha vigília, um movimento perto de mim interrompeu uma lembrança de quando eu tinha 2 anos e vi minha primeira lagarta. Eu não sabia que podia voltar tanto no tempo. Aprendi rapidamente que até essas recordações estavam disponíveis com nitidez cristalina, se eu as buscasse. Vi as pintinhas pretas nas costas da lagarta e como seus pés de ventosas repetiam movimentos rítmicos no galho caído na grama. Ainda podia sentir o fascínio que aquilo me despertou naquele momento, tão claro quanto qualquer coisa. Meus dedinhos rechonchudos, sujos das bolachas que eu tinha acabado de enfiar na boca, se aproximando ávidos da lagarta. "Com cuidado, Meghan", minha mãe disse ao meu lado. A luz do sol que penetrava por entre as folhas da grande árvore em nosso quintal transformou o cabelo dela em fitas de ouro quando, com delicadeza, ela pegou o galho por onde a lagarta andava e o colocou nas minhas mãozinhas abertas.

De volta à estrada de terra e ao sapato coral, um corvo preto e brilhante pousou ao meu lado com uma pedrinha cinza no bico. Arquivei a lembrança da lagarta quando o corvo se aproximou saltitando da pilha de pedras e gravetos e soltou a pedrinha em cima do sapato.

"Obrigada", eu disse à ave. Ela inclinou a cabeça e observou seus tesouros; depois, abriu as asas emitindo um barulhinho de satisfação. O corvo pousou em um dos pinheiros mais altos, a alguns metros de distância, no que parecia ser um emaranhado considerável de galhos, mas devia ser apenas um ninho.

Três dias depois, o mesmo corvo visitou de novo sua arca do tesouro com uma frutinha vermelha e brilhante no bico. Se não o tivesse visto depositar com cuidado seus tesouros perto um do outro, não teria considerado a pilha mais que um pequeno amontoado de destroços. Mas saber que tudo havia sido arranjado com capricho pelo pássaro preto de olhos brilhantes fazia eu me sentir bem.

No começo, tive medo de que a ave mudasse meu sapato de lugar outra vez. Cada vez que ela visitava o local, mexia um pouco na pequena coleção, deslocando um galho alguns centímetros ou pegando uma das pedrinhas com o bico para colocá-la no topo do montinho. Assim, mais dias e mais pedrinhas se passaram, até que surgiu algo que parecia ser parte do rabo de um peixe seco, e aceitei que ali era simplesmente o local que ela havia escolhido para manter sua arca do tesouro.

Comecei a aguardar com interesse para ver o que ela traria na próxima visita, enquanto esperava e vagava pelas lembranças.

No sétimo dia de espera, ouvi o barulho de um carro ao longe.

Quando ele passou por mim — e por meu sapato —, reuni toda a emoção que pude, esperando que funcionasse como funcionou com os coiotes e a águia. Desejei que o motorista — um caçador, a julgar pela roupa camuflada em tons desbotados de marrom e verde — sentisse alguma coisa e parasse, pelo menos.

Ele nem reduziu a velocidade.

A traseira do Suburban velho sacudia ao passar pelos buracos, e eu vi o homem jogar um chiclete na boca durante os poucos segundos em que consegui ver seu rosto salpicado de fios grisalhos e traçado por linhas finas.

Esperei e vaguei mais pelas lembranças, visitando festas do pijama de que participei na infância e livros que li. Conversas que tive. A sensação de ser colocada na cama e até os sonhos que tinha à noite. Meu primeiro beijo. Aprender a amarrar os sapatos. Escrever no diário. O braço quebrado no acampamento de verão do sexto ano. Sair escondida do meu quarto no segundo andar para encontrar Nolan, meu primeiro namorado, no começo do ensino médio. A semana que minha avó Rosie — ou "Bubbie Rosie" — passou em nossa casa, quando minha mãe estava no hospital para fazer uma cirurgia nas costas.

Um dia, ela me ensinou a fazer pão *challah* trançado enquanto ouvíamos rádio e ela me contava histórias de quando minha mãe era criança, coisas às quais eu não dava muita atenção, na época; mas, agora, eu absorvia cada palavra.

Foi a última vez em que a vi com vida. Vovó Rosie morreu três meses depois disso, quando um aneurisma sobre o qual ela sabia desde os vinte e poucos anos se rompeu.

"Quando sua mãe era uma menininha, ela implorava para eu não matar as aranhas, embora tivesse pavor delas", vovó Rosie estava dizendo. Havia uma fina camada de farinha em seu queixo. Os olhos dela eram como os meus, mas rodeados de linhas que quase os escondiam, quando ela ria. "Ela ficava lá com uma xícara em uma das mãos e uma folha de papel na outra, tremendo muito enquanto, com todo o cuidado, usava o papel para guiar a aranha para dentro da xícara."

Eu me peguei rindo e afinal ouvi essa história com atenção. Eu também odiava aranhas. Minha mãe ainda as guiava para um chumaço de lenços de papel, em vez de esmagá-las, e eu a amava por isso.

Vovó Rosie riu mais alto. "Uma vez, ela prendeu uma das grandes. Tinha o tamanho de uma moeda de 25 centavos. Era pesada demais para o papel, e, quando ela a estava carregando em direção à porta, a aranha caiu bem na parte da frente da blusa dela. Nunca tinha ouvido uma criança emitir um ruído como aquele. Ela ficou lá paralisada, gritando com todas as forças, até eu conseguir tirar a aranha de cima dela."

Eu me vi mudar de posição na banqueta enquanto vovó tirava a massa da tigela e começava a falar sobre a importância de passar farinha nas mãos, em vez de polvilhar a massa. Vi seu sorriso perder parte do brilho quando perguntei se podia ir ver televisão enquanto ela amassava o pão. No entanto, logo depois, as linhas nos cantos de seus olhos se aprofundaram, e ela assentiu. "Sim, é claro, *Bubbelah.*" *Bonequinha.* "Vai ver seu programa. Terminaremos mais tarde."

Enquanto minha versão de 10 anos de idade subia a escada correndo para ir ver *Sabrina, Aprendiz de Feiticeira*, eu me perguntava onde estaria vovó Rosie. Ela morreu dez anos antes. Queria saber se a morte tinha sido para ela como era para mim. "Sinto saudade de você, Bubbie", sussurrei.

Ouvi a resposta dela enquanto meu eu de 10 anos chegava ao topo da escada.

"Vou estar bem aqui quando você estiver pronta."

Interrompi a recordação de supetão e olhei para a silenciosa estrada de terra na minha frente. Isso sempre foi parte da lembrança? Havia alguma coisa a que não dei atenção aos 10 anos de idade? Havia muitos detalhes que eu tinha perdido no momento.

Contudo, tive a sensação de que ela falava *comigo*.

Não com a menina de 10 anos.

Eu, Meghan, a que estava no acostamento da estrada, ao lado de um sapato sujo e manchado de sangue.

Uma onda de empolgação — seguida por outra de terror — me percorreu.

O que significaria se ela *estivesse* falando comigo?

Uma parte de mim queria voltar à lembrança. Descobrir. Ver se conseguia falar com Bubbie. Saber se ela responderia.

Entretanto, a parte que estava sentada no acostamento da estrada no meio do bosque não estava preparada para descobrir. Porque aquela parte de mim que pensou que talvez ela estivesse falando comigo não conseguiria processar a decepção, se ela não estivesse.

Queria abraçar a possibilidade por um tempo, antes de testá-la.

E foi então que ouvi o barulho de outro carro.

Um ruído ao longe. O som ainda abafado dos solavancos nos buracos, os baques distantes.

Enquanto o som se aproximava, mergulhei fundo nas emoções que borbulhavam próximas à superfície. A surpresa e a esperança de ouvir

Bubbie e especular se ela não havia ido embora, talvez, do mesmo modo como eu não tinha ido embora. O terror que me conduziu até aqui. A fúria que sentia quando me lembrava de ter adormecido no carro dele e acordado com seus olhos negros em cima de mim na escuridão.

A mistura de felicidade, tristeza, raiva e terror era efervescente e tensa. Como uma garrafa de refrigerante que havia sido sacudida.

Eu não conseguia mais sentir as agulhas de pinheiro marrons e secas e a terra ao longo da área onde estava.

Não sentia a temperatura cair quando o sol se punha nas colinas à minha volta.

Porém, conseguia sentir essa mistura de emoções; então, quando a garrafa de refrigerante explodiu, vi o carro fazer a curva na estrada e vir em minha direção.

Era dirigido por uma mulher de vinte e poucos anos. Ela usava o cabelo preso no alto da cabeça em um coque bagunçado. Um adesivo "coexist" começara a descolar do para-choque dianteiro do jipe velho. Seus lábios se moviam como se ela cantasse. No entanto, seus olhos eram tristes.

"Pare", gritei quando vi os olhos dela se voltarem para a bifurcação quase imperceptível na estrada, lá na frente, onde o acostamento mergulhava para depois se ramificar em um arremedo de rua. Onde meus ossos iam aos poucos se tornando parte da terra.

A garota com o coque bagunçado passou por mim e por minha onda de sentimentos, que quebrava invisível à nossa volta.

"Pare, por favor", sussurrei quando o desespero bateu mais forte.

E então, apesar de eu não conseguir acreditar no que estava acontecendo, ela parou.

11

BRECIA

BOULDER, COLORADO

DOIS ANOS ANTES

Ele se arrumou para o encontro enquanto April levava as meninas para jantar no McDonald's.

"Tchau, papai!", Kimmie gritou enquanto ela e Emma saltitavam pelo corredor em direção à porta da garagem.

Ele encaixou a cabeça na fresta da porta do banheiro, onde estava se barbeando. Depois, levantou as mãos acima da cabeça e rosnou: "Acho bom correrem para as cadeirinhas do carro, antes que o monstro das cócegas pegue vocês!".

Kimmie e Emma gritaram animadas, e April riu quando ele saiu correndo do banheiro para perseguir as meninas, pegou-as no colo quando a pilha de caixas etiquetadas bloqueou o caminho das duas e fez cócegas nelas até que implorassem para ele parar e prometessem comer todo o McLanche Feliz.

Eu assistia a tudo incrédula.

Relutante, admiti que entendia um pouco melhor como April podia não saber de nada.

Porque, se *eu* não soubesse o que ele havia feito — se não tivesse certeza absoluta, porque, bem, eu estava lá —, nunca teria acreditado que era capaz de fazer mal a alguém.

Isso piorava as coisas, de certa forma. O fato de ele conseguir ser ao mesmo tempo o monstro das cócegas *e* o monstro esperando com um fio de extensão na lateral do meu quintal.

Eu queria que ele fosse um ou outro. Não os dois.

Quando a porta da garagem foi fechada e a casa ficou silenciosa, ele abriu o celular e pôs uma música para tocar. Uma música alta. Uma *playlist* chamada "60s party".

Neil Sedaka.

Roy Orbison.

Paul Anka.

Mais uma vez, não era o que eu esperava. Metallica, sim. Korn, sem dúvida. Mas sucessos dançantes da década de 1960? Eu observava seus olhos quando ele bateu com a navalha na lateral da pia e passou a mão no rosto barbeado; depois, ensaiou um sorriso no espelho.

Satisfeito, ele deu uma olhada no aplicativo de relacionamentos — nenhuma mensagem recente de Nicole —; então, pegou as chaves do Kia azul na garagem.

Mas, quando tocou a maçaneta, ele balançou a cabeça de repente e deu meia-volta.

Eu o segui até lá embaixo e entrei no escritório do porão, onde ele abriu a gaveta de cima da escrivaninha, que ficava trancada, e pegou duas embalagens de Tic Tac.

Ele abriu uma das embalagens e transferiu algumas cápsulas brancas para a outra, que estava quase cheia.

Eu me aproximei alguns passos para enxergar melhor. Ele assobiava "Pretty Woman" quando fechou a embalagem de Tic Tac, deu uma sacudida nela e a inspecionou pela lateral.

Foi quando percebi que as cápsulas adicionadas não tinham o mesmo formato que as outras. Eram redondas e brancas, e não ovaladas e brancas. E eram marcadas no meio.

Rohypnol. Vi episódios suficientes de *Law & Order* para saber o nome de cor.

Era uma das drogas usadas em estupros mais comuns em *dates*.

Senti uma espécie de dormência quando ele guardou a caixinha de Tic Tac no paletó de veludo cotelê. Assobiando, ele subiu a escada correndo e foi para a garagem.

Quando ele abriu a porta do Kia do lado do motorista, eu entrei e me sentei no banco do passageiro. Sentado sobre as caixas empilhadas de forma meticulosa na semiescuridão da garagem, Oscar balançava a cauda de um lado para o outro.

James/Jamie conectou o celular no bluetooth do carro e cantava junto com o último refrão de "Sweet Sixteen", de Neil Sedaka, quando saiu da garagem, seguindo na direção leste para Denver.

Eu observei o rosto dele, procurando alguma indicação de perigo. Qualquer coisa que pudesse alertar Nicole para que ela ficasse de olho em sua bebida, não tirasse os olhos dela nem por um segundo, não confiasse no queixo esculpido e bem barbeado nem no sorriso afetuoso.

Mas não havia nenhum sinal. Não nesse momento.

Fazia exatamente uma semana que ele tinha se escondido no meu quintal lateral e ficado de tocaia me esperando. E fazia quase um ano que eu havia bloqueado sua última ligação.

Nunca poderia ter imaginado o preço que pagaria por tê-lo rejeitado.

A embalagem de Tic Tac era o preço que ela pagaria por ter convidado esse homem para entrar em sua vida. O preço de esperar que talvez ele fosse o cara especial.

Havia mais mulheres, como eu, que pagaram esse preço? Mais mulheres que não o quiseram? Ou que não perceberam que não queriam nada com ele, até que fosse tarde demais?

Fiz um esforço para me concentrar na rua diante de nós e manter a raiva dentro de mim fervendo em fogo baixo.

Não podia me dar ao luxo de desperdiçá-la.

12
SKYE

KUNA, IDAHO

AGORA

Havia 72 horas de imagens da câmera de segurança.

Ken removeu o cartão de memória e o encaixou em um pen drive que ele carregava no chaveiro. "Que bom que você veio hoje. A câmera reseta depois de 72 horas. Então, tem muita coisa. Se não conseguirmos ver tudo, eu faço uma cópia para você." Ele olhou para a porta do pequeno escritório, e eu imaginei que estava pensando no que Don, o proprietário, diria sobre ceder uma cópia das imagens da câmera de segurança. Don dizia "não" para tudo. Por sorte, Don poucas vezes estava por perto.

Ken apertou o botão de backup da câmera, que produziu um *ping* em seu celular. Queria poder dar um abraço nele.

Alguns minutos depois, ele deu play nas imagens a partir das 8h da sexta-feira, quando eu havia chegado para o meu turno. Ele e minha mãe assistiram às imagens em silêncio, enquanto eu aparecia no extremo leste do estacionamento andando depressa, mas com os olhos colados na tela do celular. Eu sorria vendo algum meme ou vídeo do qual não consigo me lembrar agora. Era só um dia normal. Um dia feliz. A última vez em que eu teria de trabalhar de manhã, o meu primeiro fim de semana antes de ir para a faculdade.

Depois que entrei no café e saí do enquadramento, Ken adiantou a gravação. Cada vez que um carro entrava no estacionamento ou saía do prédio, ele dava play em velocidade normal.

"É ele", gritei quando um Kia azul apareceu na tela, do outro lado do estacionamento. A imagem parou de avançar em velocidade acelerada e ficou congelada por um instante, e eu tentei controlar minha empolgação e meu nervosismo. "É ele", sussurrei de novo quando o vídeo continuou em velocidade normal.

"É ele", Ken anunciou como se me imitasse. "O cliente regular do qual eu falei antes."

James entrou no Daily Grind e saiu de lá alguns minutos depois com seu chocolate quente. Minha mãe franziu a testa quando ele entrou no carro e foi embora. Era um procedimento demorado. "Posso ver tudo mais tarde, não quero tomar mais do seu tempo. Sei que precisa trabalhar. Só achei que você poderia detectar melhor que eu algum detalhe importante na rotina. Pode avançar para o fim do turno dela? Minha filha deveria sair daqui por volta das quatro da tarde."

Ken concordou e avançou a fita em alta velocidade. Carros entravam e saíam do quadro como raios. A correspondência chegou. Dois alunos do ensino médio se pegaram na frente do carro deles. Um bando de gaivotas apareceu para comer os restos abandonados do *bagel* de alguém.

O Kia azul apareceu pela segunda vez e parou no estacionamento bem no limite do vídeo. Dessa vez, ninguém saiu do carro.

Quando vi aquilo, a descarga de emoções em mim fez o celular de Ken desligar. Minha mãe entrou em pânico. "Perdeu as imagens? Para onde elas foram?"

Ken balançou a cabeça e, parecendo frustrado, apertou o botão de iniciar do aparelho. "Não, o backup foi salvo. Acho que é um arquivo grande, só isso." Ele olhou intrigado para a tela escura.

Quando o aparelho reiniciou, alguém bateu na porta do escritório, e uma morena delicada que havia começado no café na semana anterior — Allison? — apareceu na soleira. "Oi, hum... Está ficando movimentado lá fora. Devo telefonar para o Don e pedir mais alguém no turno ou..." Ela sorriu com doçura, e Ken empalideceu.

"Não, só preciso de um segundo, já vou. Ok?" Ele olhou para minha mãe como se pedisse desculpas. Eu não o condenava por isso. Eram quase oito horas. Mas fiz um grande esforço para bater com a porta em Allison quando ela saiu. Não consegui.

"Você foi muito, muito útil", disse minha mãe. "Vá trabalhar! Eu vejo isso em casa." Ela se levantou e virou a cabeça antes que ele pudesse ver seus olhos cheios de lágrimas outra vez, mas sua voz não conseguiu esconder a emoção. "Eu me sinto tão impotente! Como se não houvesse nada que eu pudesse fazer. Isto me dá alguma coisa, pelo menos."

Ken tocou o ombro dela meio sem jeito. "Fale comigo, se precisar de mais alguma coisa. E, por favor, me avise quando a encontrar. Vou falar com todo mundo que trabalhou no mesmo horário ontem para ver se perceberam alguma coisa." Mais uma vez, senti vontade de abraçá-lo quando segui minha mãe de volta ao carro.

Ela se controlou até sair do estacionamento; depois, parou em uma rua lateral do shopping para chorar.

O telefone dela emitiu um sinal sonoro notificando a chegada do e-mail de Ken com as imagens. Depois de novo, e dessa vez era uma mensagem do meu pai. O voo dele tinha acabado de decolar. Ele chegaria em duas horas.

O Kia azul atravessou a imagem cinco vezes antes do fim do meu turno. Em todas as vezes, ele estacionou num canto, no fundo do estacionamento, de frente para o prédio. Ficou parado por um tempo. Depois, saiu.

Estava me esperando sair do trabalho.

Cada vez que eu via o Kia azul, a imagem congelava por um instante, resultado da mistura de empolgação e horror que borbulhavam em mim.

No início, tive esperança de que congelar a cena facilitaria para minha mãe reconhecer o carro que reaparecia diversas vezes no estacionamento. No entanto, em virtude das centenas de automóveis que entravam no estacionamento em velocidade acelerada, ela não reconheceu o Kia. Só entrou em pânico pensando que o vídeo estava com algum problema e começou a murmurar uma prece para ele não parar de vez.

Às vezes, ela olhava o celular e verificava se o som do toque estava alto, se não havia perdido uma ligação.

Ela não perdeu nada.

* * *

Meu pai parecia não ter dormido.

Quando ele viu o rosto inchado da minha mãe, ficou com os olhos vermelhos, mas forçou um sorriso e acenou com a cabeça. "Vai ficar tudo bem, Mari. Não vamos perder tempo com emoções."

Minha mãe mordeu o lábio, mas não disse nada quando ele puxou a mala e passou pela porta, ignorando de propósito minhas fotos na parede do hall.

De repente, me lembrei com uma nitidez espantosa do dia em que tivemos de pôr minha gata Snickers para *dormir*. Foi pouco antes de ele se mudar. Eu estava no terceiro ano. Não entendi o que significava "acabar com o sofrimento de Snickers", embora já tivesse idade suficiente para saber o que isso quer dizer. Sobretudo porque Snickers tinha acabado de ser atingida pela porta da garagem. Acho que pensei que iriam ajudá-la. Acabar com seu sofrimento e deixá-la bem de novo.

Ela chorava e miava de um jeito frágil e comovente quando meu pai a enrolou em uma toalha de praia e minha mãe foi ligar para o veterinário para ver se ainda estavam atendendo. Afaguei sua cabeça preta e branca, tomando cuidado para não tocar a linha de sangue escuro que escorria de uma orelha.

Quando meu pai voltou do veterinário sem a gata, uma hora depois, eu não conseguia parar de chorar. Tinha dito a ela que ia ficar tudo bem. E não me despedi. Não de um jeito apropriado.

Meu pai me segurou pelos ombros, olhou nos meus olhos e disse: "Sinto muito, Skye-Passarinho, mas o que está feito está feito!".

As palavras ecoavam em minha cabeça enquanto eu via meus pais — que não se encontravam havia um ano, pelo menos — lado a lado, examinando o restante das imagens da câmera de segurança.

O que está feito está feito.

* * *

As imagens tinham data e hora. Quando eram 16h em uma delas, o fim do meu turno, o Kia azul reapareceu no extremo mais distante do estacionamento.

Então, às 16h09, quando apareci na cena depois de pegar minhas coisas, o carro atravessou o espaço aberto e entrou na área do longo e estreito centro comercial.

Observei o rosto dos meus pais, esperando que eles ligassem os pontos.

No entanto, um Honda cinza saiu ao mesmo tempo. E um Ford azul. Acho que eu também não teria notado o Kia se não estivesse procurando *ele*.

O pânico me invadiu como uma correnteza quando me vi caminhar em direção ao limite externo do vídeo. Em direção à segunda entrada do estacionamento para o centro comercial. O Kia azul não era mais visível. Ele havia saído pela outra porta do estacionamento.

Eu estava quase saindo do enquadramento da câmera.

O que significava que eles não me veriam entrando naquele carro nem falando com o motorista. Entrei no Kia depois de passar pelo FroYo, pelo menos vinte metros distante de onde eu estava. Eu me lembrava de ter me perguntado se era lá que ele estava antes.

No entanto, um instante antes de sair do enquadramento do vídeo da câmera de segurança, eu levantei a mão.

Minha mãe também percebeu. "Você viu aquilo?" Ela se inclinou para a frente e quase derrubou o computador de cima da mesa da cozinha.

Meu pai balançou a cabeça e endireitou o computador. "O quê? O que foi?"

"Ela acenou. Estava acenando para alguém. Ou se preparando para acenar, tanto faz. Ela levantou a mão e..." Minha mãe retrocedeu a gravação alguns segundos, bem rápido, e os dois viram em silêncio quando me aproximei do limite da cena e comecei a levantar o braço direito. Minha mãe pausou o vídeo.

Era difícil ver minha expressão na imagem. Não tinha nitidez. Mas, mesmo de longe, dava para perceber que eu sorria para alguém.

O pânico diminuiu, foi substituído por uma onda de empolgação. "Sim, eu estava acenando. Para ele, no Kia azul", eu exclamei, sem provocar nenhuma reação.

Meu pai se aproximou um pouco mais e observou a tela por alguns segundos. Depois, pegou o celular. "Ela está acenando para alguém, não há dúvida nenhuma. Que número a polícia te deu? Eles precisam saber disso."

Minha mãe destravou a tela do celular para ver o número da polícia, esfregando o polegar e o indicador como sempre fazia quando estava nervosa. "Vão dizer que era só um dos amigos dela." E acrescentou esperançosa depois de uma pausa: "Será que era?".

Meu pai assentiu gesticulando de leve a cabeça, mas não olhava nos olhos dela enquanto fazia a ligação. Minha mãe voltou o vídeo mais uma vez, antes de dar play para assistir ao resto da cena. Só para verificar se eu apareceria voltando ao trabalho, acho. Eu sabia que não voltaria. Não viva, pelo menos. Então, ouvi a conversa do meu pai com a polícia, em vez de assistir às imagens.

Para minha surpresa, a mulher que o atendeu — a mesma com a qual minha mãe tinha falado mais cedo — disse que havia passado aos oficiais as informações que minha mãe tinha dado. O nome de quem ia verificar o que havia acontecido comigo era comandante Willis. Ainda não havia uma investigação oficial. Mas o comandante Willis olharia o vídeo que eles tinham — e tudo mais que meus pais considerassem importante — para determinar os próximos passos e avaliar o nível de probabilidade de eu ter desaparecido de verdade.

Meu pai agradeceu à atendente e desligou. "Um oficial virá aqui hoje à tarde. Eles vão 'avaliar' o caso. O que significa que precisamos entender tudo o que pudermos antes de ele chegar. Ela está em perigo, Mari. Eu sei que está." A voz do meu pai ficou um pouco trêmula, e ele tossiu para limpar a garganta. "Sei que não a vejo todos os dias como você vê, e sei que faz tempo que não a encontro, e me sinto um merda por isso, mas ela é minha filha, e eu a conheço. Ela não desapareceria desse jeito sem um bom motivo. Não mesmo. O que mais podemos fazer antes de esse oficial chegar aqui?"

Minha mãe balançou a cabeça e enxugou o rosto. "Eu tinha esperança de ver alguma coisa no vídeo. Acho... acho que podemos voltar ao café e perguntar se mais alguém viu alguma coisa... Um cliente... Talvez o homem que ia beber chocolate quente todos os dias esteja lá."

Isso me animou de novo. Talvez ele voltasse. Era horrível pensar em meus pais encontrando com ele. Mas talvez ele tivesse aparecido. Talvez tivesse deixado escapar alguma coisa. Ou talvez alguém que trabalhava no mesmo horário ou que tivesse saído para fumar poderia ter me visto entrando no carro dele.

Não há muitos caminhos a seguir quando alguém desaparece como fumaça no ar.

Pensei no meu corpo imóvel e ferido perto da Blacks Creek Road. Queria muito ser encontrada e, ao mesmo tempo, tinha muito medo de que encontrassem o meu corpo. Isso faria o brilho dos olhos dos meus pais se apagar. Todavia ver os lampejos de esperança era pior, porque eu sabia, sem sombra de dúvida, que não havia a menor possibilidade de eu voltar.

13

MEGHAN

MONTANHAS OQUIRRH, UTAH

UM ANO ANTES

Surpresa, vi a mulher com o coque bagunçado parar de repente no acostamento irregular da estrada de terra, com o para-choque a poucos centímetros do sapato.

Olhei através do para-brisa e vi que ela estava chorando. Chorando muito. Seus ombros tremiam quando ela apoiou a cabeça no volante.

Não fazia ideia de por que ela chorava. Ou se eu tinha alguma coisa a ver com isso — como o que aconteceu com os coiotes e a águia. No entanto, qualquer que fosse o motivo, ela havia parado.

Não podia chorar com ela, mas deixei as ondas de tristeza fluírem em mim enquanto ela chorava, deixei que quebrassem em mim. Eu sofria por meus pais. Sofria por Sharesa. A essa altura, eles já sabiam que era pouco provável a minha volta. Sempre fui responsável demais. Nunca deixei mensagens de voz ou de texto sem resposta. A menos que houvesse alguma coisa muito errada.

Invocava o rosto das pessoas que amava e sentia a tristeza me envolver como um cobertor pesado. Nunca pensei que o luto poderia ser um sentimento de mão dupla. Em vez de chorar a perda de uma pessoa, eu chorava por todos os que eram importantes para mim. Tinha perdido todo mundo.

Dentro do veículo, a garota chorava ainda mais. Soluços altos e dolorosos que eu conseguia ouvir tão bem quanto se ela estivesse ao meu lado.

Guardei minhas lembranças e só a observei por alguns minutos. No assento do passageiro, havia uma mochila roxa e azul com uma garrafa de água presa de um lado. Olhei pela janela e vi que ela usava botas de trilha. Não havia nenhum equipamento de camping, não que eu pudesse ver, o que sugeria que ela havia feito uma trilha de um dia. Talvez um dia distante deste que provocava as lágrimas que desciam por seu rosto e molhavam o volante.

Vi com alguma ansiedade quando ela, por fim, se endireitou e respirou fundo. A garota observou seu reflexo no espelho retrovisor e enxugou os olhos.

"Por favor, não vá embora. Por favor, saia do carro", implorei.

Ela não reagiu.

Contudo, alguns minutos depois, ela tirou a chave da ignição e desceu do carro.

De olhos fechados, ela virou o rosto para a luz do sol que atravessava os galhos e respirou fundo.

Eu a observava hipnotizada.

O sapato estava bem na frente dela.

Ela fungou e enxugou os olhos de novo, olhando para as árvores esquálidas até seus olhos encontrarem a bifurcação quase escondida que levava ao local onde estava meu corpo.

A mulher deu alguns passos, e eu a incentivei a continuar. "Isso! Continua, ok? Por favor."

Ela guardou as chaves do carro no bolso e andou o suficiente para ver que o arremedo de estrada de terra de fato prosseguia naquela direção, esburacada e quase coberta pela vegetação.

A silhueta escura de um corvo circulava lá no alto, e a ave emitiu um ruído que lembrava uma gargalhada.

A garota parou e olhou para cima; depois, para trás, para o carro. Em algum lugar na colina, no meio dos arbustos, um graveto estalou.

Ela franziu a testa e torceu o nariz. "Não", murmurou, e deu meia-volta para retornar ao carro.

Estendi a mão em direção ao ombro dela. Toquei de leve sua regata verde. "Não, não vá embora. Por favor. Ninguém mais vai parar aqui."

Ela continuou andando.

Quando parou ao lado da porta do motorista, a moça tirou as chaves do bolso e olhou para trás, como se alguém a seguisse.

De certo modo, ela estava certa.

Recuei alguns passos, imaginando que isso era culpa minha. *Eu a tinha assustado?*

O desespero voltou, e eu me senti soterrada por ele quando a jovem girou a chave na fechadura.

Fechei os olhos.

Mas não ouvi a batida da porta. E o carro não foi embora.

Quando abri os olhos, ela continuava em pé ao lado da porta aberta, olhando na minha direção.

Por um instante, cheguei a pensar que ela podia me ver, por causa da expressão confusa que se espalhou por seu rosto.

Ela deu alguns passos na minha direção e se abaixou na terra.

Foi quando percebi que a garota tinha visto o sapato — e o pequeno altar construído pelo corvo.

A jovem do coque bagunçado estudou intrigada o sapato desbotado com a mancha escura. Não tocou nele.

Depois de alguns minutos, balançou a cabeça de novo e voltou ao carro.

Dessa vez, abriu a mochila e pegou um celular. Tirou duas fotos. Uma de perto e outra mais afastada, para mostrar a placa do Big Eddy Campground a distância.

Disse a mim mesma que isso não significava nada. Que as fotos não podiam significar que alguém me encontraria. Até onde eu sabia, ela podia ter planos de postar as imagens no Instagram com as *hashtags* #recolhaseulixo e #protejanossoplaneta.

No entanto, quando ela ligou o motor e foi embora, eu sussurrei "Obrigada!", antes de não conseguir mais ouvir o barulho do automóvel.

14
BRECIA

BOULDER, COLORADO

DOIS ANOS ANTES

Ele parou no estacionamento às 18h50. Com tempo suficiente para pedir à *hostess* do Twiggs uma mesa de canto "discreta", antes de Nicole — toda sorridente e nervosa, mas fingindo que estava calma — chegar e olhar o bar requintado em busca da pessoa que ela esperava que já estivesse ali.

Seu cabelo vermelho e brilhante era mais comprido do que nas fotos no MatchStrike. Cobria as costas em ondas suaves que pareciam naturais, mas que eu sabia por experiência própria que tinham exigido muito tempo e trabalho, até ficarem perfeitas. Ela usava um vestido verde e leve e uma jaqueta curta com franja na bainha. Tinha conseguido levantar o canto dos olhos com um delineado sutil e perfeito. Ela era linda.

Um sorriso distendeu seus lábios quando ele a viu e acenou da mesa. Logo depois, ele correu para encontrá-la. O sorriso se tornou mais largo quando ele tocou a parte inferior de suas costas para conduzi-la até a mesa. Ele também sorria. Sabia bem o que estava fazendo.

Eles conversaram até quase a hora de o bar fechar. Ele falou sobre o amigo ridículo com quem dividia a casa — "Steve". Sobre seu trabalho, que insinuou de passagem que poderia estar relacionado com segurança governamental. Eu me acomodei no banco ao lado dela, analisando as mãos dele. Esperando o momento em que ele pegaria a embalagem de Tic Tac. Não era nenhuma especialista em tecnologia, mas, depois de vê-lo trabalhar no porão durante a última semana, podia afirmar com segurança que ele era colaborador do site de uma empresa de marketing de rede que vendia bebidas energéticas.

Pensei em April, Kimmie e Emma, que deviam estar terminando o quebra-cabeça antes da hora de dormir. Ou brincando com a surpresa de plástico que ganharam ao comprar o McLanche Feliz. Uma raiva começou a fluir dentro de mim, um gotejar lento e quente. Eu a contive. Ainda não.

Ele contou a Nicole as mesmas histórias que havia contado para mim, e ela ouvia, assentia e sorria, sentindo um afago em seu ego. Do mesmo modo como eu havia feito. Porque ele era encantador e bonito, e também fazia perguntas sobre a vida dela. E, quando ela falou sobre si mesma, ele ouviu com uma aparente intensidade que, na minha vez, eu havia confundido com atenção generosa.

Agora sabia que esse era o tipo de atenção focada que um gato dá a um rato antes de atacar. Vi esse olhar antes, era a expressão de Frank antes de atacar o brinquedo de penas. E o vi nos olhos de Oscar quando ele perseguiu uma mosca pela casa alguns dias atrás, enquanto April e as meninas o observavam fascinadas.

O primeiro drinque de Nicole estava quase acabando. Era um Moscow Mule servido em uma daquelas lindas canecas de cobre. Ela mantinha uma das mãos na alça e bebia um golinho de tempos em tempos. Estava saboreando aquela bebida havia mais de uma hora. De acordo com a placa na porta, o bar fecharia em breve. "Você está indo muito bem", eu disse a ela. "Não pede outra bebida!"

Quando a garçonete se aproximou da mesa para perguntar se queriam outra rodada, ele respondeu depressa "Vou querer mais um, não pretendo ir embora ainda. E você?" e olhou para Nicole com um sorriso de mil watts.

Ela hesitou e olhou para o drinque. Talvez bebesse pouco, como eu. Talvez já estivesse se sentindo meio tonta e não quisesse correr o risco de fazer papel de boba no primeiro encontro.

Mesmo que tivesse de sacrificar alguma coisa.

Me aproximei de seu ouvido. Cheguei tão perto quanto foi possível. "Não pede outro drinque", repeti. E falei de novo.

Ouvi quando ela disse: "Hum, sim. Vou querer outro também, eu acho!".

A garçonete foi buscar os drinques, e Nicole pediu licença para ir ao banheiro.

Eu a vi se afastar. Ele também viu. Assim que a porta do banheiro se fechou, ele tirou a embalagem de Tic Tac do bolso. Com a maior naturalidade. Não olhou em volta. Nem tentou esconder a caixinha. Só a abriu e deixou três cápsulas caírem na mão. Dois Tic Tacs oblongos... e uma pílula redonda.

Pânico e raiva borbulharam dentro de mim, e eu agarrei essa emoção com desespero. Concentrei-a todinha nele e nas pequenas cápsulas em sua mão. Como tinha feito com o computador.

A lâmpada sobre nós piscou várias vezes.

Ele olhou para cima com um ar despreocupado. Depois, fechou a tampa da embalagem, jogou os dois Tic Tacs de verdade na boca e manteve o Rohypnol na mão.

Vi horrorizada a garçonete se aproximar da mesa com os dois drinques nas mãos.

Nicole ainda não havia voltado.

A garçonete deixou as duas bebidas em cima da mesa, bem no meio.

"Bom proveito!" Seu sorriso desapareceu por um instante quando ela olhou para a lâmpada, que continuava piscando. "Desculpe. Vou providenciar outra lâmpada."

Ele retribuiu o sorriso e agradeceu a oferta. "Não é tão importante", ele disse.

Quando a garçonete se afastou, ele pegou primeiro sua bebida, depois, a de Nicole, derrubando sem que ninguém percebesse a pílula branca na caneca de cobre, antes de empurrá-la para o lado dela da mesa.

Atordoada, vi o pequeno círculo branco se dissolver. Não consegui fazer nada. Estava feito. Quando Nicole voltou à mesa, alguns minutos depois, tinha retocado o batom. A pílula havia se dissolvido. Restava apenas uma pequena partícula branca.

O relógio na parede marcava 22h15. O bar fecharia dali a 45 minutos. Ele bebeu um gole do drinque e sorriu para Nicole. "Acho que você tem os olhos mais lindos que já vi. Quando te vi pela primeira vez no MatchStrike, pensei que fosse uma conta falsa. Ninguém tem olhos como os seus na vida real."

Sua pele clara ganhou um tom profundo de rosa, e ela bebeu um gole do drinque. "Pensei a mesma coisa sobre você."

"Com razão", resmunguei furiosa, chegando mais perto dela no banco. "Ele acabou de batizar sua bebida."

Rindo, ele balançou a cabeça. "Relacionamento online é uma coisa complicada. Aposto que você tem umas boas histórias para contar."

Ela riu, mas não voltou a beber da caneca de cobre. Na verdade, empurrou um pouco o drinque e puxou o copo de água. Ele observou as duas bebidas. Ela não percebeu e começou a contar uma história sobre o último homem do MatchStrike com quem havia saído, que nem era divorciado ainda, embora se declarasse solteiro no perfil. Ele até levou um dos filhos ao encontro como "acompanhante", pois não tinha conseguido encontrar uma babá.

Nos pontos certos da história, ele ria, mas olhava a todo instante para a caneca de cobre, que continuava cheia sobre a mesa, diante dela. Depois, olhou para o relógio na parede. Faltavam vinte minutos para o bar fechar.

"Essa foi boa, mas sei que deve ter mais histórias", ele a desafiou. "O tipo de história que só vai contar depois de beber mais uns goles desse Moscow Mule." E acenou com a cabeça para a bebida, antes de tomar um gole do próprio drinque. "Estou louco para ouvir tudo, portanto, é melhor beber. A noite é uma criança, menina bonita."

Nicole ficou vermelha de novo e pegou a caneca para beber mais um gole do drinque.

Eu me movimentei junto com ela, colando meus lábios fantasmas em sua orelha até ter certeza de que estava dentro de seu canal auditivo. "Escute bem, ok? Pare de beber. Você está em perigo. Essa bebida é perigosa. Ele é perigoso."

Vi quando ela bebeu um golinho bem pequeno da mistura, unindo os lábios pintados em torno do canudo cor-de-rosa. Mais um golinho. Ela o encarou enquanto bebia, e eu vi em seus olhos o quanto queria agradá-lo.

Cheguei mais perto dela e tentei de novo, falei tão alto quanto podia, me agarrando com desespero aos sentimentos de impotência e inevitabilidade. Tentando transmitir a mensagem de algum jeito.

"Pare. Você não tem que beber isso aí. Sei que não entende por que, mas pare. Pare de beber. Tem alguma coisa errada. Alguma coisa está muito errada."

A lâmpada acima de nós piscou de novo, dessa vez de modo quase imperceptível. Nicole torceu o nariz. "Está tentando me embebedar?", ela brincou. "Não costumo beber. Já estou meio tonta." Então pegou o copo de água e bebeu quase metade do conteúdo.

"Isso, bebe toda a água!", aprovei.

Ele respondeu com um sorriso que não alcançou os olhos.

Debrucei sobre a mesa até ficar bem na frente do rosto dele. "Vai se foder."

Na sequência ele aproximou o corpo de mim como se me respondesse e empurrou a bebida de Nicole para mais perto dela. "Quero ver como você fica 'completamente tonta'. Porque sua versão 'meio tonta' é adorável."

Nicole continuou sorrindo, mas não pegou a caneca de novo. "A Nicole sóbria também é", ela respondeu brincalhona, mas percebi que ele havia tocado em um ponto sensível.

Ele tentou recuar. "Ah, sim, com toda certeza."

A mudança no clima era palpável.

Para mim, pelo menos, era.

Como fantasma — ou o que quer que eu fosse —, tinha perdido a maioria dos meus sentidos. Não conseguia sentir a superfície lisa da mesa onde meus braços se apoiavam, não conseguia sentir o cheiro do prato com o resto das fritas em cima da mesa, e com certeza não podia sentir o sabor delas. Podia ver. E podia ouvir. No entanto, o que tinha perdido em sentidos físicos, parecia ter ganhado em metafísicos. Era como se houvesse uma corrente circulando a mesa, que se tornava pesada e tensa.

Ele não tentou mais convencê-la a terminar o drinque.

E ela não bebeu nem mais um gole.

Então ele tentou recuperar a energia leve de flerte. Começou a perguntar sobre os filmes de que ela mais gostava, sobre sua família, seus amigos, até sobre o vestido que ela usava. Ela sorria e respondia. No entanto, quando parou de rir e se inclinou em direção a ele como tinha feito antes, ele parou de tentar ser agradável e começou a fazer uma cara feia. Como se ela fosse responsável por ter arruinado o encontro.

Eu fiquei eufórica.

Quando a garçonete trouxe a conta, Nicole bebeu vários goles de água e pegou o celular. "Olha, não estou me sentindo muito bem. Vou chamar um Uber, ok? Foi legal te conhecer."

Sem abraço. Sem "Vamos sair de novo?". Sem "Quer ir para a minha casa?".

Eu comemorei e aplaudi. Alto.

Ele contraiu um pouco o músculo da mandíbula e deu de ombros. "Legal. Vou pagar a conta, então."

Ela sorriu e se levantou da mesa. "Obrigada. Parece que já tem um carro lá fora, acho melhor me apressar. Sinto muito por sair correndo." Olhei para o celular. Ela não tinha nem aberto o aplicativo do Uber, mas tinha enviado uma mensagem para uma pessoa chamada Jen: "Estava indo tudo bem, mas estou sentindo uma energia ruim. Vou para casa. Quer ver *Criminal Minds*?".

E foi embora, enquanto ele esperava impaciente a garçonete devolver seu cartão e depois perdia a paciência com ela por ter esperado até a hora de fechar para trazer a conta.

A garçonete ficou aborrecida. "Ah, eu... tive a impressão de que era um encontro, não quis apressar as coisas..."

Ele a encarou furioso. "Ela era uma vadia." Depois, assinou o recibo e saiu sem deixar gorjeta.

15
SKYE

KUNA, IDAHO

AGORA

Ninguém viu nada.

E o Kia azul não apareceu.

Meus pais passaram duas horas na entrada, atentos a qualquer pessoa que pudessem reconhecer no estacionamento, enquanto minha mãe mandava mensagens de texto pelo celular e pelo Facebook para qualquer um que aparecesse na minha lista de "amigos". Perguntava se alguém tinha me visto. Se eu tinha dito alguma coisa que pudesse dar uma pista de onde eu estava agora.

Ninguém sabia de nada.

Meus pais perguntavam a cada pessoa que entrava no café se tinham me visto no dia anterior, enquanto meu pai exibia minha foto da formatura no celular.

Todo mundo balançava a cabeça com tristeza e dizia que esperava que eu aparecesse logo. Uma mulher, que parecia familiar, disse que se lembrava de mim, mas que não me viu saindo do trabalho no dia anterior. Dois adolescentes que eu tinha expulsado do saguão por estarem se pegando assentiram e disseram que também se lembravam de mim. No entanto, ninguém me viu saindo do trabalho.

Conforme a tarde foi passando, percebi que até Ken foi ficando agitado dentro do café. Ele levou dois cafés com leite gelados para meus pais e lhes perguntou se tinham visto as imagens das câmeras. Porém acrescentou logo em seguida que não poderia fornecer mais nenhuma imagem e olhou para trás enquanto falava, para o interior da loja. Era evidente que alguém tinha contado ao proprietário sobre a exibição da gravação da câmera de segurança naquela manhã. Até eu conseguia sentir a energia desesperada, frenética, na frente da loja. Isso não era bom para os negócios. As pessoas só queriam tomar um café.

O comandante Willis, enfim, telefonou por volta das duas da tarde, e meus pais aceitaram encontrá-lo em casa, caso ele precisasse de alguma das minhas coisas. Era evidente que estavam pensando em usar cães farejadores, embora não falassem as claras.

Entramos no carro. Meu pai dirigia, minha mãe continuava colada no celular, copiando e colando a mesma mensagem para os meus 541 "amigos" do Facebook. "Lamento incomodar, sou mãe da Skye. Ela não voltou para casa ontem à noite, e estamos muito preocupados. Por favor, se conseguir pensar em alguma coisa que possa nos ajudar a encontrá-la, me avise, mesmo que não pareça muito importante."

Sentada atrás dela, fiquei olhando por cima de seu ombro enquanto as respostas chegavam, algumas quase de imediato. A maioria das pessoas, cujos nomes eu reconhecia apenas por alto, respondia com alguma variação de "Ah, não! Sinto muito. Não consigo pensar em nada". Senti um desconforto quando vi o nome de David Hauser aparecer na tela. Fomos da mesma turma em várias disciplinas durante todo o ensino médio. Ele era popular em um nível bem diferente, aquela pessoa que todo mundo sabia quem era. Mas também era divertido e simpático. Ouvi dizer que ele também iria para a ISU no outono. Às vezes, pensava no que poderia acontecer se eu deixasse de ser uma lagarta social e me transformasse em uma borboleta social.

Em vez disso, eu estava morta, e minha mãe estava mandando mensagem para ele pelo Facebook, olhando cansada para a nova mensagem que digitava e para as respostas que chegavam pelo aplicativo do Messenger.

Não percebi que o carro havia parado e que meu pai dizia alguma coisa, não por alguns segundos. "Mari, oi? MARISA. Está vendo aquilo?"

Olhei para onde ele apontava e vi a entrada do FroYo. Estava quase vazio, só vi um homem maduro debruçado sobre uma mesa, concentrado em devorar seu *frozen* iogurte.

Minha mãe franziu a testa. "Não... O quê? Acho que precisamos correr, ou não vamos encontrar o comandante..." Ela parou de falar.

Debrucei sobre o console entre os dois bancos do carro e, por fim, vi o que meu pai estava apontando.

Tinha uma câmera de segurança em cima da porta do FroYo.

Virada para fora, para o estacionamento.

Se aquela gravação ainda existia, eu estava nela.

E a aberração que dirigia o Kia azul também estava lá.

16
MEGHAN

MONTANHAS OQUIRRH, UTAH

UM ANO ANTES

Depois que a garota com o coque bagunçado foi embora, passei sete dias no mesmo lugar, cumprindo o *shivá*, o luto judaico, ao lado do sapato. Esperando. Torcendo para que as fotos que ela havia tirado trouxessem alguém a este lugar. Para me encontrarem. Para levarem meu corpo — e o que restava da minha alma — para casa.

Eu ainda não conseguiria explicar o porquê. Não sabia que utilidade isso teria. Eu ainda estaria morta. Ainda seria invisível para todos os que eu amava. Mas pelo menos poderia estar perto deles, talvez. Por razões que não conseguia justificar, todas as partes de mim queriam ser encontradas.

Mais alguns carros passaram por mim na estrada esburacada de terra, a caminho de Ophir Canyon. Nenhum deles parou. O corvo sempre voltava depois de alguns dias com novos tesouros para acrescentar à coleção ao lado do sapato. Um pedaço de vidro. Uma pequena lasca de quartzo. Uma pedrinha preta.

Eu vagava cautelosa enquanto esperava, percorrendo lembranças do meu primeiro emprego, algumas palestras a que compareci na faculdade, um acampamento com o grupo da igreja no ensino médio. Reli meu livro favorito, *The Bean Trees*, de Barbara Kingsolver. Fiquei bêbada com Sharesa em San Diego durante o *spring break*.

O sol nascia e se punha nas colinas poeirentas e nascia e se punha de novo. A escuridão ainda me assustava quando as sombras, enfim, dominavam meu canto no bosque todas as noites. Eu via os coiotes de vez em quando, seus olhos verdes e brancos que brilhavam com intensidade quando a lua os encontrava. Eles passavam longe do meu altarzinho à beira da estrada de terra. Eu também não me aproximava deles.

Quando o sol tinha nascido e se posto umas cinco vezes, pelo menos, deslizei as mãos — as unhas que eu tinha pintado com um arco-íris complexo — sobre o altar do corvo. O sapato havia desbotado ainda mais e estava coberto por uma nova camada de poeira, depois da tempestade de vento que havia ocorrido duas noites atrás. Estava ficando difícil reconhecer aquilo como um sapato, a menos que se olhasse para ele do ângulo certo.

Quando os dias se tornaram semanas, não suportei mais ficar sozinha com o sapato. E não conseguia sair de perto dele.

Então, por fim, voltei à memória de Bubbie Rosie.

Se isso era tudo que me restava — essa estrada de terra, o corvo, os coiotes, o sapato desbotado e as preciosas lembranças que eu revirava várias vezes na minha mente como uma pedra para acalmar preocupações —, eu precisava saber.

Comecei pelo início da lembrança. Pela massa do *challah*, pelo som da risada delicada de minha avó e pelo jeito como a tigela tilintava sobre a bancada quando Bubbie a esvaziava sobre a pedra e mergulhava as mãos em um montinho de farinha.

Vi os olhos da vovó Rosie quando minha versão de 10 anos perguntou se podia ir ver televisão, enquanto esperávamos a massa crescer.

Vi sua boca formar as palavras "Sim, é claro, *Bubbelah*".

E então, enquanto minha versão mais nova subia a escada correndo, tentei abraçar Bubbie.

"Me desculpa por ter deixado você sozinha fazendo o pão", eu disse a ela.

Senti que me agarrava às beiradas da recordação. Minha versão de 10 anos não tinha mais lembranças de Bubbie aqui. Ela só guardava lembranças de *Sabrina, a Aprendiz de Feiticeira.* Sendo mais específica, do episódio em que Sabrina conta às amigas que é uma bruxa.

Os fios se soltavam com rapidez. "Queria ter mais lembranças com você", sussurrei antes de perdê-los.

As bochechas macias e rosadas de Bubbie se elevaram com um sorrisinho. "Ah, mas você está aqui, *Bubbelah.*"

Senti uma corrente elétrica quando os fios pararam de desfiar. O foco recuperou a nitidez.

Eu não estava mais vagando.

Em vez de me ver deitada na cama vendo Sabrina contar às amigas a verdade sobre ser uma bruxa, eu ainda estava na cozinha com Bubbie.

Mas era mais que isso. Antes, eu era uma mosca na parede da cozinha — uma *voyeuse*, acho — assistindo à interação. Tinha sido como ver um filme.

Agora, eu estava *na* cozinha. E Bubbie Rosie olhava para mim com certa intensidade, com as mãos ainda cobertas de farinha.

A sensação se espalhou em mim como a luz do sol, e pela primeira vez, desde que desapareci nas colinas, senti uma faísca de alegria.

"Bubbie? Você consegue me ouvir?" Esperava que as palavras soassem sufocadas, como se eu tentasse espremê-las para fora através de todos os meus sentimentos, se estivesse viva. Em vez disso, era como se elas flutuassem comigo rumo a alguma cristalina lembrança, transportadas pela correnteza que cercava vovó Rosie e eu.

"Eu te escuto, *Bubbelah.* E te esperava." Seus olhos brilharam de alegria; depois, ganharam a suavidade da tristeza. "Não esperava te ver tão cedo."

"Você está viva? Quero dizer... não viva, mas... Eu não entendo nada disso. Isso é o paraíso, ou alguma coisa assim?"

O rosto de Bubbie Rosie foi transformado por um sorriso. Eu não sabia se podíamos nos abraçar. Duvidava disso. Não como antes, pelo menos. A sensação física tinha morrido quando eu morri. Porém a alegria que me preenchia por inteiro e o amor que irradiava da voz de vovó Rosie eram tão calorosos e reconfortantes quanto qualquer abraço que recebi em vida. "Não tenho a resposta para essa pergunta, *Bubbelah.*" Ela olhou para as mãos cobertas de farinha. "Tudo o que sei é que estamos juntas aqui, nessa lembrança. Que, de alguma forma, ela ainda nos conecta."

"Como..." Tentei juntar as peças. "Existe um deus ou algo assim? O que esteve fazendo durante todo esse tempo? O que acontece agora?"

O sorriso de Bubbie ficou mais suave. "Também não tenho respostas para essas perguntas, *Bubbelah.* O que sei é que as pessoas que amamos do outro lado se foram. Chorei por você, como sua mãe chorou por mim quando morri. Mas aprendi, como você também sabe agora, que as pessoas que amamos não vão embora para sempre. Que tudo o que uma vez amamos, uma vez fizemos, dissemos, até lemos, experimentamos, tudo volta para nós. Estamos aqui juntas, não é?" Ela gesticulou mostrando a cozinha ensolarada.

"Então, você agora mora aqui, nessa lembrança?", perguntei. "E em algumas das minhas outras recordações?"

Bubbie assentiu. "De certa forma, sim. Como você mora nas minhas. É a tapeçaria que tecemos juntas. Os fios ainda nos ligam."

Senti uma sombra de desespero pairar sobre a alegria. "Mas não podemos criar mais memórias juntas. É como... um filme?"

Ela balançou a cabeça. "Ah, foi isso que também pensei, no começo. No entanto, *Bubbelah,* há muitos filmes que você não viu."

Olhei para ela dominada pela confusão. Ela continuou. "Esses fios, eles se multiplicam para sempre, se você souber para onde ir. Vidas inteiras de fios. A minha, a sua." E apontou para as coisas no entorno. "Muitos fios. *Ima* está aqui. *Satva* está aqui. Eu vou te mostrar."

Ima. Mãe. A mãe dela, minha bisavó que eu nunca conheci. *Satva*. Filho. Ben, meu tio que morreu de overdose quando eu era bebê.

Olhei para ela surpresa. "Mas eu não tenho nenhuma lembrança de *Ima*. Ela morreu antes de eu nascer. E tio Ben só me viu uma vez, logo depois que eu nasci."

Vovó Rosie assentiu. "Isso não importa mais, *Bubbelah*. Não conseguíamos ver muitos desses fios que nos uniam enquanto estávamos vivas. Entretanto, esses fios agora são visíveis." Ela parou e, então, acrescentou: "Se souber para onde olhar."

Balancei a cabeça. "Não entendo."

Vovó Rosie limpou as mãos, e uma nuvem de farinha se espalhou no ar diante dela. Por um instante, ela ficou pensativa. "Podemos seguir os fios juntas. A história que contei sobre sua mãe, sobre como ela levava aranhas para fora de casa com copinhos e papel quando era pequena, sabe? Podemos visitar essa recordação juntas. Posso mostrá-la a você. Porque eu estava lá. Embora você não estivesse."

De repente, entendi o que ela queria dizer, e a sombra do desespero sumiu. Muitas lembranças. Uma eternidade de recordações voltando atrás na história, voltando infinitamente. "Me mostra", pedi animada. Isso significava que eu poderia conhecer meu tio Ben. Poderia conhecer *Ima*. Não tinha perdido minha família para sempre. Sim, tinha perdido alguns deles — por enquanto. Porém, de um jeito estranho, eu também havia encontrado outros que antes tinham sido perdidos.

Vovó Rosie assentiu e sorriu. "Quando você estiver pronta, *Bubbelah*. Não posso mostrar enquanto não estiver pronta."

Balancei a cabeça, confusa de novo. "Mas eu estou pronta. Como assim?"

Bubbie mostrou a cozinha. "Agora mesmo, essa lembrança está mudando. Você está seguindo meu fio — não o seu. Nesta cozinha, onde você nunca esteve, mas eu sim. Vai ser difícil voltar, depois disso. Se continuar, se você seguir os meus fios, vai ser impossível."

"Voltar?" Penso nisso. Penso no sapato coral. Na estrada no bosque. No meu corpo se decompondo no chão de pedra, desaparecendo nas rochas desbotadas enquanto formigas e insetos faziam seu trabalho. "Quer dizer que não vou conseguir voltar para o outro lado. O lado onde está meu corpo."

Vovó Rosie confirmou com um movimento de cabeça. "Sim, *Bubbelah*. E onde está sua mãe. E seus amigos."

"Mas lá eu estou perdida", disse a ela, e o desespero voltou. "Estou sozinha. Acho que ninguém vai me encontrar. Ele me largou no bosque."

A alegria que vibrava no ar desapareceu de repente. A expressão de vovó Rosie se transformou. "Ah, *Bubbelah*. Ah, não."

"Pensei que soubesse", sussurrei.

Ela negou com a cabeça. "Não posso mais ver o outro lado. Fiquei no mundo 'real' por muito tempo. Com você. Com sua mãe... Mas, quando Ben morreu, chegou a hora. A hora de estar aqui. De nos encontrarmos de um modo que não conseguimos nos encontrar quando éramos vivas. Porque isso também é real, *Bubbelah*."

Eu não tinha mais a sensação de estar vagando. Só me sentia aqui. Eu inteira, aqui. Queria contar para a Bubbie sobre Jimmy Carlson. Falar com alguém que eu conhecia sobre o que aconteceu comigo no bosque. Conhecer meus bisavós. Ver, através dos olhos de minha avó, minha mãe carregando aranhas para fora da casa com temor e cuidado.

Entretanto, uma parte de mim não estava pronta para isso. Ainda não.

"Acho que preciso voltar por um tempo", disse em voz baixa, tentando absorver todo o amor do ambiente, me animar. "Posso encontrar você de novo aqui?"

Vovó Rosie assentiu. "Sim, *Bubbelah.* Você sempre vai poder me encontrar. Aqui ou em qualquer outro lugar onde nossas vidas se tocarem. Eu amo você, bonequinha."

"Também te amo, Bubbie." Os fios aos quais antes eu tentava me agarrar com tanto desespero, agora pareciam se juntar. Encaixavam-se em seus lugares.

Senti um instante de pânico. Vovó Rosie e a cozinha ensolarada com o pão *challah* crescendo sobre a bancada não desapareceram como antes. Pensei no sapato. Pensei no pequeno altar montado pelo corvo. Pensei na sinalização para o camping de Ophir Canyon, tentando recuperar o lugar que, de repente, sentia estar distante. Como se agora ele fosse o sonho.

Então me vi de novo no acostamento da estrada de terra, ao lado das pedrinhas e do pequeno caco de vidro, das moedas e do sapato.

Lembrei-me da sensação de acordar de um cochilo no fim da tarde, quando você dorme até a hora do jantar e, por alguns instantes, não entende o que está acontecendo.

O som de passos no cascalho chamou minha atenção antes de eu perceber que havia alguém ali comigo.

Alguém em pé ao meu lado, olhando na minha direção.

Olhando para o sapato.

O homem tinha uma barba avermelhada e densa. Usava uma camisa cor de caramelo, uma calça comprida, e devia ter uns cinquenta e poucos anos.

Ele segurava um rádio em uma das mãos.

Meus olhos se dirigiram com calma à lapela de sua camisa.

Serviço Florestal.

17
BRECIA

SALT LAKE VALLEY, UTAH

DEZOITO MESES ANTES

Senti um prazer imenso ao ver a cara dele quando descobriu que Nicole o tinha bloqueado no MatchStrike. E não só o bloqueou como o denunciou aos administradores do aplicativo, que suspenderam sua conta.

Ele recebeu as notificações quando já estava na van da mudança, mais ou menos quando atravessava a fronteira para Utah. Parou na primeira área de descanso que viu. April parou logo atrás dele com o carro em que viajava com as meninas. Ele abriu o aplicativo do MatchStrike.

Apareceu uma mensagem de erro. *Essa conta foi suspensa e banida por violar o acordo dos nossos termos de serviço. Entre em contato com admin@MatchStrike.com ou ligue para 1-800-MatchStrike, para falar com o suporte.*

"Vadia", ele disse por entre os dentes; depois, saiu da van, bateu a porta e se dirigiu ao banheiro, ignorando Emma e Kimmie, que acenavam do carro.

Ele ligou para o número do atendimento ao cliente assim que voltou à estrada. No início, foi prático e muito simpático. Tudo havia sido um grande mal-entendido, conforme ele disse. Não havia pressionado Nicole a fazer nada. Tinham se divertido muito. Mas ele não quis marcar um segundo encontro, e ela ficou aborrecida. Ao que tudo indica, a denúncia foi o jeito que ela encontrou de mandar uma mensagem direta.

A representante do atendimento ao cliente — o nome dela era Donna — reagiu como se tivesse ouvido o mesmo tipo de explicação algumas vezes. Então, ela explicou com toda a paciência que, se ele quisesse recorrer da decisão, ela poderia encaminhar a solicitação. O primeiro passo seria uma entrevista por telefone com ele e Nicole.

Seu tom de voz mudou de repente, e ele pisou no acelerador com muita força, provocando um solavanco na van. "Está falando sério? Isso é ridículo. Vão cancelar minha conta sem mais nem menos, mas querem me obrigar a cumprir etapas só pelo privilégio de fazer parte do pior site de relacionamentos que já existiu? E aquela história de 'inocente até que se prove o contrário'?"

"Lamento, senhor, mas não somos um tribunal. Nosso termo de uso estabelece tudo isso. Posso enviar uma cópia, se quiser", Donna replicou.

Eu queria abraçar essa mulher.

Ele desligou e olhou para a frente, para a estrada.

Observei o seu maxilar travado e o branco dos nós de seus dedos no volante. Eu me lembrei de como esses dedos apertaram o fio de extensão em volta do meu pescoço com muita força, sem soltar nem por um segundo.

Gostaria de tê-lo denunciado também.

Nos primeiros meses em Utah, ele foi um pai e um marido normal. Desencaixotou a mudança. Levou Kimmie e Emma para tomar sorvete na lanchonete na esquina da rua da nova casa, que tinha um quintal grande e ficava ao pé de Lone Peak. Dividia seu tempo entre um *home office* novo e uma *startup* de tecnologia a vinte minutos da casa, em Salt Lake. Ia caminhar com April em volta do quarteirão e conversava com os vizinhos que saíam das lindas casas enfileiradas nas ruas. Ele foi à igreja e ergueu a mão na escola dominical para oferecer uma reflexão sobre o "Sermão da Montanha" de Jesus, enquanto April sorria radiante.

E não recorreu da decisão do MatchStrike.

Nem tentou encontrar Nicole online.

No entanto, depois de três meses, em uma tarde mais calma de quinta-feira, quando devia estar começando um novo projeto no trabalho, ele criou uma nova conta no Gmail — e depois um novo perfil no MatchStrike.

Jimmy Carlson.

Dessa vez, era viúvo. Não mencionava filhos. Acho que estava chegando àquela idade em que as mulheres ficavam desconfiadas, queriam saber por que nunca havia se casado.

Desliguei o computador três vezes seguidas. E todas as vezes ele contraía a mandíbula e o ligava de novo.

Por fim, saí da sala e me sentei no corredor, na frente de Oscar. Imaginei-me indo a outros encontros com "Jimmy" e senti uma mistura avassaladora de tristeza e medo.

Oscar me encarava com intensidade. Depois, deu alguns passos cautelosos em minha direção e parou perto do meu pé.

Ele fechou os olhos e balançou a cauda bem de leve. "Gatinho lindo", sussurrei. O gato começou a ronronar.

Fui a todos os *dates* com James/Jamie/Jimmy durante nove meses.

Eu o seguia enquanto ele trabalhava. Enquanto comia. Enquanto cortava a grama. Enquanto limpava o carro. Enquanto assistia à televisão — *Chicago PD* e *Chicago Fire.*

Às vezes, ele passava horas no aplicativo do MatchStrike, flertando e marcando novos encontros — sempre um pouco longe da cidade. Outras vezes, parava de repente e se tornava um pai de verdade para Emma e Kimmie durante alguns dias, semanas, ou até durante um mês. Às vezes, era frio e distante com April. Outras vezes, chegava a assustar o tanto que era atencioso e até divertido. Mesmo sendo sua sombra, era muito fácil acreditar que esse homem era uma pessoa normal.

Inclusive em alguns de seus encontros.

Às vezes, ele planejava empolgado os encontros com mulheres que respondiam às suas mensagens. Outras vezes, as ignorava.

Às vezes, levava a embalagem de Tic Tac nos *dates*. Outras vezes, não.

Quando ele levava a caixinha, eu sentia no jeito como o ar vibrava com eletricidade e repulsa que alguma coisa estava se desenvolvendo, da mesma forma que a gente sente o barômetro cair antes de uma tempestade. Eu só não sabia quando ela ocorreria.

Nessas noites, eu passava o tempo todo sussurrando — ou gritando — no ouvido da mulher que estava se encontrando com ele.

Às vezes, parecia funcionar.

Outras vezes, não.

Quando não funcionava, não tinha lâmpada piscando ou sugestão mental que ajudasse. Ele não conseguiu convencer mais nenhuma garota a aceitar um segundo encontro em algum lugar afastado outra vez. Ou a terminar a bebida. Ou aceitar a carona dele de volta para casa, em vez de chamar um Uber. Ou seja, confiar nele o suficiente para que ele conseguisse afastá-la do alcance de alguma possível ajuda. Minha ou de qualquer outra pessoa.

Ele saiu com Kelly, que fez questão de chamar um Uber quando começou a ficar meio tonta no fim da noite. Quando ela entrou no Honda Civic preto que parou no estacionamento do pequeno restaurante, ele fez uma cara preocupada e desejou melhoras. Mas, assim que o carro se afastou, ele resmungou um palavrão e a bloqueou no MatchStrike, usando a justificativa "me deixou desconfortável" oferecida na lista de opções.

Ele passou um bom tempo vasculhando o Reddit em um fórum INCEL que oferecia conselhos para homens que "navegavam pelo esgoto dos aplicativos de namoro". Havia conselhos para bloquear mulheres que não fossem receptivas a avanços rápidos ou que "interpretassem mal esses avanços". Isso não apenas "ensinava uma lição a elas" como em certos aplicativos (inclusive o MatchStrike) quase impedia que essas mulheres os bloqueassem ou denunciassem.

Ele encontrou Liz em um concerto ao ar livre em Deer Valley, mais ou menos a meia hora de Salt Lake. Relaxei quando vi que ele não havia levado a embalagem de Tic Tac. Porém, em meio à boa música e às luzinhas que cintilavam como centenas de vaga-lumes no ar frio da montanha, os dois beberam quatro cervejas cada um, por mais que eu gritasse e as luzes do palco piscassem. Depois do show, ele a acompanhou até o carro e a beijou no estacionamento. Ela deixou — até sentir a mão dele escorregando pela frente de sua blusa. Quando ela tentou se afastar, ele a agarrou pelo rabo de cavalo e a puxou com violência.

Não suportei ver aquilo. Também não consegui abandoná-la.

Foquei no cascalho escuro sob meus pés, imaginando que estava em outro lugar. Escolhi estar com Frank em meu apartamento, afagando sua cabeça enquanto ele ronronava. A lembrança era tão real que me enrolei nela como se fosse um cobertor macio para bloquear o que estava acontecendo a alguns metros de onde eu estava.

Porque eu não podia fazer nada para impedir aquilo. Não podia agir de verdade. Não o suficiente.

Quando um carro parado algumas fileiras adiante apitou e suas luzes piscaram, eu me afastei da lembrança de Frank e vi Liz o empurrando com força, mexendo na bolsa enquanto anunciava em voz alta que era hora de ele ir embora.

Ele a encarou; depois, olhou na direção dos passos que se aproximavam do carro com as luzes acesas.

Quando ela desapareceu na escuridão, ele abriu o aplicativo no celular para bloquear e denunciar a garota antes de voltar ao próprio carro.

Ele conversou com Elle pelo aplicativo do MatchStrike durante dois meses. Trocaram fotos e até fizeram uma chamada de vídeo numa noite em que April tinha saído para jantar com uma nova amiga e as meninas estavam dormindo.

Elle falou sobre a overdose do irmão. Opiáceos. Ela se culpava. Ele falou sobre o luto depois da morte da esposa. Câncer. Aquilo tinha sido horrível de verdade. Mostrou a ela fotos de Emma e Kimmie que estavam emolduradas nas paredes do escritório e tossiu como se tentasse recuperar a voz embargada. Disse que as garotas eram seu mundo. Que agora tudo estava bem, cada coisa em seu lugar. Eles haviam superado. Ele ainda relutava em voltar a namorar, apesar de se sentir forte.

Desliguei seu celular. Depois o computador. De novo e de novo. Ele esperou paciente os equipamentos reiniciarem todas as vezes, até eu me sentir exausta.

Elle deixou que ele fosse buscá-la em sua casa para o encontro.

Antes, além de guardar a caixinha de Tic Tac no bolso frontal do paletó, ele havia colocado um carregador de telefone no bolso de trás da calça jeans. Primeiro, o enrolou no corrimão do porão. Enrolou e apertou com força cada vez maior, para ver se arrebentaria.

Não arrebentou.

Quando o carro reduziu a velocidade diante do endereço que Elle tinha dado a ele, mergulhei pela janela aberta e cheguei à porta da frente antes que ele conseguisse sair do carro.

Implorei. Gritei. Tentei até empurrá-la... mas nada disso surtiu efeito. Elle ajeitou seu longo cabelo loiro atrás da orelha e o abraçou, um abraço demorado. Depois, entrou no carro com ele, falando animada sobre o novo bar para onde iam.

Concentrei todo o meu medo e meu horror no automóvel, esperando que o motor morresse, como acontecia com o computador. Não funcionou.

Ele era o perfeito cavalheiro... embora tenha jogado um comprimido no segundo drinque da garota antes de eles saírem do bar. Quando ele tocou suas costas no momento em que ela cambaleou no estacionamento, ela o encarou com um sorriso grato e estendeu o braço para segurar a mão dele.

Ela o convidou para entrar e beber alguma coisa quando chegaram em sua casa. Seus olhos pareciam turvos, mas ela estava feliz quando tirou o casaco.

Ele entrou. Eles se pegaram na sala escura, no sofá de couro cor de conhaque que parecia ser caro.

Esperei ele tirar o carregador do bolso da calça. Transformar-se na pessoa que tinha se escondido no meu quintal lateral, no escuro.

Em vez disso, ele esperou até os beijos se tornarem menos intensos e ela murmurar “Acho que vamos encerrar a noite por aqui. Estou me sentindo meio sonolenta...”.

Ele a ignorou. Ela não protestou quando o viu abrir uma camisinha.

Me obriguei a ficar, porque não suportava a ideia de deixá-la sozinha com ele. Porque me sentia responsável. Porque não consegui encontrar um jeito de fazê-lo parar. O ar na sala vibrava sombrio e elétrico. Na cozinha, o micro-ondas apitou uma vez, como o meu apitava quando a energia caía e voltava.

Quando terminou, ele olhou para ela com repulsa. Fechou o zíper da calça e levou a mão ao bolso traseiro.

À luz fraca da claraboia do corredor, ele passou o longo fio do carregador de telefone em torno do pescoço de Elle. Para um lado e para o outro. Ela não se moveu.

Assisti a tudo horrorizada. O micro-ondas apitou de novo, e meu horror se transformou em raiva. Depois dos primeiros encontros, tive certeza de que poderia encontrar um jeito de fazê-lo parar todas as vezes. Talvez essa fosse a razão para eu ter sido deixada no limbo. Esse era meu assunto inacabado. Ele havia tirado minha vida. E agora eu tinha o direito de assombrá-lo, frustrá-lo.

No entanto, eu estava errada. A única coisa que podia fazer agora era religar a porcaria do micro-ondas.

Elle estava de olhos fechados. Respirava com suavidade, de um modo quase tranquilo, com um braço sobre o peito em parte coberto enquanto o outro braço pendia na beirada do sofá.

Ele a observou com atenção por alguns minutos, até o som abafado de uma notificação de mensagem romper o silêncio na sala.

Foi April quem enviou a mensagem. "Não queria incomodar, desculpa. Sei que seu prazo é curto. Mas você vai demorar? Emma não está bem. Ela vomitou."

Então ele suspirou. Depois, enrolou o fio do carregador de telefone em uma das mãos e deslizou o polegar bem devagar pelo pescoço de Elle, antes de abaixar sua saia e a acomodar de um jeito confortável no sofá, com uma manta.

Antes de sair da casa e em meio à noite escura de verão, ele abriu o aplicativo do MatchStrike. Olhou o perfil dela; depois a examinou dormindo no sofá, no escuro.

Estava tentando tomar uma decisão, era evidente. Eu não sabia sobre o quê. Mas, por fim, ele enviou uma mensagem. "Espero que a dor de cabeça tenha passado. Adoraria te ver de novo. Não me divertia muito desde... ah, fazia muito tempo."

O micro-ondas apitou pela terceira vez quando a mensagem foi enviada. Ele revirou os olhos, mas seus dentes brilharam na penumbra quando sorriu.

* * *

Ele saiu com Elle mais uma vez.

Ela não o convidou para entrar de novo. E, quando ele se ofereceu para ir buscá-la em casa, Elle recusou, alegando que pretendia passar mais tarde na casa do pai, que estava doente.

Quando os dois se encontraram no bar, havia um brilho nos olhos de Elle que me fez perceber que ela o estava analisando. Que sabia — mas não sabia — que tinha algo errado. Que alguma coisa havia acontecido na última vez que saíram.

Incentivei essa intuição tanto quanto pude, me aproximando do ouvido dela durante o jantar, enquanto Elle o observava. Quando ela terminou a bebida antes de ir ao banheiro. Quando disse à garçonete que queria um copo de água, em vez de um segundo drinque. E quando, quase sem jeito, lhe perguntou o que tinham feito em sua casa na noite em que ele a deixou lá, porque... era estranho... ela não conseguia se lembrar de muita coisa.

Ele sorriu, mas desviou o olhar. *Ele está mentindo*, disse a ela. *Ele fez uma coisa muito ruim com você. Não é uma boa pessoa.*

"Você não se lembra?" Ele devolveu a pergunta, parecendo estar magoado. "Acho que nem bebemos tanto assim." E sorriu, como se tivesse dito alguma coisa engraçada.

Elle deu risada e não insistiu mais. No entanto, depois que saiu do restaurante — bem antes da hora de fechar —, parou de responder às mensagens.

Esperei que ele a bloqueasse, como tinha feito com as outras mulheres assim que as coisas desandaram. Em vez disso, ele começou a mandar uma mensagem atrás da outra. No início, fingiu que estava preocupado. Depois, um pouco aborrecido. E então, meio irritado. Como tinha feito comigo quando eu disse que estava tudo acabado. Ele abria o aplicativo o tempo todo enquanto trabalhava em casa, no porão. Até falou com o atendimento ao cliente em um determinado momento, certo de que tinha algo errado com seu serviço de mensagens. Porque Elle não respondia. Por que ela não respondia?

No terceiro dia sem resposta, ele disse a April que havia sido chamado para trabalhar em mais um projeto de última hora, apesar de haver um evento na igreja naquela noite ao qual ele levaria as meninas.

Eu mesma esperava o evento da igreja com alguma ansiedade. Eles fariam uma fogueira ao pé das montanhas, e Kimmie e Emma estavam muito empolgadas. April parecia magoada, mas não disse nada. Ela nunca dizia.

Ele levava o carregador de telefone no bolso traseiro da calça quando entrou no carro e foi para a casa de Elle.

Observei sua expressão com ansiedade e agitação enquanto ele esperava dentro do carro a alguns metros de distância da casa dela, fora do alcance da luz do poste de iluminação pública. Ele abriu o aplicativo e digitou e redigitou outra mensagem para Elle. Agora, ele não fingia mais.

Pelo menos, me fala o que eu fiz. Você dormiu comigo e depois fingiu que não havia acontecido nada e sumiu. Que tipo de pessoa faz isso? Dá para entender por que seu irmão precisava daquelas drogas.

Seu dedo pairou sobre o botão de enviar por alguns segundos; depois, ele balançou a cabeça e apagou a mensagem, antes de olhar para a casa. Havia uma luz acesa na cozinha. Alguns minutos se passaram, antes de Elle aparecer diante da pia. Ela parecia estar lavando louça e virou-se sorridente para falar alguma coisa por cima do ombro.

Não estava sozinha. E ele também percebeu isso.

Ele abriu a porta do carro e a fechou com cuidado, silencioso — mas não antes de pegar a ferramenta para cortar cinto de segurança, escondida no painel. Senti meu pânico crescer, o medo e o terror transformando a atmosfera, deixando o ar carregado e pesado quando o segui. O que eu poderia fazer?

A lâmpada no poste a alguns metros de distância de onde estávamos piscou rápido e, depois, se apagou, facilitando sua aproximação sem que o vissem do interior da casa. Gritei atrás dele, mas não fui ouvida nem notada.

Ele olhou em volta, para a rua vazia, e continuou caminhando para a entrada da casa de Elle.

Corri até a janela, através da qual a vi lá dentro com um homem mais velho. Talvez fosse o pai dela. Estavam sentados à mesa, vendo um jogo de basquete enquanto comiam pizza. "Não abra a porta, não saia", berrei, sabendo que eles não ouviriam. Até onde sei, a única chance de ser ouvida por alguém ocorre quando eu me aproximo de uma pessoa mais do que o humanamente possível. Em resumo, é quando eu quase entro no canal auditivo da pessoa. Mesmo assim, só funcionava se ela estivesse aberta à sugestão. Gritar nunca serviu para nada.

Mesmo assim eu gritei.

Quando me virei, vi a silhueta escura dele na entrada da garagem, no limite do alcance da luz da varanda.

Ele olhou em volta mais uma vez; depois, se ajoelhou e usou a lâmina do cortador de cinto de segurança para cortar os quatro pneus do carro dela.

"Vadia", ele murmurou.

Em seguida, se levantou e voltou ao carro estacionado na rua.

Eu o segui, porque não sabia o que mais podia fazer. Porque havia escolhido esse caminho e ainda não estava pronta para desistir.

Antes de sair dali, ele a bloqueou no aplicativo de relacionamentos. *Me deixou desconfortável.*

Quando chegou em casa, ele foi logo descendo para o porão e começou a mandar novas mensagens pelo MatchStrike antes mesmo de dizer oi para April, que devia ter acabado de chegar da fogueira com as meninas, pois a luz do quarto delas ainda estava acesa.

Quando a primeira mulher respondeu, ele abriu o aplicativo empolgado para ler a mensagem.

A garota tinha cabelo castanho-claro na altura dos ombros e usava um batom cor-de-rosa na foto. Seu sorriso sugeria que ela tinha um lado sarcástico.

O nome dela era Meghan.

E.L.A.S® NOELLE W. IHLI CHAME POR ANDREA

18

SKYE

KUNA, IDAHO

AGORA

Meu pai passou tanto tempo no FroYo, primeiro pedindo, depois exigindo as imagens da câmera de segurança, que eles quase perderam o encontro com o comandante Willis — apesar de terem ameaçado chamar a polícia no FroYo.

O garoto que atendia no balcão me fez lembrar de alguém com quem tive de fazer um trabalho de ciências na escola. Magro, inexpressivo e intolerante a ponto de se tornar irascível. Ele só repetia em um tom monótono que teria de falar com o gerente, que não estava na loja no momento, sobre as imagens da câmera de segurança. Em algum momento, quando meu pai, enfim, berrou "Estamos a caminho de um encontro com a polícia agora, droga! Será que você pode nos ajudar?", o garoto, por fim, tirou o celular do bolso do avental e ameaçou chamar a polícia.

Nesse momento, minha mãe arrastou meu pai para fora do FroYo, garantindo que o comandante Willis os ajudaria.

"E se forem apenas 24 horas de gravação, Mari?", meu pai repetia, olhando para o relógio no painel e passando a mão em seus cabelos castanhos ralos. "Isso nos dá menos de duas horas."

Minha mãe olhava para a frente, mas dirigia acima do limite de velocidade permitido, no caminho de volta para casa, onde o comandante

Willis os esperava em pé na entrada da garagem. Do outro lado da rua, vi o senhor e a senhora Schmalz sentados na varanda, tentando não parecer muito interessados no que estava acontecendo.

Meu pai desceu do carro antes de a minha mãe desengatar a marcha. “David, fique calmo”, ela sussurrou, soltando o cinto de segurança às pressas.

Eu observei os olhos do oficial enquanto meu pai falava desesperado sobre as imagens que tinham visto da câmera do Daily Grind. E sobre o FroYo, que era o estabelecimento vizinho. E sobre o fato de o garoto que atendia no balcão ter ameaçado chamar a polícia. O oficial não parecia cético, não exatamente. Desconfiado, sim, com toda a certeza. Imaginei que ele devia ouvir muitas coisas bizarras todos os dias.

Quando meu pai parou de falar, o comandante Willis olhou para minha mãe, que começava a chorar de novo.

Ela repetiu o que tinha dito à atendente da central, mais cedo, que eu não havia voltado para casa no dia anterior, embora tivéssemos planos. Embora eu sempre voltasse para casa. Disse que eu era uma boa menina e que não estava envolvida com nada perigoso. Contou que eu deveria ir para a faculdade, hoje. Então, ela enxugou as lágrimas. “Sei que está tentando avaliar se essa é uma investigação que merece seus recursos. Sei que ela tem apenas 18 anos. Eu *sei*. Mas ela *não* desapareceu. Não de propósito. Alguém ou alguma coisa a impediu de voltar para casa. Sei disso, aqui dentro de mim.” Minha mãe olhou para o relógio do micro-ondas. “Por favor, você pode pedir as imagens da loja de iogurte?” A voz dela tremia. “Acho que elas podem nos mostrar o que aconteceu.”

O oficial assentiu, e eu vi seus olhos se tornarem mais brandos. “Sim, senhora. Em regra, não investimos muitos recursos quando alguém maior de idade desaparece. A menos que haja alguma forte evidência de crime. Porém parece que há motivos para acreditar que devemos verificar aquelas imagens da câmera de segurança para definir quanto devemos nos preocupar. Esse lugar é um ponto de partida, no mínimo.”

Um alívio transformou o rosto do meu pai, e minha mãe mordeu o lábio e assentiu, enquanto as lágrimas continuavam rolando por seu rosto. Em seguida, meus pais acompanharam o oficial na viatura da polícia de volta ao FroYo, onde meu pai foi instruído em termos muito claros a esperar do lado de fora, enquanto o oficial conversava com o funcionário.

Enquanto esperávamos, meu pai olhou para o relógio. Eram 15h39. Quando ele abriu a janela, passei para o banco da frente com ele e me espremi junto de seu corpo, descobrindo surpresa que conseguia me mover com facilidade pelo espaço apertado. Impressionada comigo mesma, corri para a porta do FroYo e olhei para o espaço estreito entre a porta e o batente. Passei por ele com a mesma facilidade.

O funcionário do FroYo estava falando com o gerente pelo telefone. Não exibia mais a mesma arrogância de antes, quando conversou com meus pais. Diante do olhar atento do oficial, ele disse: "Certo, sim. Entendi. Desculpe, sim. Desculpe. Sei como fazer isso. Tudo bem. Sim, eu sei. Ok, tchau".

Então, o garoto correu para o fundo da loja falando com o oficial por cima do ombro. "Já vou pegar a gravação."

O oficial esperou com tranquilidade até o garoto voltar com um cartão de memória. O rapaz estava ofegante. "Muito bem, você disse que queria olhar as imagens por volta das 16h, não é? Tenho aqui a gravação a partir das 15h42 de ontem."

A expressão triunfante do funcionário desapareceu quando ele percebeu que o oficial não se mostrou impressionado. "Se algum dia receber um pedido como esse outra vez, o que espero que não aconteça, quero que entregue a gravação *antes* de eu aparecer. Se eu chegasse aqui vinte minutos mais tarde, essas pobres pessoas não teriam a mesma sorte. E a culpa teria sido sua."

"Mas meu gerente não..."

O oficial pegou o cartão de memória e voltou ao estacionamento, onde meus pais o esperavam. Fui atrás dele.

* * *

"Ele vai nos deixar ver as imagens?" Minha mãe estava nervosa enquanto dirigia do shopping para casa pela terceira vez naquele dia. Parecia bem exausta.

Antes que meu pai pudesse responder, ela balançou a cabeça. "Não quero desafiar a autoridade dele, mas temos o direito de saber, não temos? Se você não tivesse visto a câmera, teria sido tarde demais. Vamos perceber melhor que ele se tem alguma coisa estranha nessas imagens, não vamos?"

Vi o alívio no rosto dos dois quando o oficial perguntou se havia um laptop disponível assim que saiu do carro.

Dessa vez, não foi preciso procurar uma agulha no palheiro.

Claro como o dia, às 16h07, eles me viram acenar para o motorista dentro do carro — não era possível saber a cor do automóvel, porque as imagens foram gravadas em preto e branco — e entrar nele por vontade própria.

Senti um desgosto por mim mesma. Tinha entrado por livre vontade no carro de um estranho. Porque ele não parecia ser um estranho.

Minha mãe empalideceu quando me viu conversar com a silhueta escura dentro do veículo. "Não, bebê", ela disse quando me aproximei mais e ele abriu a porta.

O policial parou a exibição, e meus pais entraram em pânico. "Continua", meu pai rosnou.

"Reconhecem esse homem?", o policial perguntou de um modo firme, apontando para a silhueta sombria na imagem de baixa qualidade. "Reconhecem o carro?"

Minha mãe balançou a cabeça desesperada. "Não. Quero dizer, acho que não. Não sei. Por que ela o acompanharia? Por que estava falando com ele?"

O oficial fez uma anotação no celular e perguntou: "É possível que ela estivesse saindo com alguém sem o conhecimento de vocês?".

Meu pai emitiu aquele ruído de novo, como um rosnado. "Acho que Skye nunca teve um encontro de verdade." E olhou para minha mãe. "Não é, Mari? Ela era tímida."

Essa declaração me feriu, de algum jeito, embora fosse verdadeira. O policial assentiu de novo, lentamente. "Posso ver as imagens da outra câmera?"

* * *

Foi o oficial quem percebeu o mesmo Kia Sorento atravessando o estacionamento a cada duas horas naquela tarde.

Ele deu um *zoom* na placa do veículo. *2C 3405*. Senti uma empolgação que eu contive com esforço quando vi a tela do laptop piscar de forma irregular.

Não dava para ver a placa do automóvel no vídeo do FroYo. O oficial balançou a cabeça, frustrado. "Tenho quase certeza de que é o mesmo carro. No entanto, como não conseguimos ver a cor em nenhum dos vídeos, e mal podemos enxergar o motorista nas cenas da câmera do Daily Grind, não posso afirmar."

Esperei o golpe. A má notícia. Ele não podia fazer mais nada aqui.

Em vez disso, o policial disse: "Mas acho que temos alguma coisa. Sua filha não parece ser o tipo de menina que some de casa. E tenho quase certeza de que é o mesmo carro. Preciso que vocês dois venham comigo à delegacia para redigirmos um depoimento sobre quaisquer detalhes que possam ser relevantes. Vou atualizar o status do caso de Skye para 'pessoa desaparecida, em provável situação de perigo'. Vamos começar levantando os registros telefônicos dela e localizando aquele automóvel."

O alívio no rosto dos meus pais foi colorido pela palidez do medo. E minha empolgação era temperada pelo pavor.

Eu queria que eles o encontrassem.

Eu queria que eles *me* encontrassem.

Entretanto, não haveria alívio quando a verdade fosse relevada.

19

MEGHAN

MONTANHAS OQUIRRH, UTAH

NOVE MESES ANTES

Olho incrédula para a viatura policial que está subindo bem devagar a estrada de terra. O homem com o uniforme do Serviço Florestal não demorou mais que o necessário para tirar algumas fotos do sapato, fazer uma anotação no tablet com as coordenadas do local e voltar à caminhonete branca e empoeirada com o logo do Serviço Florestal. Ele não olhou em volta. Não seguiu a bifurcação quase invisível na estrada em direção à área de vegetação mais alta e pinheiros encurvados. Estava fazendo seu trabalho, mais nada.

Mesmo assim, fiquei ao lado do sapato como uma sentinela, depois que ele foi embora. Sentia falta da vovó Rosie. Queria conhecer meu tio. Conhecer meus bisavôs. Ver meu amigo Kiley, que tinha morrido em um acidente de carro quando estávamos no quarto ano. Ser vista por pessoas que podiam me ver. Mas tinha medo de vagar pelas lembranças. Temia não conseguir mais voltar, como Bubbie avisou que poderia acontecer.

Por ora, queria ficar ali. Não estava preparada para partir sem a opção de voltar. Sabia que minha determinação não duraria para sempre. Não sabia nem o que estava esperando sentir quando alguém, enfim, me encontrasse. *Se*, disse a mim mesma. *Se* alguém me encontrasse. Tudo o que sabia era que queria ser encontrada.

Fazia quatro, talvez cinco dias que o funcionário do Serviço Florestal havia ido embora quando ouvi o som da viatura de polícia ao longe.

Quando o carro parou na frente do sapato e do altar do corvo, eu me preparei para dar uma olhada rápida.

A oficial, uma mulher de cabelo escuro, entremeado de fios brancos, preso em um coque apertado no meio da nuca, calçou luvas e pegou uma bolsa para coletar evidências no banco da frente do carro; depois, abriu a porta e caminhou em direção ao acostamento da estrada, olhando tudo, até encontrar o sapato desbotado.

Eu observava seu rosto com atenção. Ela se abaixou para verificar o cenário de perto, guardou o sapato na bolsa de evidências e se levantou para olhar em volta. Algumas folhas já começavam a se tingir de marrom e dourado. O movimento de carros, em geral escasso nessa região das montanhas, tinha quase cessado, e de manhã a vegetação rasteira e a grama eram tocadas por uma camada fina de geada. O verão tinha acabado. Logo viria o outono, e tudo nessa altitude ficaria coberto por um manto de neve.

A mulher, cujo nome era comandante Domanska, conforme eu vi no crachá, levou a bolsa com o sapato para a viatura e fez uma anotação no celular. Depois, pegou alguma coisa no painel do carro — ao que tudo indica, o relatório preenchido pelo Serviço Florestal.

Brenda Maxwell, 28. Reportou um sapato e o que parecia ser sangue seco em 38°01'18,5"N 105°41'18,5"O, próximo a Ophir Canyon, no acostamento da estrada. Diz que acha que alguma coisa pode ter acontecido no local. Necessário veículo com tração nas quatro rodas, grandes buracos em região afastada.

Eu me lembrei da garota com o coque loiro e bagunçado, e agradeci a ela em silêncio. Esperava que o motivo por ela estar chorando tanto já não a entristecesse mais. Desejei que ela estivesse sorrindo. Senti algo como alívio se espalhar dentro de mim. Se pudesse, *eu* estaria chorando.

A detetive Domanska leu o relatório; depois, fez uma varredura no acostamento e, mais adiante, no local onde a estrada seguia para Ophir Canyon.

"Do outro lado", disse a ela. "Por favor, não vá embora." Aproximei-me até chegar perto o suficiente para conseguir abraçá-la. Tentei tocar sua mão e senti um pequeno choque quando ela a moveu para tocar a arma que carregava no coldre. Encorajada, estendi o braço para tocar seu ombro. "Por favor, olhe tudo por aqui. Não tem perigo. Não mais."

Mantendo a mão na arma, a detetive Domanska deu alguns passos na direção de Ophir Canyon. A centelha de esperança se tornou desapontamento quando a vi caminhar pela estrada e se afastar mais do local, vasculhando a vegetação e o solo rochoso, usando um galho comprido para cutucar arbustos mais densos de artemísia e enxergar melhor.

O torpor deu lugar ao desespero quando ela chegou à curva na estrada e, logo depois, voltou ao carro. Se ela não conseguisse me encontrar, quem conseguiria? Lembrei-me de alguns episódios de *Arquivo Morto* em que corpos eram descobertos anos ou décadas depois da morte da pessoa. *Por acidente*. Por pura coincidência. Ou nunca, em alguns casos. *Eu seria um deles*, disse a mim mesma. Não seria encontrada.

Deixei a dor e a tristeza me dominarem. Se ela fosse embora com o sapato, eles fariam testes? Ela sabia meu nome? Meu desaparecimento estava no radar, pelo menos? Eu não era uma criança. Que importância alguém daria, exceto meus pais e meus amigos, se eu não voltasse para casa? A detetive Domanska estaria pensando em mim agora, se perguntando se aquele sapato poderia ser meu? Seria essa uma versão macabra da história da Cinderela? Ou eu seria apenas um nome entre tantos outros nomes de pessoas que nunca voltaram para casa? Até onde eu sabia, ela podia ser uma detetive em início de carreira que havia sido encarregada da tarefa desagradável de dirigir até ali para pegar um sapato.

O desespero se condensou em alguma coisa obtusa e sombria quando a detetive Domanska sentou-se na viatura e tirou as chaves do bolso.

Olhei para dentro do veículo, para o meu sapato, por alguns segundos, sentindo a dor da perda, agora que ele seria levado. O sapato tinha se tornado meu Wilson. Ele me fez companhia ali como se fosse um náufrago por nem sei quanto tempo. Fiquei surpresa por me aborrecer ao vê-lo ir embora.

A única coisa que restava comigo, agora, eram meus ossos.

Quando a detetive Domanska pôs as chaves na ignição e fechou a porta, segui para a bifurcação escondida na estrada de terra.

Ia me despedir dos meus ossos. Da última coisa que me prendia a este lugar. A esta vida.

E depois encontraria vovó Rosie e os outros.

O desespero deu lugar a algo mais terno e profundo. Ouvi o motor da viatura atrás de mim.

Observei as árvores magras e aglomeradas se estendendo para o céu cheio de nuvens. Não se pode dizer que elas se destacavam pela beleza. A altitude não era suficiente para o tipo de floresta densa em que me lembrava de ter acampado quando era mais nova. Mesmo assim, eram as últimas árvores que eu veria deste lado da consciência. Tentei registrar tudo o que via pela última vez. A luz do sol filtrada por entre os galhos, uma luz que eu não podia sentir, mas de que sentiria falta mesmo assim. Os picos azulados e nebulosos ao longe, que eu sabia serem as Rochosas. O som da brisa leve nas folhas alpinas.

O rangido abafado de passos no tapete de agulhas de pinheiro secas atrás de mim.

Parei onde estava e me virei.

Incrédula, vi a detetive Domanska na bifurcação. Ela olhava através do arbusto alto e denso que quase escondia a estrada de terra. Depois, examinou o trecho de estrada coberto pela vegetação, até ficar olhando na minha direção.

Se continuasse andando, ela encontraria meu corpo. Ou o que restava dele. Eu não visitava meus restos havia semanas.

Corri na frente, querendo ver o que ela veria. Quando me aproximei do local onde havia acontecido, o lugar de onde o Kia azul havia partido, enquanto eu corria para a ravina, entrei em pânico. O sangue cor de ferrugem que era visível enquanto os animais disputavam meus ossos havia desaparecido. E os ossos que antes se destacavam sobre o solo rochoso agora estavam cobertos por uma fina camada de agulhas de pinheiro. O mato crescia em meio aos meus restos espalhados, sujos, e crescia neles também. Um pedaço do meu peito se projetava entre as folhas, e o cinza fosco do meu crânio aparecia como uma pedra lisa incomum, uma ilha no meio das folhas e dos pedaços de vegetação.

A menos que soubesse o que estava procurando, era muito improvável que a oficial me visse.

Eu me preparei para vê-la dar meia-volta e ir embora de novo. Voltar à viatura e reportar que havia encontrado o sapato. Em vez disso, ela caminhou em minha direção, se aproximou cada vez mais, olhou para a artemísia e, em um determinado trecho, ajoelhou-se ao lado de uma grande agulha de pinheiro para cutucar um caule fino de cogumelo que crescia à sombra.

"Você está aqui, Meghan?" A voz dela era tão baixa que eu poderia tê-la imaginado.

Mesmo assim, foi como sentir um balde de água gelada despejado sobre mim. Ela não estava olhando para mim. Nem para o meu corpo. Na verdade, olhava para o outro lado, para a ravina que descia até o leito seco do riacho.

Mas não tinha importância. Ela estava me procurando. Achava que o sapato podia ser meu. Alguém sabia que alguma coisa ruim havia acontecido. O que significava que, pela primeira vez, eu não estava sozinha.

"Estou aqui", gritei. Ajoelhei-me ao lado do crânio e da caixa torácica sobre o chão de terra, como se pudesse desenterrá-los, mostrar a ela para onde olhar.

Ela se agachou e se moveu formando um círculo lento, abaixando a cabeça para ver a clareira de um ângulo diferente.

Quando seu olhar passou pela evidente pilha dos meus ossos, gritei de novo. "Olha, por favor, olha para mim."

Ela parou de olhar em volta e se levantou. Parou de novo, apertando um pouco os olhos. Depois, andou determinada para o local onde eu estava reclinada sobre a ossada.

Vi sua expressão endurecer quando ela encontrou os ossos; depois, observei sua determinação quando ela se abaixou para ver a parte de cima do meu crânio.

20
BRECIA

SALT LAKE CITY, UTAH
UM ANO ANTES

Eles ficaram na mesa do fundo do bar aconchegante até a última chamada para fechar, às onze da noite. A essa altura, os olhos dela já tinham começado a ficar meio vidrados. Ela fez um comentário sobre o lugar estar quente demais, ameaçou tirar o casaco e bebeu o último gole da taça de vinho tinto batizado.

"Posso te levar para casa? Ou quer ir para a minha casa, para se recuperar?", ele perguntou e conseguiu parecer preocupado, em vez de ansioso. "Podemos deixar seu carro aqui. Tenho certeza de que isso acontece o tempo todo."

"Eu vim de Uber", Meghan respondeu com a voz meio pastosa.

Ele arregalou os olhos.

"Ah, então, vou te ajudar a voltar para casa, com toda a certeza. Você não ouve podcasts de crimes reais? Nunca entre no carro de um estranho se não estiver em estado de total sobriedade."

Não, falei com firmeza no ouvido dela. *Não. Ele é o estranho com quem você tem que se preocupar. Você não o conhece de verdade. Ele pôs uma droga na sua bebida. Não vá embora com ele.*

Meghan também arregalou os olhos, e ele riu.

"Tenho certeza de que chegaria bem. Só quero passar mais alguns minutos com você, e não podemos ficar aqui." Ele sorriu acanhado.

Ela morde a isca e retribui o sorriso, e seu rosto inteiro se ilumina com o *elogio*. Puxando o cachecol em torno do pescoço, a garota se inclina na direção dele. "Tudo bem, mas pode me levar para casa? Só preciso dormir um pouco. Não costumo beber muito."

Cheguei o mais perto que pude, sabendo, depois de ter visto tantos outros encontros, que a tinha perdido. Ela estava decidida a ir embora com ele. E eu não podia impedi-la, nem se desligasse a energia do restaurante inteiro (não que eu tivesse força suficiente para isso).

Meghan se apoiou no ombro dele quando saíram do bar a caminho do estacionamento. Ele afagou com delicadeza seus cabelos castanhos brilhantes. Piscou para a garçonete que fechava o bar e disse: "Não acredito, são onze horas, mas parece que é muito mais tarde. Acho que isso significa que estou ficando velho, não é?".

A garçonete sorriu para ele e balançou a cabeça. "Não. Eu também estou dormindo em pé. Tenham uma boa noite, vocês dois."

Tentei com a garçonete também. "Não é o que parece", gritei no ouvido dela antes de o seguir correndo. Olhei para trás e vi que a garçonete os observava através da porta de vidro, mas foi só por um instante. Depois, ela voltou a limpar as mesas.

Meghan murmurou alguma coisa sobre seu celular quando chegou ao carro. Quando ela abriu o zíper da bolsa e a escancarou de um modo descuidado, o celular caiu junto com uma latinha de balas de menta. O aparelho caiu no chão ao lado do carro. Ela não percebeu.

Ele olhou para o celular por um instante; depois, a tranquilizou dizendo que, com certeza, deveria estar em sua bolsa e a guiou para o banco do passageiro.

"Precisa do meu endereço, não é?" Meghan murmurou. "Ai, meu Deus, estou muito cansada."

"Não se preocupe. Eu tenho seu endereço. Você me mandou por mensagem agora há pouco, quando estávamos saindo do bar", ele a tranquilizou.

Estava me sentindo pesada e entorpecida quando passei por cima dela e fui para o banco de trás. Ele ligou o carro.

Saímos do estacionamento, e eu olhei pela janela, para o retângulo escuro no asfalto, sob a luz da rua.

Ela estava mandando mensagens mais cedo, contando para a amiga, Sharesa, que teria um encontro.

Alguém sabia que ela estava ali. Com "Jimmy Carlson" — que desapareceria como um fantasma assim que a bloqueasse no MatchStrike e criasse um novo perfil.

O mais provável era que os planos dele relacionados a essa conta no aplicativo seriam determinados pelo que estava desejando fazer essa noite.

Na verdade, ele não tinha o endereço dela. Então, me preparei para quando ele parasse em um estacionamento escuro, em um beco ou um parque. Em qualquer lugar sem iluminação pública.

E me preparei para ficar com ela. Prometi a mim mesma, como sempre, que não a deixaria sozinha, pelo menos isso.

Mas dessa vez foi diferente.

Quando a cabeça de Meghan caiu contra o encosto do banco do passageiro do Sorento e ela se encolheu no assento plastificado, ele apenas continuou dirigindo por ruas escuras.

Quando entrou na rodovia em direção ao sul, fiquei meio confusa, mas, de minha parte, não fazia diferença para onde ele a estava levando. A única coisa que importava era continuar procurando um jeito de fazê-lo parar.

Quando ele ligou a seta para pegar a saída em Toole, olhei surpresa para seu rosto.

Ele não podia estar levando a garota para casa. Com certeza, April e as meninas estavam lá, se preparando para dormir.

A confusão se transformou em pavor quando ele virou para Cedar Fort.

Consegui fazer um farol do carro apagar enquanto ele dirigia pela cidadezinha.

Quando o raio de luz desapareceu, ele resmungou um palavrão e olhou para Meghan no banco do passageiro.

Ela não se mexeu.

Por mais que tentasse, não consegui fazer o outro farol apagar.

Olhei pela janela procurando algum sinal de um carro de polícia. Minha mãe tinha sido parada uma vez por causa de um farol quebrado. Era uma chance muito pequena, mas não havia mais nada que eu pudesse fazer.

Tentei acordar Meghan. Agarrei-me a cada fio de medo, desgosto e raiva que consegui encontrar e dirigi todas essas emoções para o motor do carro. Gritei no ouvido dele.

Não tinha ideia do que estava fazendo. Não havia um manual de instruções. Ninguém a quem pedir conselhos. Então, me imaginei como a Fênix Negra, projetando faíscas invisíveis de toda a eletricidade e a consciência que ainda me sustentavam, até me sentir exausta.

Por mais que eu me esforçasse, o carro continuava funcionando. O farol solitário permanecia aceso. E não havia nenhuma luz azul e vermelha girando atrás de nós.

Continuamos avançando para a escuridão e deixando cidades para trás, até que surgiram placas indicando a passagem para a Montanha Oquirrh.

A via asfaltada se tornou uma estrada de terra quando começamos a subir. Meghan resmungou alguma coisa sobre seu celular quando o carro passou sobre um buraco, e ele olhou para ela por um instante; depois, olhou de novo para a estrada escura.

Quando, por fim, parou o carro próximo a uma bifurcação, uma trilha destinada a veículos muito mais potentes que o Kia, eu devia ter deduzido o que ia acontecer.

Afinal, ele tinha me matado.

Mas isso era diferente, eu disse a mim mesma. Ele estava furioso comigo. Eu o havia rejeitado. Tinha dispensado o cara. Ele gostava dessa garota à sua maneira nojenta, falsa.

Ele desligou o farol, abriu a porta do motorista e ficou escutando. Tentando identificar o barulho de um carro, talvez. No entanto, além dos grilos, tudo era silêncio.

Então, ele deu a volta no automóvel, abriu a porta do passageiro e soltou o cinto de segurança de Meghan.

Disse o nome dela uma vez. E de novo, mais alto. Dessa vez, ela abriu os olhos vermelhos e vidrados e piscou. "Jimmy?"

Antes que pudesse dizer mais alguma coisa, ele a estava arrastando para fora do carro.

Pela trilha. Para longe do veículo. Ela não resistia. Tentava acompanhá-lo, levantando a cabeça para fitá-lo com uma mistura de confusão e terror.

Eu os seguia de longe.

Porque não a deixaria sozinha.

Entretanto, não havia mais nada que eu pudesse fazer.

Ela gritou uma vez só, quando a mão dele encontrou seu pescoço e puxou o cachecol.

Depois, ficou em silêncio, se debatendo com desespero.

Continuei gritando por nós duas, espalhando no ar da noite espirais de eletricidade que não tinham para onde ir.

Gritei até que, de repente, ouvi a voz dela de novo, gritando junto comigo.

Ele se levantara do local onde esteve ajoelhado sobre a garota, no chão de vegetação rasteira.

Quando a vi ficar em pé e correr, quase gritei de alegria.

Eu sei. Era de se esperar que eu tivesse entendido.

Falei o nome dela de novo, mas não esperava que ela fosse se virar... No entanto, ela se virou. Ela me ouviu. Vi no movimento de seu corpo quando ela ouviu o próprio nome, mas continuou correndo em direção ao bosque escuro.

Ele passou por mim a caminho do carro. Quando olhei para baixo, para o lugar onde ele esteve ajoelhado, vi a forma escura do corpo de Meghan, o cachecol ainda apertado em seu pescoço, os olhos meio abertos e vermelhos.

Quase corri para o bosque, atrás dela.

Quis correr. Queria dizer que sentia muito. Que ela não estava sozinha. Que não era invisível — não para mim, pelo menos. Não queria mais assombrar esse homem. De que adiantava, se eu não podia impedir que isso acontecesse? Talvez não houvesse motivo ou propósito para eu ainda estar ali, no limbo, seguindo-o por todos os lugares como um cachorrinho.

Um pensamento sombrio se impôs: talvez eu só não tivesse entendido como fazê-lo parar a tempo. Tinha falhado com ela.

Chamei Meghan pelo nome outra vez quando ouvi o som do motor do carro atrás de mim.

A verdade era que eu não podia ajudá-la. Não mais. Disso, eu tinha certeza. Ela estava morta. Como eu.

Eu não tinha nada para oferecer a ela.

E não me sentia capaz de encará-la.

A única coisa que podia fazer era segui-lo e voltar para o carro, antes que ele desaparecesse de novo.

21
SKYE

KUNA, IDAHO

AGORA

Foi meu celular inútil que os levou às colinas próximas à Blacks Creek Road. Três dias depois da data em que eu deveria ter ido para a universidade.

Assim que o oficial pediu os registros telefônicos, as coisas avançaram depressa. E, assim que a polícia começou a procurar na área certa, não foi nada difícil me encontrar. Meu celular fez *ping* em torres de Kuna, South Boise, Robie Creek e, depois, em Prairie, Idaho, onde o sinal se repetiu até desaparecer. Juntos, com o reforço de um sinal de GPS que havia feito uma breve conexão na Black Creeks Road, os pontinhos criaram uma espécie de triângulo das Bermudas, onde eu tinha sido tragada.

Meus pais não viram a constelação de *pings* do celular ou os dados de GPS. Fui com eles no carro até a delegacia de polícia. Depois, no entanto, segui o comandante Willis enquanto outro policial tomava os depoimentos detalhados dos dois em salas separadas.

Eu não suportava ficar com meus pais e ver a esperança deles. Não quando essa esperança estava prestes a ser destroçada.

Enquanto meu pai e minha mãe eram interrogados, o comandante Willis solicitava registros de celular da Verizon. Antes de ligar para o número de atendimento ao cliente e teclar oito para solicitações de agências legais, ele imprimiu uma cópia de uma intimação assinada em papel timbrado e a enviou por fax, informando que a Polícia de Kuna solicitava os registros com a máxima urgência possível como parte das investigações de um caso de pessoa desaparecida em perigo.

Esperei com ele até os registros de telefone celular serem enviados por e-mail, meia hora depois. Quando o relatório chegou, observei por cima de seu ombro o mapa de *pings* nas torres e a longa linha do tempo do GPS ao longo da Blacks Creek Road. Carrancudo, o policial deslizou um dedo pela lista dos últimos *pings* em Prairie, Idaho. Não havia nada além de colinas e cânions perto daquela região.

O número da placa do Kia Sorento não teve utilidade imediata. Era uma placa de Utah com um endereço de Utah, registrado em nome de James e April Carson. Ainda não havia nenhum registro de April ou James em Idaho.

O fato de ele ser casado me surpreendeu menos que saber que sua esposa estava viva, respirando. Tentei imaginá-la. Como ela era? Bonita, provavelmente. Tinha alguma ideia de quem era o homem com quem se casou? Eu não sabia se devia ter medo dela ou temer por ela.

O comandante Willis gritou, dando ordem para que alguém criasse um relatório ALPR, que deduzi ser algum tipo de banco de dados para monitoramento de placas de automóveis. Em seguida, ele abriu um mapa do cânion Blacks Creek e saiu da delegacia em sua viatura.

Permaneci sentada e imóvel enquanto seguíamos no carro para Blacks Creek Road. O rádio cuspia códigos e fragmentos de informação sem significado quando saímos da rodovia.

Vi os arbustos e as colinas rochosas passarem voando pela janela do automóvel. Na última vez que as tinha visto desse jeito, eu estava viva. Mas não seria por muito tempo.

O comandante Willis seguiu por uma estrada de terra sem sinalização, de onde era possível ver uma área de camping com dois carros e uma barraca paralela ao leito do riacho. Ele passou alguns minutos fazendo perguntas ao homem e à mulher que saíram da barraca; depois, dedicou um tempo a estudar a região. Eu o seguia. E, mesmo sabendo que ele não podia me ouvir, eu falava com ele. “Mais longe. Não é aqui. É mais para cima, pelo cânion." Olhei para o sol, que parecia pesado no céu. Restavam poucas horas de luz. Se ele passasse todo esse tempo revirando cada estrada de terra que saía de Blacks Creek, isso ia demorar muito.

Ele saiu da estrada várias outras vezes, sempre na saída errada. Era atraído sobretudo pelas áreas onde havia locais para acampamento. Tentei calcular a que distância estávamos do lugar onde meu corpo foi deixado. Eu reconheceria a saída? Não tinha percebido quantas trilhas e estradinhas partiam da via principal. Concentrei-me na lembrança e descobri, com uma clareza surpreendente, que conseguia ver o horizonte e a área de recuo como se fossem uma foto na minha cabeça.

Não sabia com precisão a que distância estávamos.

Mas reconheceria o lugar assim que o visse.

O horizonte começava a se tingir de rosa quando vi o recuo.

O oficial tinha passado direto pelas duas últimas trilhas de terra, marcando cada uma em seu mapa impresso para voltar mais tarde. Eu não sabia se a decisão tinha sido influenciada pela hora, porque estava ficando tarde, ou se ele estava seguindo algum tipo de intuição com a qual eu havia contribuído. De qualquer maneira, senti que estávamos chegando perto.

Então, de repente, lá estava. O mato seco e a grama alta cobrindo a pequena elevação no acostamento da estrada se destacavam contra a área mais escura das árvores além da trilha. A forma dessa elevação estava gravada na minha mente.

"É ali", avisei desesperada, tentando fazer o policial parar.

Ele olhou de relance para a saída. Não era fácil ver a área além da elevação. Na verdade, parecia que o recuo não tinha saída, que não seguia sinuoso para mais perto das colinas.

"Pare", falei de novo desesperada, me aproximando até ficar quase no colo dele, pousando as mãos sobre o volante como se talvez pudesse virá-lo, mas era inútil.

Ele não reduzia a velocidade.

"Pare ali", repeti mais alto.

Nada.

Seus ouvidos não captavam o que eu dizia. Eu precisava ter acesso ao cérebro desse homem, de algum modo.

Então me lembrei da forma como tinha conseguido passar pela fresta na porta da loja FroYo mais cedo, e foi aí que tive uma ideia para me aproximar o máximo possível do cérebro do comandante Willis.

Eu me debrucei na direção de sua orelha peluda e pensei em frear com força e entrar naquela estradinha de terra, sempre olhando para dentro de seu canal auditivo.

Para minha surpresa, o carro perdeu velocidade.

Ele olhou para a estrada de terra. Em seguida, pisou forte no freio e saiu da pista.

Senti vontade de gritar de alegria. Não saberia dizer com certeza se ele tinha me ouvido, mas estava certa de que ele não pretendia parar. Pois aqui estávamos.

Minha empolgação se dissipou quando o policial saiu do carro e começou a olhar no meio da vegetação.

Ele demorou menos de dois minutos para encontrar meu corpo exposto no leito seco do rio.

Os animais tinham me visitado nos últimos três dias. Um dos braços havia sido separado do tronco, a pele acinzentada tinha sido arrancada dos músculos e os ossos estavam pregados em tiras de carne crua.

O restante de mim não estava muito melhor. Era o tipo de cena que teria me mantido acordada à noite, se eu a tivesse visto em um filme. Mas dessa vez eu não podia olhar para o outro lado. Porque isso não era um filme. Era meu corpo.

O comandante Willis não perdeu tempo; logo pediu reforço.

A princípio, correu para isolar a área, tirando uma fita do porta-malas da viatura e calçando luvas.

Não havia outros faróis na estrada. Tudo estava imóvel e silencioso. Ficaríamos ali por um bom tempo, antes de alguém aparecer. E eu não iria a lugar nenhum.

Então, depois de alguns minutos, ele parou e se sentou no banco do motorista da viatura, olhando para o local em que o terreno descia para o leito do riacho e para o meu corpo.

Sentei-me ao lado dele enquanto esperávamos. Depois de alguns segundos, ele tossiu para limpar a garganta e começou a cantar baixinho.

Só estive na igreja algumas vezes, mas reconheci o hino de imediato. Foi cantado no funeral do meu avô, dois anos atrás.

Fica comigo; anoitece.
O dia já acabou.
As sombras do entardecer caem.
A noite chegou.

Eu não estava por perto quando avisaram meus pais.

Quando o comandante Willis voltou de Blacks Creek, passava da meia-noite.

Meu corpo tinha sido fotografado. Evidências — inclusive meu celular, uma bituca de cigarro, algumas embalagens de doces e uma marca parcial de pneu — foram catalogadas e colocadas em sacos plásticos.

Um técnico usando galochas, máscara e rede sobre os cabelos havia abaixado minha calça jeans e a calcinha com todo cuidado para introduzir um longo cotonete entre minhas pernas.

Essa foi a parte que, enfim, me fez olhar para o outro lado. Tinha de ser feito. Mas eu não queria me lembrar de ter visto nada disso.

Senti uma estranha gratidão quando ele devolveu a calcinha roxa ao lugar e teve o cuidado de abotoar meu jeans, depois da coleta.

Meus pais não estavam mais na delegacia quando o comandante Willis abriu a porta para entrarmos no espaço ainda movimentado. Dois homens algemados eram arrastados pela recepção, e havia uma mulher diante do balcão, segurando a cabeça entre as mãos e soluçando, murmurando palavras incoerentes.

O comandante Willis, que parecia exausto, ainda redigiu um relatório sobre o que havia acontecido. Uma policial entrou na sala em um momento para informar que o alerta de pessoa desaparecida havia sido cancelado e que uma coletiva de imprensa estava marcada para a manhã seguinte, na primeira hora. Um detetive da homicídios, alguém chamado Kittleson, assumiria o caso de agora em diante. Ele precisava receber todas as informações o mais depressa possível. A placa do carro ainda era uma pista fria.

O comandante Willis assentiu. Alguns minutos depois, ele mandou um relatório para o e-mail do detetive Kittleson, imprimiu uma cópia para ser arquivada e apagou a luz do escritório.

Quando ele entrou na viatura de polícia, eu não o segui. Em vez disso, caminhei para a rua principal; depois, pelas ruas laterais, até chegar em casa. Quilômetros não significavam mais nada. E, a essa altura, eu conhecia o caminho.

Quando passei por um terreno cheio de mato no limite do meu bairro, uma raposa grande saiu de trás de um arbusto carregando um pequeno roedor na boca.

Ela ficou paralisada.

"Oi", eu falei e me abaixei.

Ela colou as orelhas na cabeça e farejou o ar. Ainda segurando o roedor, seguiu em frente meio abaixada e olhando na minha direção, passando bem longe de mim. Quando me levantei, ela ganiu baixinho e correu para a segurança de uma moita de lilases.

Meus pais dormiam quando enfim entrei na casa por uma fresta na porta dos fundos.

Meu pai estava sentado no sofá, com a cabeça apoiada na parede em um ângulo que parecia ser bem desconfortável, devido ao encosto curto demais. Minha mãe dormia encolhida a seu lado, com as pernas flexionadas contra o peito e a cabeça apoiada na perna dele.

Como a maioria dos filhos de pais divorciados, eu havia fantasiado em segredo todos os tipos de cenários que poderiam promover uma reconciliação entre eles. Ou trazer meu pai de volta para Idaho, pelo menos. Nunca fui muito boa nisso. Era mais fácil imaginá-los separados do que juntos. Os dois eram mais felizes assim. E a namorada do meu pai era bem legal, na verdade.

Ao que tudo indica, isso os reaproximou.

"Me desculpem", sussurrei, sentindo a tristeza e o amor se expandirem em meu peito.

Minha mãe choramingou dormindo; depois, se sentou de repente no sofá, na sala escura. "Eu posso encontrá-la", ela gritou, ainda de olhos fechados. "Vou encontrá-la."

Meu pai segurou a mão dela. "Tudo bem, Mari", ele murmurou e ajeitou a cabeça no encosto do sofá. "Dorme. Continua dormindo."

Ela se deitou no sofá de novo, ainda segurando os dedos dele com força.

22
MEGHAN

SALT LAKE VALLEY, UTAH

SEIS MESES ANTES

Por mais estranho que pareça, eu sentia saudade das montanhas: minha sepultura.

Não pensei duas vezes antes de pular para o banco dianteiro da viatura da detetive Domanska. Mas quando a estrada estreita e esburacada enfim nos levou a uma via asfaltada com placas para Cedar Fort, lamentei não ter ao menos me despedido do corvo. Ele não saberia. Eu tinha consciência disso. Mas já estava com saudade dele, mesmo assim.

As palavras da vovó Rosie ecoavam em minha memória enquanto seguíamos em frente. *Vou estar bem aqui quando você estiver pronta.* Eu não tinha a mínima noção do que descobriria na delegacia de polícia, mas já não sentia mais um desespero corrosivo.

Queria ser encontrada. Queria ver o homem preso... talvez já estivesse? Queria me despedir da minha família... com certeza, haveria um funeral, agora. E, depois, queria seguir meu caminho.

A detetive Domanska não foi escolhida pelo destino quando atendeu à solicitação do Serviço Florestal para ir verificar o sapato suspeito no acostamento da estrada. Eu logo descobri que ela era a detetive designada para cuidar do meu caso de pessoa desaparecida — que, de imediato, foi reclassificado como homicídio. Ela esperava me encontrar quando recebeu a pista do Serviço Florestal.

Fazia quatro meses que ela estava me procurando, desde que Sharesa reportou meu desaparecimento na manhã seguinte ao "*date*".

Li as transcrições das chamadas no relatório do meu caso de pessoa desaparecida enquanto a detetive Domanska folheava suas anotações e os registros. Sharesa era descrita como "histérica". Eu sorri. O sorriso desapareceu quando li a transcrição dos telefonemas e das entrevistas com meus pais.

A primeira transcrição de conversa telefônica com minha mãe tinha a palavra "ininteligível" carimbada a cada duas ou três linhas. Meus pais estavam fazendo rafting pelo Salmon River, em Idaho, quando tudo aconteceu. Portanto, só ficaram sabendo do desaparecimento cinco dias depois. Tinham passado o ano inteiro falando sobre essa viagem. Foi o presente de Natal da minha mãe para o meu pai.

A garçonete do Gracie's tinha se lembrado de mim. E ela se lembrou do Jimmy também: sobretudo do quanto ele era bonito. E de termos ficado no local até a hora de fechar. E se lembrou de que eu estava muito bêbada quando o homem me ajudou a ir até o estacionamento. "Pensei que fossem um casal", ela declarou na entrevista.

Encontraram meu celular no estacionamento. E essa foi a principal razão — além da *histeria* de Sharesa — para terem avançado com as buscas tão rápido.

Havia dezenas de artigos de jornais impressos e arquivados em meio às anotações da detetive Domanska. Li todos eles. Cada artigo usava as retratos recentes que tirei quando fui promovida pela última vez no trabalho. Eu me orgulhava muito dessas fotos. Elas retratavam uma profissional moderna e competente que sabia o que esperava da vida. Mas foi difícil olhar para elas em preto e branco, estampadas na primeira página dos jornais locais. Não a reconhecia mais. Agora, ela parecia ingênua, em vez de imponente. Como se não tivesse ideia do que a esperava.

Descobri que Jimmy Carlson era um fantasma.

Nunca existiu de verdade.

Sharesa sabia o nome dele, mas isso não fez a menor diferença. Nem o fato de ela ter fornecido à detetive Domanska um link para o perfil dele no MatchStrike — agora extinto. Eu havia mandado o link para ela antes do encontro, queria sua aprovação. Ele registrou a conta com um nome falso, um endereço falso de e-mail… e um VPN. O melhor que o MatchStrike conseguiu fazer, mesmo com suas mensagens na minha conta extinta, foi confirmar que a conta dele, falsa, tinha sido criada um ano atrás, no dia 15 de julho. O último acesso aconteceu no dia em que desapareci. Ele deletou a conta logo depois.

Recuperaram sua foto do perfil, tirada de longe e submetida a tanto zoom que era difícil identificar muitos detalhes, sobretudo no upload de baixa resolução da rede. Eu me lembrava do alívio que senti quando o encontrei no Gracie's: o homem não era um Neandertal. A foto não fazia jus à sua beleza. Nem um pouquinho. Em geral, o que acontecia no MatchStrike era o contrário. Mas não com Jimmy. Jimmy era bonito. Eu disse isso a ele naquele date. Precisava de uma foto melhor, de verdade. Por dentro, fiquei eufórica com isso. Tinha encontrado um diamante. E daí se suas habilidades fotográficas estavam abaixo da média? Era melhor que as selfies de academia que apareciam em todos os outros perfis.

Domanska submeteu a fotografia a um software de reconhecimento facial, mas, mesmo depois de editada, ainda era uma imagem em baixa resolução e ampliada demais para resultar em alguma resposta positiva.

Meu celular tinha sido colocado em um saco plástico, tratado como evidência. Uma digital parcial havia sido recuperada no carro dele, e não era minha. Não estava no banco de dados. O arquivo da detetive Domanska incluía minhas ligações telefônicas nos últimos seis meses, bem como transcrições de todos os meus chats.

Não havia nada do "Jimmy". Só nos comunicávamos pelo aplicativo do MatchStrike. Os detetives fizeram uma varredura nessas mensagens, que não forneceram mais respostas do que a foto. Quando as reli, me perguntei como pude pensar que eram tão radiantes e encantadoras. Agora, pareciam apenas frases de abertura de uma história de terror.

* * *

Durante o dia, segui a detetive Domanska por todos os lugares como um cachorrinho. Eu não era seu único caso. No entanto, como alguém comentou sem nenhuma sutileza em um artigo de jornal, eu era uma garota branca e bonita. E, agora que tinha sido encontrada, o caso de pessoa desaparecida se transformava em uma caçada humana.

Depois de gerar alguma discussão, a detetive Domanska divulgou a foto dele para a imprensa, pedindo a colaboração de qualquer pessoa que tivesse alguma informação sobre sua identidade.

Na manhã seguinte, a foto do homem apareceu ao lado da minha nas matérias. Soube pelos relatórios da detetive Domanska que eles haviam recebido mais de quinhentas dicas por telefone, e-mail e até pela página da polícia no Facebook só naquele dia. As pistas continuaram chegando aos montes no dia seguinte, como a de uma mulher que tinha saído com um esquisito do MatchStrike que se enquadrava na descrição do procurado. Cabelo escuro. Olhos escuros. Alto. Bonito.

Eram muitas ligações.

Algumas mulheres choravam ao telefone. Uma delas, em Wyoming, tinha sido atacada durante um *date*. Outra escapou por pouco.

Eu acompanhava pessoalmente cada diligência que a detetive Domanska fazia para verificar as denúncias.

Não esperava encontrá-lo, na verdade.

Quando disse a Sharesa que ele era uma agulha no palheiro, nem imaginava quanto essa descrição se tornaria adequada.

23
BRECIA

SALT LAKE VALLEY, UTAH

UM ANO ANTES

Depois de assassinar Meghan, ele deletou a conta no MatchStrike.

Apagou o histórico do navegador. Limpou o cache. Deletou as mensagens que havia mandado para ela e para qualquer outra pessoa. Eliminou da internet todos os traços de Jimmy Carlson que podiam ser apagados.

Eu sabia que não é tão fácil desaparecer. Nada na web some de verdade. Mas só o encontrariam se alguém estivesse procurando.

Algumas semanas depois, ele avisou April que estava se demitindo do emprego na empresa de TI em Salt Lake. Disse que tinha sido tratado como um inútil. Que ganhava mal. Que era subutilizado. Era hora de procurar outra coisa. Além disso, o gerente do escritório e a maioria de seus colegas de trabalho eram imprestáveis.

April o encarou chocada. Seus olhos se encheram de lágrimas quando ela abriu os braços para mostrar a casa e a sala de estar, que havia acabado de decorar. Eu estava lá quando ela abriu uma embalagem contendo almofadas fofas, alguns dias antes. Emma fez questão de, logo que elas chegaram, construir de brincadeira um forte com elas.

"O que você está dizendo?", April perguntou incrédula. "Acabamos de nos instalar. Enfim conseguimos uma boa casa. Temos amigos. As meninas têm amigos. Falamos em ficar aqui até elas terminarem o ensino médio. Por que é sempre assim?"

Um relâmpago de irritação iluminou os olhos dele. "Pensei muito nisso, antes de tomar uma decisão, e não espero que entenda. Mas, como não é você que paga o financiamento da casa, espero que me apoie." Ele bufou e apontou para o forte de almofadas que Emma e Kimmie haviam construído um dia antes. "Eu não critico o *seu* 'trabalho'." Ele disse isso erguendo os dedos para desenhar aspas no ar. "Aliás, quando você cuida da sua parte? Essa casa está uma bagunça."

April reagiu como se tivesse levado uma bofetada. Tratou logo de enxugar as lágrimas que desciam pelo rosto e se ajoelhou para recolher as almofadas e os cobertores do chão. A luz na sala de jantar piscou uma vez, depois duas, resultado da raiva que se espalhava em mim. No entanto, April parecia ter sido desligada. Ele permaneceu em pé ao lado dela na sala de estar por alguns minutos, enquanto ela recolhia o forte, resmungando alguma coisa sobre a comissão dos corretores de imóveis. Depois, saiu da sala.

Não o segui.

Eu sabia o verdadeiro motivo daquela mudança. E também por que nos mudaríamos de novo. E de novo. E de novo.

Para ser honesta, eu me sentia como se também tivesse sido desligada. Desde aquela noite nas montanhas — a noite em que ele a matou —, eu tinha parado de segui-lo. Em vez disso, passava os dias vendo as meninas brincarem. Vendo April preparar o almoço para elas, dar banho nas duas e contar histórias sobre rainhas encantadas e cavalos. Eu estava entorpecida demais para fazer qualquer outra coisa.

Apesar de todo o meu esforço, eu era impotente. Não tinha poder para detê-lo. Não tinha como ir embora! (Não tinha para onde ir. Como eu ia achar o caminho para casa, agora?) Não tinha o poder de trazer Meghan de volta.

Então, desliguei e apenas passei a existir, limitando meu foco aos pontos brilhantes no vácuo: April e as meninas.

Depois que ele contou que ia se demitir, April passou alguns dias muito quieta. No entanto, como ele não tocou mais no assunto, ela foi se acalmando aos poucos e retomou a vida normal. Imaginei que ela já havia escutado isso antes.

Três meses depois, quando ele anunciou de repente que tinha encontrado um novo emprego em Idaho, ela sorriu sem entusiasmo e foi para o quarto a fim de se deitar com as meninas e Oscar e contar uma história.

Eu me deitei na cama ao lado de Emma. Gostava dessa tradição noturna, quando fechávamos a porta e April lia para as meninas. Oscar olhou para mim; depois, se deitou ao lado de April e continuou ronronando.

April contou para as filhas a história do cão e a raposa, que leu de um livro da Disney que ficava na estante atrás da porta.

Diferente das histórias de cavalos e seres encantados, esse livro era agridoce. Dois amigos de mundos diferentes. Dava para saber desde o começo que não ia acabar muito bem. Mas a gente alimentava a esperança, mesmo assim.

Quando April chegou à parte em que o cachorro velho — Chefe — quebra a pata durante uma caça à raposa, Kimmie se manifestou. "A raposa não queria que o cachorro velho se machucasse, mamãe."

April assentiu. Era evidente que aquela conversa já havia acontecido antes. "É isso mesmo, meu bem. A raposa só estava tentando fugir. Ela ficou com medo."

Emma sentou-se na cama. "Mas aquele cachorro *queria* machucar a raposa. Era de propósito."

April hesitou. Depois, assentiu outra vez. "Sim. Mas é só a natureza dele. Não dá para controlar, meu amor."

Fiquei ao pé da cama de Emma quando April apagou a luz e fechou a porta do quarto das meninas.

Havia raposas, e havia cães de caça.

E havia os animais que não se encaixam na ordem natural das coisas. Que sempre tinham a intenção de causar dor.

24
SKYE

KUNA, IDAHO

AGORA

Demorou três dias para a polícia liberar meus restos mortais para os meus pais. Durante esses três dias, uma legista confirmou que a causa oficial da morte foi estrangulamento. O resultado dos exames de laboratório saiu. Não sofri violência sexual. E não havia matéria orgânica sob minhas unhas. Em outras palavras, não reagi.

"Eu queria ter reagido", contei para a legista enquanto ela estudava com atenção meus dedos roxos. "Não pude fazer nada."

Meus pais decidiram fazer meu funeral em Hulls Gulch Park, ao pé das colinas em Boise, ao lado do lago onde pegávamos girinos toda primavera quando eu era criança. Antes de os meus pais se separarem. Ainda era um dos meus lugares favoritos. Fiquei feliz por eles o terem escolhido.

Foi um funeral rápido. Minha mãe falou um pouco sobre mim, mas precisou parar antes de terminar o que havia preparado, porque as palavras começaram a sair como pequenos soluços em meio às lágrimas. Meu pai pegou o pedaço de papel que ela segurava com força e terminou de ler o discurso, pigarreando várias vezes.

Não houve muita menção a Deus ou ao paraíso. Minha mãe e eu havíamos parado de ir à igreja muito tempo atrás, e meus pais não quiseram procurar a igreja local nesse momento. Mesmo assim, vários padres e pastores se ofereceram para conduzir o serviço quando a história chegou aos jornais, no dia seguinte ao meu corpo ter sido encontrado.

Após o discurso, meus pais, alguns amigos meus do colégio e alguns colegas de trabalho do Daily Grind se revezaram para falar coisas legais sobre mim e plantar flores silvestres em torno da margem do lago. Ken abraçou minha mãe depois de espalhar seu pacote de sementes. Disse a ela que permaneceria atento todos os dias e avisaria caso o cara do chocolate quente aparecesse.

Minha mãe apertou os lábios e, então, agradeceu a ele por tudo. Não contou que a polícia sabia que o nome real do cara do chocolate quente era James Carson. Nem disse que ligava para a delegacia todos os dias para perguntar se já o haviam encontrado. O detetive Kittleson não podia falar muito. E ela recebeu ordens estritas para não revelar nenhum detalhe que pudesse comprometer a investigação. Mas nenhuma detenção tinha sido feita.

As notícias sobre meu sequestro e meu assassinato se mantiveram quentes em Idaho por alguns dias. A foto que tirei no último ano do colégio olhava para mim da primeira página do Idaho Report que minha mãe tinha dobrado com todo cuidado e guardado ao lado do computador em seu escritório. No pouco tempo que nosso cortejo fúnebre levou para percorrer a distância até Hulls Gulch, uma história sobre um assassinato-suicídio na região dominou as primeiras páginas dos jornais. Não me surpreendi. Eu era uma menina negra de um bairro pobre em Kuna.

Às vezes, quando me sentava ao lado de minha mãe no carro que ela dirigia para ir trabalhar ou buscar seu jantar, observava o rosto das pessoas na rua e me perguntava se havia outros fantasmas como eu. Se houvesse, eu saberia? Ou eles estavam dentro das casas e dos carros como eu, assombrando as pessoas que mais amavam?

O grupo Daily Grind mandou um cheque de mil dólares para minha mãe e uma surpreendente e emocionante carta de condolências. Meu pai achou que eles temiam ser processados. Disse que esse dinheiro estava sujo de sangue. Mas minha mãe guardou a carta na gaveta de sua escrivaninha.

Antes de sairmos de Hulls Gulch em direção ao cemitério, meu pai encerrou o funeral lendo as palavras de uma bênção fúnebre celta. Eu me lembrei dela, pois estava em um livro que ele mandou para mim alguns verões atrás, no meu aniversário. Ele tinha deixado um bilhete entre as páginas contando que aquele foi o único livro que o fez chorar.

Tu voltas para casa para o teu sono eterno.
Tu voltas para casa para teu leito eterno.
Tu voltas para a tua casa de inverno,
tua casa de outono, de primavera e verão.

Dorme, dorme, e bane tua tristeza.
Dorme, dorme na calma de toda a calma.
Dorme agora, amado, à sombra dos ramos altos.
Dorme, ó, dorme no amor de todos os amores.

Dorme esta noite no seio de tua mãe.
Dorme, amado, enquanto ela mesma te acalma.
Teu rosto se volta para teu antigo lar, amado.
Tu voltas ao ventre de onde nasceste.

Que o sono das sete luzes seja teu, amado.
Que o sono das sete alegrias seja teu, amado.
A sombra da morte te envolve, amado,
mas na proximidade de teu pai estás e ficarás.

Dorme, dorme, e bane tua tristeza.
Dorme, dorme, e bane tua dor.
Dorme, ó dorme na orientação do guia.
Dorme, ó amado, o descanso de todo o descanso.

25
MEGHAN

SALT LAKE VALLEY, UTAH

SEIS MESES ANTES

Decidi não comparecer ao meu funeral.

Meus pais fizeram a viagem desde Wyoming de carro para pegar o pouco que restava de mim. A detetive Domanska já havia entrevistado os dois por uma chamada de vídeo. Quando eles chegaram ao necrotério, ela os encontrou lá e se manteve vigilante enquanto minha mãe assinava os formulários de liberação com as mãos trêmulas.

Ver meus pais era doloroso. Quase tanto quanto doía neles me ver.

Eu queria falar que estava bem. Que os amava. Que eles não tinham culpa pelo fato de isso ter acontecido enquanto estavam viajando. Que havia encontrado vovó Rosie. Que, um dia, eles me encontrariam também.

Mas, por ora, eu não podia falar nada para eles.

E não podia ficar com eles.

Não havia possibilidade de volta. Eu estava aqui por uma razão, uma única razão.

* * *

Noventa e cinco por cento das dicas que chegaram pelo número de telefone divulgado para denúncias eram, é claro, bobagens sem fundamento.

A detetive Domanska verificava por si mesma os outros cinco por cento.

Alguns eram casos simples de erro de identidade. Apenas outros homens muito parecidos com o da foto em baixa resolução tirada do perfil no MatchStrike. Eu lamentava por eles.

Outros me causavam um sentimento nítido de repulsa. Um deles, um cozinheiro que morava a cerca de três quarteirões do Gracie's, aceitou nos receber em casa. Vi a mão da detetive Domanska se aproximar do cabo da arma em seu quadril quando ele nos convidou para entrar com um sorriso. Uma garota do MatchStrike tinha telefonado para o número de denúncias. O cara que estava com ela havia se tornado muito agressivo no fim do encontro, agarrando-a pelo braço quando ela avisou que estava indo embora.

No entanto, não era o tipo de homem que estávamos procurando. Seu álibi era sólido: ele estava em uma festa com uma dúzia de testemunhas, pelo menos, e passou a noite inteira lá. Porém havia um lampejo de alguma coisa familiar em seus olhos quando a detetive Domanska o entrevistou. Como se não estivesse muito surpreso por ser interrogado... mas não esperasse nenhuma consequência disso.

Três dias depois da divulgação do número da linha para denúncias, recebemos uma mensagem de uma mulher que falava tão depressa que foi difícil entender o que ela dizia, no início. A detetive Domanska ouviu a mensagem duas vezes. A mulher forneceu um endereço na periferia de Salt Lake. O marido de uma amiga dela trabalhava lá, ela disse. Ele era bem parecido com o cara da foto publicada no jornal.

"O nome dele é James", ela concluiu e desligou sem se identificar.

A detetive Domanska pesquisou o endereço. Era um daqueles prédios enormes que abrigavam dezenas de conjuntos de escritórios. O nome da empresa que ocupava o conjunto de salas cujo número a mulher forneceu era "Dromo". Ela tamborilou os dedos no teclado enquanto olhava para a tela. Depois, se dirigiu à viatura. Não era uma dica muito importante, mas havia alguma coisa na voz daquela mulher.

Quando entramos na área de escritórios, uma recepcionista idosa com olhos bondosos e um coque grisalho bem apertado recebeu a detetive Domanska. "Como posso ajudar?", ela perguntou sorrindo e olhou para o distintivo da detetive. "Está tudo bem?"

"Gostaria de falar com um dos funcionários", disse a detetive Domanska.

Minha visão periférica registrou alguém vindo de um corredor para a recepção.

"James Carson", a detetive Domanska concluiu, e a recepcionista riu e chamou o homem que tinha quase desaparecido no interior do escritório. "Falando no diabo, olha ele aí."

Choque e repulsa se misturaram como uma onda dentro de mim. O computador na mesa da recepcionista travou de repente, e as luzes piscaram uma, duas vezes.

Ao que tudo indica, ninguém percebeu.

James sorriu e estendeu a mão. Parecia intrigado. Meio preocupado. E bonito como sempre.

A detetive Domanska apertou a mão dele. "Tem uma sala onde eu possa fazer algumas perguntas? Só vou precisar de alguns minutos", ela disse.

Ele piscou para a recepcionista, depois, acenou para Domanska, apontando para uma sala de reuniões a alguns metros dali. "É claro, não há nenhum problema. Estou encrencado ou alguma coisa assim?"

Voei em cima dele, consciente de que não podia machucá-lo mais que a brisa suave que saía da ventilação do ar-condicionado sobre nós. Mas eu não conseguia ficar ali parada.

Eu o arranhei, o ataquei e lutei como queria ter feito antes.

E, assim como antes, não consegui nada com isso — exceto umas piscadas irregulares das lâmpadas fluorescentes na sala de reuniões.

Ainda não conseguia acreditar que era ele.

Tínhamos encontrado a agulha no palheiro, afinal.

No entanto, ele não parecia preocupado.

A detetive Domanska começou com as perguntas fáceis. Onde ele estava na noite de 14 de junho, sexta-feira?

Ele franziu a testa e fingiu que estava pensando. "Não sei, de verdade." E teve a coragem de rir. "Faz muito tempo, desculpe... Aconteceu alguma coisa? Eu teria que olhar meu celular, ou perguntar à minha esposa. Ela deve saber."

Então ele tinha uma esposa. Isso não chegava a me surpreender. Não conseguia imaginar que tipo de ser humano era esse. Essa informação só acrescentava uma nova camada de horror. Tentei imaginá-la. Como ela era? Como havia se casado com esse monstro? Será que ela desconfiava dele? Será que ela era a mulher que havia telefonado para fazer a denúncia anônima?

A detetive Domanska balançou a cabeça. Depois, mostrou a ele a foto que o jornal havia publicado. A foto do perfil dele. "É você?", ela perguntou num tom casual.

Ele pegou o jornal e observou a imagem. "Consigo ver a semelhança, mas não, não sou eu. Eu vi isso nos jornais ontem. Não é o cara que estão procurando?"

A detetive observou os olhos dele. Eu observei os olhos dela. Será que ela percebia que ele estava mentindo? Eu teria sido capaz de perceber que ele mentia, se estivesse no lugar dela? Eu me lembrei do cartaz que vi colado no banheiro do Gracie's Spot. *Seu encontro não está indo bem? Mande chamar Andrea no balcão*. Pensei na confiança com que havia ignorado aquele cartaz e voltado para minha bebida batizada e meu iminente assassinato, imaginando que aquilo era o início de algo bonito.

Então, me lembrei da garota com o coque bagunçado. A que havia parado para fotografar meu sapato desbotado no acostamento da estrada de terra. Lembrei-me do patrulheiro do serviço florestal que havia ligado para a detetive Domanska.

Cheguei o mais perto que pude da orelha dela, vendo as lâmpadas fluorescentes piscarem enquanto minha frustração crescia. "Ele está mentindo", eu disse. "É ele. Foi ele que me matou. Não acredite nele."

A expressão da detetive Domanska não mudou. Eu poderia dizer que sua cara de jogadora de pôquer era digna de respeito. Podia significar que acreditava nele, ou que estava se fazendo de boba. Não havia como saber. Ela ignorou a pergunta dele e continuou: "Já esteve no Gracie's Spot?".

Ele pensou um pouco. Depois, respondeu: "Sim. Acho que sim. Não é muito longe daqui."

Domanska assentiu. "Esteve lá na noite de 14 de junho?"

Ele balançou a cabeça. "Acho que não. Mas, como eu disse, teria que perguntar à minha esposa. Meu cérebro é como uma peneira, não consigo me lembrar nem do que comi no almoço hoje." Ele riu. "Estou me preparando para mudar de casa daqui a duas semanas. Hoje é meu último dia aqui. Teve sorte por me encontrar."

Os cantos dos olhos dele se enrugaram. *Teve sorte por me encontrar*. Ele estava fazendo uma piada.

A expressão de Domanska permaneceu impassível. "É bom saber. Vou precisar do seu novo endereço, então. Caso eu tenha mais perguntas." Os músculos de sua mandíbula se contraíram um pouco. Ela não estava acreditando nessa história. Eu vibrei. As luzes continuaram tremulando como velas ao vento.

Domanska pôs o artigo de jornal em cima da mesa. "Em resposta à sua última pergunta, sim. Estou investigando esse caso." Ela bateu com o dedo na foto. "Você a reconhece?"

Foi quando ele fez aquela cara de idiota de novo, como se estivesse pensando. "Não, mas reconheço a foto do artigo que li. Que coisa medonha."

Cheguei perto da orelha dela de novo. "Continue. Pergunte a ele sobre a garçonete. Ela se lembrou dele."

Chocada e eufórica, ouvi a detetive fazer o que sugeri.

"Tem uma garçonete no Gracie's que se lembra do homem que esteve com Meghan naquela noite. Ela nos deu uma descrição bem detalhada dele. O que aconteceria se eu o pusesse em uma fila junto a outros homens na frente dela?"

De repente, o ar na sala ficou tenso e eletrizado. Alguma coisa nos olhos dele se tornou sombria. "Como é que é?" Ele balançou a cabeça como se não acreditasse no que estava ouvindo. "Aquela foto não tem nitidez alguma. Não quero ser indelicado, e espero que encontre o canalha que fez isso, mas eu preciso de um advogado? Não quero acabar como aquele cara no documentário da Netflix."

A detetive Domanska não se abalou. "Pode responder à pergunta, por favor?"

"*Não.* A garçonete não me reconheceria. Posso ir agora?"

"Não!", falei para Domanska. "É ele. Não pode deixá-lo ir embora. Continue fazendo perguntas."

Não foi o que aconteceu.

"Pode ir", a detetive respondeu bem calma. "Mas, como eu disse, vou precisar do seu novo endereço e de suas informações de contato. Posso ter mais algumas perguntas para fazer a você."

Demorei alguns segundos para ir atrás da detetive Domanska. Quando a porta da sala de conferências se fechou e o som dos passos dela desapareceu no corredor, ele levantou o dedo do meio.

"Cadela vadia incompetente", ele murmurou.

Eu me sentia flutuar quando segui a detetive Domanska de volta ao carro dela.

Nós o encontramos. Mas nada aconteceu.

A detetive ligou o carro e pegou o celular.

Continua, Bubbelah. Imaginei vovó Rosie do outro lado da bancada coberta de farinha e a massa do pão. As rugas em torno dos olhos da detetive desapareceram quando imaginei as linhas do sorriso nos olhos da vovó Rosie.

A voz da detetive Domanska flutuava na memória comigo, como música de fundo, cada vez mais suave.

"*... mas alguma coisa nele...*"

A cozinha ensolarada desapareceu e eu voltei ao carro. Domanska agora estava dirigindo, e o celular estava no suporte e no viva-voz.

"Talvez eu esteja errada, mas tive a sensação de que ele estava esperando alguém aparecer e fazer aquelas perguntas. Não ficou tão surpreso quanto alguém no lugar dele ficaria. E ele é muito parecido com aquele cara da foto."

A pessoa do outro lado da linha tossiu. "Quer que eu fale com a mulher que fez a denúncia? Foi anônima, mas temos o número dela."

"Sim, ligue para ela. Pressione sem dó. Depois, pesquise esse tal de James Carson na internet. Veja se consegue encontrar uma foto boa para mandarmos uma série de opções para aquela garçonete. Se ela o identificar, vai ser o suficiente para conseguirmos um mandado de busca para o carro dele."

A detetive Domanska fez uma pausa. Por fim, ela disse: "Ele vai sair do estado em duas semanas. Precisamos fechar esse cerco antes disso. Não quero ter de lidar com extradição."

Meu coração — ou o que quer que ainda me mantivesse inteira — ficou mais leve. Era impossível saber quanto eu havia contribuído para a intuição da detetive Domanska. Mas resolvi acreditar que esse pressentimento que ela teve era obra minha, ao menos em parte.

Vovó Rosie ainda estaria esperando por mim em duas semanas.

Eu podia continuar no limbo por mais um tempo.

Porque eu queria muito ver esse desgraçado cair.

26

BRECIA

KUNA, IDAHO

SEIS MESES ANTES

Só descobri que a polícia o havia interrogado a respeito do assassinato de Meghan quando já estávamos instalados em uma casa ampla da década de 1970 em Kuna, Idaho, um imóvel que ele conseguiu alugar com dinheiro vivo sob o nome de "James Carlson".

April e eu tínhamos acabado de voltar de um grupo de "Encontro de Mães" que ela havia achado no Facebook. Eu não gostava muito da ideia de deixar Emma e Kimmie sozinhas em casa — mesmo que estivessem na cama. No entanto, não suportava mais ficar perto dele. Além do mais, não havia nada que eu pudesse fazer para ajudar as meninas.

Então, segui April até um restaurante da moda em Nampa e ouvi sem muito interesse a conversa monótona sobre crianças "dotadas e talentosas" na pré-escola, *leggings* com bolsos e lanches orgânicos. April sorriu o tempo todo e contribuiu o quanto pôde. Mas, quando voltamos ao carro, ela enxugou uma lágrima que escorria pelo rosto. Estava recomeçando tudo. De novo.

E ele também. Eu só não queria saber nada sobre isso.

Ele quase nem ficava mais em casa, o que era uma mudança significativa depois dos dias que passamos juntos na sala do computador no porão, no Colorado.

Quando April entrou na garagem e desligou o carro, já conseguíamos ouvi-lo através da parede.

Ele estava furioso com alguém.

April ficou paralisada por um instante; depois, saiu do automóvel. Passei por ela voando, pensando que ele estava gritando com as meninas. A lâmpada da garagem explodiu, e April gritou quando foi surpreendida pela escuridão.

Passei pela fresta da porta e parei diante dele.

Ele tinha escutado o barulho da porta da garagem e já estava descendo a escada.

A porta do quarto das meninas, que ficava no meio do corredor, estava fechada. Ele não estava gritando com elas. Estava falando com alguém pelo telefone.

Baixou a voz e desapareceu no fim da escada, mas eu o alcancei com facilidade. "Meu advogado vai te procurar. Não me telefone mais. Já falei tudo o que sei, ou seja, eu não sei de nada", ele cochichava.

Cheguei mais perto para tentar ouvir a resposta do outro lado da linha.

"Então, para que isso fique bem claro, você nunca viu Meghan..."

Ele desligou o celular e o atirou longe.

O aparelho se chocou contra a parede e caiu no tapete com a tela voltada para cima. Ainda era possível ver o identificador: *Polícia de Salt Lake City.*

Alguém em Salt Lake desconfiava dele. O suficiente para terem seguido seu rastro e a pista até Idaho.

Recuei e parei na porta, olhando para o covil instalado no porão. Era a primeira vez que eu pisava nesse lugar desde a mudança para cá, três semanas atrás.

O cômodo era mais uma alcova masculina que um escritório. Tinha um PlayStation ligado a uma TV em uma das paredes e uma mesa encostada na outra, com uma poltrona reclinável estofada em um canto. Ele pegou o telefone do chão e o guardou no bolso do moletom com capuz. Depois, sentou-se na poltrona e ligou o PlayStation.

Notei um copo do café Daily Grind na lata de lixo ao lado da poltrona. "Chocolate quente" e o nome "James" tinham sido escritos com uma caligrafia cuidadosa, junto com o desenho de uma carinha sorridente.

Nunca o vi beber café antes, nem April. Tive a impressão de que era alguma coisa proibida pela religião deles.

Continuei olhando para a carinha sorridente no copo. Não era um desenho rabiscado rápido. Era uma carinha perfeita, fofa. Com cílios e tudo.

Então, eu disse a mim mesma que aquilo não significava nada. Era apenas um copo de café.

Olhei para o computador. A tela estava escura. Se a polícia o estava interrogando, talvez ele preferisse se manter escondido. Fora do MatchStrike. Talvez até o pegassem pelo que havia feito com Meghan. E comigo.

Ouvi um rangido na escada do porão. April estava descendo. Ele emitiu um ruído de irritação e olhou em volta. Então, pegou o copo vazio na lata de lixo e o enfiou em uma gaveta da mesa, fora de vista.

Recuei para o corredor. April estava parada ao pé da escada. Parecia estar tentando decidir se devia ou não perguntar a ele sobre os gritos. Talvez tivesse escutado o telefone se chocando contra a parede.

Em vez disso, ela subiu a escada e foi dar uma olhada no quarto das meninas. Quando as viu dormindo um sono profundo, fechou os olhos e suspirou aliviada.

Depois, pegou Oscar do chão, foi para o quarto principal e se cobriu.

Em regra, eu não prestava muita atenção no que April fazia com o celular. Nas poucas vezes que olhei, ela estava combinando encontros das meninas com outros amiguinhos, jogando KandyKlash ou rolando a tela do *feed* interminável de seu Instagram. Mas, nesta noite, a cara dela — o jeito como olhou para a porta do quarto, depois, para a tela do celular com um ar preocupado — me fez chegar mais perto para descobrir o que ela estava vendo.

Era uma notícia de jornal sobre o assassinato de Meghan.

Com o polegar e o indicador, ela aumentava e diminuía uma foto em preto e branco granulada. Uma foto do marido dela.

Incrédula, vi April abrir uma nova janela do navegador e digitar: "Trauma na infância pode provocar violência".

Ela viu os resultados da busca sem clicar em nenhum deles. Um trecho de um artigo de pesquisa aparecia no topo da lista:

Um número significativo de estudos indica que trauma na infância aumenta a probabilidade de comportamento violento.

Depois de alguns segundos, April abriu uma conversa de três semanas atrás — de pouco antes da mudança. Era uma mensagem de uma moça chamada Nina, que ainda não havia sido lida. A mensagem era longa: preenchia quase toda a tela. Era um pedido de desculpas. Nina achava que o homem no artigo do jornal era parecido com James. Ela havia "mencionado" a semelhança à polícia de Salt Lake. O mais provável é que não fosse nada. Devia ter falado com April antes de entrar em contato com a polícia. Queria se desculpar por isso. Mas não conseguia parar de pensar em quanto eles eram parecidos. Talvez ele tivesse um irmão?

Eu não fazia ideia de quem era Nina. No fim do texto, ela falava sobre ver as meninas no domingo; então, presumi que fosse alguém da igreja.

April leu e releu a mensagem.

Por fim, fechou o aplicativo, apagou o histórico do navegador e deixou o celular sobre a mesa de cabeceira com todo o cuidado. Então, enterrou o rosto no corpo peludo e ronronante de Oscar.

27
SKYE

KUNA, IDAHO

AGORA

Eles o encontraram um mês depois do meu funeral.

Uma policial o abordou em uma operação de trânsito em Meridian. A lanterna traseira do carro estava queimada. Quando a policial verificou as placas — assinaladas no banco de dados, relacionadas ao meu assassinato —, ela o levou para a delegacia para que fosse interrogado.

Eu não estava lá quando o interrogaram e perguntaram sobre mim. Ele entrou e saiu da delegacia em vinte minutos. O detetive Kittleson telefonou para minha mãe no mesmo dia, mais tarde.

James tinha se recusado a responder a quaisquer perguntas sem a presença de um advogado. Depois, perguntou, aparentando tranquilidade, se podia ir embora.

E foi. Ele recebeu uma multa por dirigir sem um registro válido do automóvel e sem as placas. Como era sua primeira infração, saiu de lá com uma multa de 50 dólares.

O detetive Kittleson disse aos meus pais que a promotoria tinha sérias reservas quanto a tratá-lo como suspeito naquele momento. As imagens da câmera de segurança do Daily Grind, onde as placas do Kia de cor escura eram visíveis, não me mostravam nem perto do carro. E o vídeo do FroYo onde eu aparecia entrando em um sedã de cor escura não mostrava as placas do veículo. Sem mencionar que o motorista era pouco mais que um borrão. Era quase impossível fazer a identificação.

Tudo o que podiam afirmar com certeza era que James Carlson esteve no Daily Grind naquele dia. Como centenas de outros sedãs escuros. James trabalhava perto dali. Por que não poderia comprar uma bebida em seus intervalos? Foi isso que o advogado dele alegou. Não havia como provar que eu tinha entrado naquele carro com ele.

James disse que nunca tinha me visto... a não ser na foto publicada nos jornais.

Quando soube que ele tinha sido encontrado — mas não preso —, minha mãe estava se arrumando para ir trabalhar, passando delineador diante do espelho do banheiro. Eu estava sentada na bancada perto dela. Tinha me tornado sua sombra. E, durante o último mês, tinha percebido que sabia muito pouco sobre minha mãe enquanto era viva. Sempre a chamei de minha "melhor amiga". Sabia qual era seu prato salvadorenho favorito — caldo de carne — e sua série de TV preferida — *El Número Uno*. Eu a amava. Não havia dúvida sobre isso. Mas mal a conhecia como pessoa. O foco sempre esteve em mim: do que eu gostava, quem eram meus amigos, como ia o trabalho, o que eu queria fazer depois da faculdade, em que estava pensando, o que estava lendo.

Em alguns aspectos, era como se eu a visse pela primeira vez, como poderia ter acontecido depois de alguns anos na faculdade, ou depois de eu ter um bebê, talvez. Quando a ouvia conversar com sua melhor amiga, Lucrécia, no sofá, às vezes, fingia que ela estava falando comigo. Sobretudo quando a conversa abordava tópicos que não tinham relação com meu sequestro e meu assassinato.

Descobri que ela experimentou maconha quando tinha 15 anos. O motivo para estar tão empolgada com minha ida para a faculdade era que ela havia abandonado os estudos no último ano. Quando eu tinha seis dias de vida, ela apareceu na consulta com o pediatra sem sutiã, porque não havia dormido nada desde o parto. Ela rezava em segredo à noite, apesar de dizer a Lucrécia que ainda não acreditava em Deus. Queria se mudar de Idaho. Ainda pensava muito no meu pai. Queria ter tido mais filhos.

Eu ouvia, observava e queria poder dizer a ela que ainda estava aqui. Que, de algum modo, apesar do abismo em que havia caído, eu me sentia mais próxima dela agora do que jamais me senti antes.

Não tentei mais cochichar no ouvido dela à noite, enquanto ela dormia. Não depois do que aconteceu naquela primeira noite. Mas, às vezes, quando ela estava passando o delineador com as mãos trêmulas de manhã e o banheiro estava silencioso, exceto pelas hélices do ventilador de teto girando, eu falava com ela. Sobre as comidas de que mais sentia saudade. Sobre minhas lembranças preferidas dela e do papai. De vez em quando, ela respondia. Falava para o reflexo no espelho — mas para mim também.

"Skye-Passarinho, lembra quando você aprendeu a engatinhar, e eu te achei atrás do vaso sanitário do banheiro, com a trava de segurança da tampa na boca?"

Eu ri. Ela riu. E, para minha surpresa, descobri que conseguia me lembrar com precisão do que ela estava falando, se filtrasse minhas lembranças. Estavam todas lá, claras como cristal. "Você se lembra do desenho do peixinho que colou no espelho do meu banheiro quando eu tinha dois anos, quando você estava tentando me ensinar a fazer o número dois? Para 'alimentar os peixes'?", falei.

Ela levantou o pincel do delineador para completar um traço. Depois, baixou a mão e riu, franzindo um pouco os olhos. "Eu me lembro de quando você era bem pequena e tinha muito medo de fazer cocô no peniquinho. Eu disse que o cocô alimentaria *los pescaditos*, e você entrou de cabeça na história. Fiz até um desenho para te ajudar a visualizar o peixinho. Lucrécia me falou sobre isso."

Alguns dias depois de encontrarem James, o detetive Kittleson enfim conseguiu um mandado de busca para o Kia azul. Eu tinha certeza de que ele teria demorado mais, se não fossem os telefonemas insistentes de minha mãe.

Eles procuravam sangue, digitais, fios de cabelo e fibras. Qualquer evidência de que eu estivera naquele carro.

Minha mãe estava em êxtase. Eu também estava esperançosa. Tinha tocado a maçaneta do carro do lado interno da porta. Com certeza, ele não podia ter apagado todos os traços deixados por mim ali.

O mandado foi entregue na terça-feira de manhã, depois que ele saiu para ir trabalhar.

Eu pretendia acompanhar tudo. Não sabia ao certo o que veria ou se poderia fazer alguma coisa, mas o que mais eu tinha para fazer?

A parte em que eles de fato entregaram o mandado não foi como eu via nos filmes ou na TV. O detetive Kittleson e uma policial técnica muito bem arrumada bateram na porta de maneira educada e esperaram na varanda.

Uma mulher os recebeu acompanhada de duas meninas loiras e lindas como eu nunca tinha visto antes.

Quando viu os oficiais parados na porta, ela reagiu como se tivesse visto um fantasma. E tinha. Porque eu estava bem ali. Ela só não sabia.

Quando o detetive Kittleson anunciou a abrangência do mandado — as chaves do Kia e o próprio automóvel —, olhei para as duas meninas. Diferente de April, elas ignoravam por completo a dimensão do que estava acontecendo na varanda da casa. A mais alta, cuja franja loira e espetada me fazia imaginar que havia acabado de sair da cama, pulava de um pé para o outro enquanto batia na perna da mãe, apontando a viatura da polícia na entrada da casa. A mais nova espiava por entre a mãe e a irmã, esperando quietinha alguém lhe explicar o que estava acontecendo.

Fiquei tão ocupada olhando para as três que nem notei a quarta pessoa alguns passos atrás delas, no hall de entrada, até que ela se aproximou.

Tinha cabelos castanhos lisos e olhos cor de avelã, grandes e com os cílios mais longos que já vi. Ela usava um agasalho de corrida de veludo cor de vinho que parecia ser bem confortável. Devia ter a mesma idade que April. Seria irmã dela? A babá? Pela expressão em seu rosto, a primeira coisa que pensei foi que ela também parecia ter visto um fantasma.

E ela viu.

Porque ela olhou diretamente para mim e perguntou: "Você está morta?".

28
MEGHAN

SALT LAKE VALLEY, UTAH
AGORA

A detetive Domanska seguiu sua intuição.

O que era bom. Mas essa era a única contribuição que eu podia dar — além de deixar Joey, seu weimaraner, incomodado quando me aproximava demais.

Então, quando a garçonete do Gracie's ficou nervosa e não conseguiu identificar com certeza James Carson na sequência de fotos de homens bonitos, de cabelos escuros e com pouco menos de trinta anos, Domanska não desistiu.

Ela esperou paciente enquanto a mulher magra de olhos azuis analisava cada foto e, depois, balançava a cabeça com vigor. “Aquele ali pode ser ele. Talvez aquele? Eu me lembro de que ele era bonito. E tinha cabelos castanhos. Então, aquele cara corresponde à descrição.” Em seguida, ela passava para a próxima foto, franzia a testa e dizia a mesma coisa.

Gritei com ela. Eu me sentei sobre a mesa onde estavam as fotos e quase entrei em seu canal auditivo quando ela analisou a foto do verdadeiro James — que tinha sido tirada de seu perfil no LinkedIn. “É ele. Você *falou* com ele! Olha direito. É esse. Lembra?”

A se julgar pelas aparências, isso só serviu para aumentar sua ansiedade, pois quando saiu da delegacia, ela tremia a olhos vistos. Nenhum juiz concederia um mandado a Domanska baseado nessa identificação.

No entanto, Domanska não se abalou. Agradeceu à garçonete por ter colaborado, guardou as fotos na pasta e pediu à assistente para investigar se as câmeras de trânsito em Salt Lake e Cedar Fort ainda tinham imagens gravadas no sistema.

Quando se mudou para Idaho, James Carson arrumou um advogado de porta de cadeia que fez atraques frontais a Domanska, denunciando-a a um supervisor por assédio ao cliente dele. Ela fez uma anotação no arquivo do caso — mas o manteve aberto sobre sua mesa.

Ela não ia desistir disso.

O que me incentivou a também aguentar um pouco mais.

Quando não estava olhando para o computador por cima do ombro de Domanska ou ouvindo suas ligações telefônicas, eu vagava. Passava cada vez mais tempo com minhas lembranças, e os dias se transformaram em semanas enquanto ela trabalhava em outros casos. Vinte e seis anos acumulam muitas recordações. Portanto, ainda havia muitos mundos felizes para explorar, cenários que me permitiam voltar ao mundo dos vivos. Eu saboreava cada um como uma reprise de uma série preferida de televisão. Mas ficar vendo lembranças ou televisão por muito tempo sem companhia acaba se tornando algo solitário. Eu pensava em vovó Rosie — e nos outros que haviam morrido — quase o tempo todo.

No início, ficava na delegacia quando Domanska ia para casa, à noite. Aquele lugar nunca fechava. Sempre tinha alguma coisa acontecendo. Havia sempre alguém esperando a próxima coisa ruim acontecer. Durante um tempo, foi interessante. Vi de perto muitas coisas que nunca tinha visto — ou coisas que eu nem queria ver. Muita gritaria. Muito choro. Um pouco de sangue. Um monte de telefonemas. E uma tonelada de perguntas com respostas inquietantes.

A primeira vez que fui para casa com Domanska foi na noite em que eles receberam uma ligação de West Valley sobre uma criança em perigo — e prenderam os pais dela. Não queria estar no mesmo ambiente que o homem silencioso, salpicado de pequenas marcas, de cabelos grisalhos, alguém que havia estuprado a filha de 10 anos. Nem queria me aproximar da mãe que sabia disso. Assim, quando Domanska foi embora no seu automóvel sem identificação oficial, me sentei no banco do passageiro e fui com ela.

Não me sentia à vontade para ficar na casa quando ela não estava lá. Em grande parte, porque Joey, o weimaraner, fez xixi no tapete e depois latiu até eu sair na primeira vez que tentei.

O conforto de ir para casa — qualquer casa — no fim do dia era suficiente para me fazer continuar ali. No final de cada dia, aquecíamos no micro-ondas uma daquelas refeições congeladas compradas em kits. Depois, levávamos Joey para dar uma volta (ele me tolerava, quando Domanska estava por perto), voltávamos para casa e assistíamos a um episódio de *Parks and Recreation.* Às vezes, a filha de Domanska aparecia com o jantar, saíamos todas para caminhar e jantávamos juntas.

Eu pensava muito nos meus pais. Se devia ter passado os últimos dias com eles, em vez de seguir Domanska e o departamento de polícia de Salt Lake City. Sentia saudade do meu pai e da minha mãe, mas saber que os veria de novo — que, um dia, eles me encontrariam em suas lembranças — me mantinha onde eu estava. Vovó Rosie tinha deixado claro que, uma vez tomada a decisão de me mudar para aquele universo de lembranças ainda não exploradas, eu não poderia mais voltar.

Minha missão inacabada estava aqui. E, depois de meses sozinha com meus ossos na montanha, a casa de Domanska era como uma espécie de lar.

Depois de alguns meses, por fim, conquistei Joey. Quando me acomodava ao lado de Domanska para ver *Parks and Rec*, ele às vezes se sentava ao meu lado no sofá, se encolhendo contra o encosto e me espremendo na fresta entre as almofadas. Eu adorava. Era a única coisa que me fazia sentir que ainda existia deste lado.

As câmeras de trânsito não serviram para nada. E a mulher que havia telefonado para falar sobre James Carson no ano passado também não tinha mais que um palpite para oferecer. Ela conhecia a esposa de James da igreja. Tinha um sentimento ruim a respeito dele e achava que ele era parecido com o cara da foto que acompanhava as notícias sobre meu assassinato. Mas era só isso. April Carson — esposa de

James — também não falava nada. Quando Domanska telefonou, ela disse que o advogado do marido a tinha aconselhado a não responder perguntas. E esse foi o fim da história.

Tudo o que tínhamos eram palpites. Mas palpites não podiam nos levar muito longe. Domanska mantinha meu arquivo sobre sua mesa. Acompanhava cada nova informação que surgia de tempos em tempos. Mas ela não sabia o que eu sabia. E eu não conseguia contar isso para ela.

Estávamos saindo da delegacia à noite quando a informação chegou pela linha de denúncias.

Eu soube que dessa vez era diferente quando a assistente de Domanska, Carly, correu para o estacionamento. Em todas as outras vezes, ela mandou um e-mail com a informação para ser anexada ao arquivo. A pessoa ainda estava na linha, Carly avisou, erguendo uma sobrancelha e acenando com a cabeça na direção da delegacia. "Se tiver um segundo, acho que devia falar com ele. É sobre a matéria no KTVD."

Eu estava fora da viatura e dentro da delegacia outra vez antes de saber se Domanska também viria. Carly não se animava com facilidade. E a matéria no KTVD, publicada dois dias antes, já havia provocado uma nova série de denúncias sem fundamento. Acontecia sempre que publicavam algo novo sobre meu caso.

Vi a luz vermelha do telefone piscando na sala escura, esperando Carly e Domanska virem atrás de mim e atenderem à chamada em espera.

Era um número com prefixo 208: Idaho.

Domanska chegou mais depressa que Carly. Sua expressão era impassível, mas agora eu a conhecia bem o suficiente para saber que não teria voltado para atender ao telefonema se não sentisse a mesma eletricidade que senti na voz de Carly.

"Detetive Domanska", ela anunciou num tom neutro ao pegar o telefone. Eu me inclinei para o aparelho, perto da orelha dela.

A pessoa do outro lado da linha pigarreou. "Hum, oi. Lamento muito incomodar. Pode ser que não seja nada, mas imagino que esteja seguindo todas as pistas. Pode ser só perda de tempo..."

"Desembucha, homem!", gritei ao telefone.

Domanska respirou fundo e esperou com tranquilidade ele terminar de falar; depois, respondeu: "Não é incômodo nenhum, e estamos seguindo todas as pistas, com certeza. Agradeço a ligação. Pode me dizer o que o levou a telefonar?".

O homem suspirou de um modo prolongado. "Ah, ok. Legal. Temos o KTVD aqui há cerca de dois meses... sabe... o site de compra e venda? Você deve conhecer. Eles têm artigos nas barras laterais, e a maioria é só caça-cliques, mas o restante é quase que exclusivo sobre Utah... Juro, já vou chegar lá." Ele pigarreou mais uma vez, nervoso, e me imaginei batendo com o telefone na mesa em resposta à frustração.

"Sim, conheço o KTVD", a detetive Domanska respondeu. "Você disse que viu o artigo sobre Meghan?"

"Sim", ele respondeu, e agora parecia aliviado. "E acho que já vi aquele homem. Eu... acho que talvez ele tenha matado minha amiga."

Vi Domanska olhar para Carly, que ouvia e gravava a ligação do outro lado da sala com um fone de ouvido. Ela franziu a testa. Esse homem começava a parecer meio maluco.

"Ok. Pode me dizer o nome da sua amiga? E seu nome também, se não se importar."

Outro ruído de inspiração profunda do outro lado da linha.

"Sim, meu nome é Ken. E minha amiga Skye foi morta há três meses."

29
BRECIA

KUNA, IDAHO
AGORA

Você está morta?

Fiz a pergunta da mesma maneira que, às vezes, perguntava ao Oscar se ele ia matar o rato ou brincar com ele o dia inteiro; sem esperar uma resposta.

De início, não prestei muita atenção nela. Estava concentrada no detetive na varanda. Que tinha um mandado de busca para o carro de James.

Então, a garota que estava ao lado do detetive deu um passo à frente e enfiou a cabeça na fresta da porta para olhar dentro de casa.

April nem olhou na direção dela. Nem as meninas.

Mas Oscar olhou. Fez aquele ruído assustado que morria no fundo da garganta, o mesmo barulho que fazia quando via o gato do vizinho no gramado da frente. Depois, correu para a cozinha.

Eu pensei que fosse uma assistente, ou uma técnica. Ela era jovem; não devia ter mais de vinte anos. Sua pele era marrom, e o cabelo preto e encaracolado descia além das omoplatas. Ela não sorriu para ninguém. Em vez disso, olhava de um lado para outro e examinava tudo, espiando além de April, Kimmie e Emma.

Por uma fração de segundo, eu me ressenti. Quem essa garota pensava que era?

Então, vi quando ela passou pelo braço de April.

E se espalhou em várias direções. Como eu fazia.

Quando falei com a garota, ela olhou para mim de repente.

As luzes na sala de estar piscaram quando a mistura de choque, empolgação e horror me invadiu.

"Ai, meu Deus", ela sussurrou, olhando para mim com uma intensidade que nunca senti, nem viva nem morta. "Você..." Ela não concluiu a frase. Não havia nenhuma dúvida.

Quase não percebi que April levava o detetive à sala de estar para pegar as chaves do Kia.

"Vem", falei para a garota de cabelo encaracolado. "Não vou perder isso."

Skye e eu nos sentamos no banco de trás do Kia, enquanto os detetives rebocavam o automóvel para a delegacia.

Descobrimos que tínhamos muito sobre o que conversar.

April ficou na frente da casa com Kimmie e Emma enquanto nos afastávamos, e vi em seu rosto uma mistura de preocupação e medo. Talvez eu estivesse imaginando, mas acreditava ter visto mais uma coisa: uma expressão de dúvida.

Depois do telefonema da detetive de Utah, dois meses antes, James havia explicado impaciente para April que estava na mira de uma caça às bruxas. E disse que a culpa era dela. A mulher da congregação deles em Utah — a que tinha enviado aquelas mensagens e ligado para a polícia quando percebeu a semelhança entre James e o homem da foto nos jornais — tinha aberto uma caixa de Pandora. April não havia feito nada a respeito disso. Não havia nem mostrado as mensagens para ele, e James só as encontrou "por acaso" quando procurava uma foto no celular dela.

Então, tiveram que contratar um advogado que nem poderiam pagar.

Eu sabia que eles podiam pagar os honorários do advogado. Mas April não sabia. Não tinha nenhuma informação sobre as finanças. Ele transferia algumas centenas de dólares para uma conta-corrente que ela usava para as compras do supermercado e uma ou outra peça de roupa, quando as meninas precisavam de coisas novas. Era isso. Então, quando a detetive de Utah ligou para o celular dela alguns dias depois de ter telefonado para James, April não demorou nem trinta segundos para desligar. Foi o tempo suficiente para repetir a declaração que havia sido instruída a dar sobre todas as perguntas terem de ser feitas por intermédio do advogado deles. Porém, mais tarde, enquanto Emma estava na escola e Kimmie tirava um cochilo, ela abriu uma janela anônima do navegador e pesquisou "Assassinato Meghan Campbell". Leu todos os artigos. Examinou de perto a foto dele. Balançou a cabeça como se estivesse irritada com ela mesma por sequer pensar que o marido — seu James — poderia estar envolvido em uma coisa como aquela. Então, fechou o navegador e foi buscar Emma na escola.

Contei tudo isso a Skye no banco de trás do Kia, que estava sendo rebocado para o pátio de veículos apreendidos, onde a revista seria feita naquela noite. Contei o que ele tinha feito comigo dois anos atrás. E Skye me contou o que ele havia feito com ela dois meses antes.

Ele a havia matado enquanto eu estava em casa com sua esposa e suas filhas, fingindo que talvez ele tivesse parado, porque não usava mais o MatchStrike. Fingindo como April fingia.

"Sinto muito", falei dentro do carro escuro. Não havia lágrimas. Eu não as tinha mais. Nem ela. Mas o peso eletrizante da tristeza no automóvel alcançou até a lâmpada solitária em um canto do pátio, que tinha acabado de acender na penumbra que anunciava a chegada de uma tempestade. "Tentei fazê-lo parar. Eu o seguia por todos os lados. Era como uma sombra. No fim, não consegui impedir que isso acontecesse. Teve outra mulher, Meghan. Antes de você. Eu estava lá quando ele fez aquilo... Parei de segui-lo depois disso."

Os olhos dela eram como poços profundos dentro do Kia escuro. Ela assentiu. "Não é sua culpa. Ninguém tem culpa. Só ele."

* * *

O carro estava limpo. Não havia sangue. Nem cabelos. Nem fibras de alguma coisa importante.

Mas havia uma digital. Só uma que não era de April, nem das meninas nem do próprio James. Estava do lado do passageiro, onde o assento se conectava com a base do carro.

Skye e eu nos olhamos. Nós duas sabíamos que aquilo podia significar qualquer coisa. Que não havia garantia de justiça. Que pessoas más faziam coisas más e nem sempre pagavam por isso. Afinal, ele ainda estava livre, depois de ter me assassinado, e já fazia anos. E ainda não estava pagando pelo assassinato de Skye, que ocorrera alguns meses antes. Ele estava escapando ileso de tudo isso.

Havia uma chance muito pequena de essa digital ser dela. Nenhuma chance de ser minha. A única vez em que estive no carro dele, eu era um fantasma. O mais provável era que fosse de uma das muitas outras mulheres que ele conheceu no MatchStrike — mas não matou.

Por isso, não sorrimos uma para a outra, como eu poderia ter feito antes. Skye apenas seguiu a técnica ao laboratório, enquanto eu fiquei com o detetive Kittleson.

Porque uma pequena chance ainda era uma chance. E pequenas chances eram tudo o que tínhamos.

30
SKYE

KUNA, IDAHO
AGORA

A técnica disse que levaria cerca de duas horas para analisar a digital encontrada no carro.

Eu esperava que conseguissem colocá-la no computador. Achava que saberíamos na mesma hora se havia ou não uma correspondência. No entanto, enquanto via a técnica preparar e limpar de forma cuidadosa a imagem que havia digitalizado, fiquei impressionada por saber que o trabalho levaria apenas duas horas. Visto de perto, o cartão da digital era um labirinto confuso de saliências, depressões e canais. E do outro lado desse labirinto talvez houvesse a chave para uma prisão.

A técnica era jovem — não muito mais velha que eu. É provável que tenha se formado poucos anos antes. Seu cabelo escuro estava preso em uma trança firme, e seus olhos castanhos iam e voltavam pelo slide da digital com uma determinação focada. Quando alguém bateu na porta do laboratório, ela ignorou.

A garota era incrível.

Uma vez, quando minha mãe perguntou em que eu gostaria de me formar, respondi: “Ciências, talvez!”. Mas tinha pensado muito nisso. Adorava as aulas de química e biologia. A perspectiva de passar os dias em um laboratório com amostras e slides — em vez de tentar vender coisas, gerenciar pessoas ou participar de atividades de "construção de equipe" — excitava um pouco meu lado introvertido. Se as coisas tivessem acontecido de maneira diferente, essa poderia ser eu, talvez.

Enquanto via a técnica trabalhar, minha mente rememorava tudo o que Brecia havia me contado. Fazia dois anos que ela morava com ele.

Quando terminou de digitalizar e limpar a imagem, a técnica a enviou sem demora hora para uma coisa chamada AFIS — um banco de dados de impressões digitais.

Ela franziu a testa e prendeu uma mecha de cabelo na trança, enquanto o algoritmo escaneava milhões de imagens e a luzinha piscando no topo da tela anunciava o progresso da análise.

Eu esperava que essa parte demorasse um pouco; porém, assim que a digital entrou no sistema, a barra de progresso se moveu com uma velocidade incrível de zero a cem por cento em questão de minutos. A busca terminou antes que eu percebesse.

Sem nenhuma correspondência.

A técnica anotou os resultados e saiu da sala. Eu sabia para onde ela ia. Porque ainda havia uma possibilidade de essa digital ser minha.

Minhas digitais não foram catalogadas antes de eu morrer. E a digital que coletaram do meu corpo teve de passar por uma limpeza substancial, por conta da decomposição.

Outro técnico estava limpando minhas digitais *post mortem*, considerando a decomposição e a degradação. Se fosse minha digital no carro, não teríamos uma correspondência perfeita. Mas chegaríamos bem perto disso.

Tentei não alimentar esperanças enquanto vi a analista comparar as duas imagens, uma hora depois.

Porém, quando ela as sobrepôs, até eu consegui ver que não eram a mesma digital.

A luz piscou no escritório quando a decepção bateu forte.

Não era minha digital. Podia ser de qualquer pessoa, já que o dono dela não estava no sistema.

Percorri o corredor a caminho da sala de Kittleson envolta em uma névoa de torpor. Estive ali tantas vezes com minha mãe, que já sabia onde ficava o escritório. Não gostava muito dele como detetive. Ele fazia muitas promessas e dava grandes garantias; depois, demorava muito para tentar cumprir o que prometia. Deveria ter concluído a análise das minhas digitais *post mortem* muito tempo antes. Mesmo eu fui capaz de compreender que ele não acreditava na possibilidade de construir um caso contra James Carson. Ou contra qualquer outra pessoa.

Portanto, eu tinha certeza de que essa era a pista fria que encerraria o caso, para ele. Um caso pelo qual ele nunca se interessou muito.

Quando entrei, Brecia estava sentada na cadeira do escritório, falando com o detetive Kittleson. Ele não respondia, é claro. Ele estava falando com minha mãe pelo telefone, avisando que a digital não correspondia à minha. E falava de um jeito curto e grosso.

"Cuidado com o tom", Brecia resmungou quando Kittleson suspirou alto, antes de dizer à minha mãe que informaria, como havia prometido, caso tivesse alguma novidade. O carro já havia sido submetido à perícia. Essa era a última pista que tinham. O automóvel seria liberado do pátio no dia seguinte.

Sentei-me ao lado da Brecia. Ela já sabia do resultado da análise da digital, era evidente. "Esse cara é um cretino", ela disse e apontou o dedo do meio para Kittleson. "O que você quer fazer agora? Vai... voltar para a casa da sua mãe?"

Ela fez a pergunta de um jeito espontâneo, mas era impossível não perceber a tristeza por trás de suas palavras. Ela estava sozinha havia muito tempo.

Eu era um fantasma há muito menos tempo que Brecia, mas não conseguia me imaginar abandonando a única pessoa que conseguia me ver. A primeira pessoa que me ouvia falar em meses — e que falava comigo. A única outra pessoa que entendia de verdade o que havia acontecido comigo.

Por mais que eu amasse minha mãe e quisesse sua proximidade, ela não podia mais me ver. E essa era a coisa mais solitária que jamais senti, viva ou morta.

"Não", sussurrei. "Posso ficar com você?"

Brecia sorriu e concordou, e sua tristeza se transformou em alívio. Ela apontou para Kittleson, que olhava de cara feia para um e-mail que tinha acabado de receber.

"A gente não devia desligar?", ela disse.

"Como assim?", perguntei confusa.

Ela arregalou os olhos. "Presta atenção." Então, fechou os olhos, e de repente o ar ficou carregado de fúria.

A tela do computador de Kittleson apagou. Ele resmungou um palavrão e na mesma hora apertou o botão de liga/desliga.

Brecia sorriu, e a eletricidade raivosa vibrou. "Legal, não é?"

Quando conseguiu ligar o computador de novo, seu rosto estava vermelho de tanta frustração. "Porcaria velha", ele resmungou.

Quando a tela de bloqueio de senha reapareceu, por fim, o telefone tocou em cima da mesa.

Ele olhou para um equipamento, depois, para o outro.

"Atende!" Brecia instruiu, deslizando por cima da mesa até ficar bem na frente do rosto dele. Então, ela colou o rosto na orelha do detetive.

Encolhi. Sabia que ele não podia vê-la, mas aquela imagem era estranha demais.

"Isso funciona de verdade?", perguntei.

"Às vezes." Brecia recuou sobre a mesa e Kittleson saiu da sala sem atender ao telefone. A expressão dela era sombria. "Nem sempre."

Me aproximei dela para ouvir a mensagem na sala escura.

A luz vermelha piscou quando uma voz feminina respondeu ao comando para deixar um recado.

"Detetive Kittleson? Fiquei sabendo que está com o carro de James Carson no seu pátio de veículos apreendidos. Aqui é a detetive Domanska, de Salt Lake City, Utah. Você precisa ligar para mim o mais depressa possível."

31
MEGHAN

SALT LAKE VALLEY, UTAH

AGORA

Quando o detetive de Idaho retornou a ligação de Domanska, era quase hora do jantar. Ela havia deixado o número do celular — que tocou na mesma hora em que estávamos saindo com Joey.

Nunca tinha visto Domanska perder a calma. Nem com a garçonete cabeça oca do Gracie's. Nem com o próprio James Carson, quando ela o interrogou.

No entanto, quando soube que o detetive Kittleson tinha liberado o carro de James Carson do pátio de veículos apreendidos — antes mesmo de ligar para ela para informar sobre a digital que havia encontrado —, Domanska perdeu a cabeça.

Mesmo contrariado, ele garantiu que minha digital seria submetida à análise de laboratório naquela noite.

Quando resmungou alguma coisa sobre horas extras e quadro de pessoal reduzido, Domanska explodiu com ele de novo.

Kittleson desligou sem se despedir, e todos nós — inclusive Joey — voltamos quase que de imediato ao escritório para enviar o arquivo com minhas digitais.

32
BRECIA

KUNA, IDAHO

AGORA

Quando James pegou o carro no pátio da polícia, o ar parecia um barril de pólvora.

Kittleson ainda não tinha respondido à mensagem de Domanska. Estava ocupado com dois novos casos: a morte suspeita de um bebê loiro de olhos azuis, que ocupava as manchetes dos jornais fazia uma semana, e um tiroteio envolvendo um policial, uma ocorrência que espalhava ondas de choque pela comunidade.

Quando viu a luz vermelha piscando no telefone, ele ouviu a mensagem e fez uma anotação para se lembrar de ligar de volta; depois, se ocupou com outro caso que havia sido designado a ele naquela manhã.

Desligamos seu computador duas vezes naquela tarde. Isso só serviu para ele sair mais cedo para o almoço. E, depois, como nenhuma de nós duas suportava continuar olhando para a cara dele, Skye e eu pegamos uma carona com um oficial e fomos esperar no pátio de veículos apreendidos.

Quando James chegou lá para pegar o carro, parecia diferente do que estava na última vez que o vimos. Menos confortável. Menos interessado em encenações. Em estado de alerta.

April o levou até lá. Kimmie e Emma estavam com ela no carro. Nenhuma das três desceu do veículo.

James não sabia quais informações os detetives tinham — ou melhor, quais *não* tinham —, mas sabia que o cerco estava se fechando.

Skye e eu nos olhamos quando ele pôs a chave na ignição. Nós duas sentimos o impulso de seguir o oficial de volta à delegacia. Mas havia alguma coisa nos olhos de James que me dizia que eu deveria entrar no carro dele.

Skye hesitou na frente do posto policial. Ela também tinha visto o que eu vi. "Eu vou com James", ela disse sem muita confiança. "Se alguém precisar desligar o computador de Kittleson, não tenho certeza de que conseguirei."

Eu não queria sair de perto dela. Não agora. Ela estava certa: alguém precisava seguir James. Concordei com ela. "Se acontecer alguma coisa, volte para a delegacia o mais depressa que puder, ok? Sabe como voltar para lá?"

Ela meneou a cabeça para dizer que sim. Depois, pulou para o banco de trás do Kia quando ele já saía do estacionamento, seguindo April e as meninas.

33
MEGHAN

SALT LAKE VALLEY, UTAH

AGORA

Minha impressão digital tinha 98 por cento de correspondência.

Quando recebemos a notícia, o escritório de Domanska se transformou em uma colmeia de atividade.

O mandado de prisão foi emitido pelo estado de Utah em menos de duas horas. A assistente de Domanska tomou as providências para que alguém do escritório do oficial Kittleson, em Idaho, fizesse a prisão.

Na manhã seguinte, bem cedo, eu estava no banco da frente do carro a caminho de Idaho para encontrá-lo — o que não seria tão fácil quanto deveria ter sido, pois o veículo já havia sido liberado do pátio.

O detetive Kittleson disse que o haviam liberado do pátio porque não tinham nada de concreto contra ele em Idaho. Nenhuma evidência que o conectasse ao assassinato que motivou Ken a dar o telefonema depois de ver o artigo no KTVD.

Ainda não.

Mas agora que tínhamos evidência física de que eu estivera no carro dele, podíamos conseguir um mandado para vasculhar sua casa. O computador. As atividades online.

O que significava que, enfim, encontrariam não só James Carson, mas Jimmy Carlson — e quem mais ele tivesse sido ao longo dos anos.

34
SKYE

KUNA, IDAHO

AGORA

Ele seguia o carro da esposa, que estava junto das filhas, no caminho de volta para casa, sempre resmungando e falando para si mesmo que April era muito burra. Que tudo isso era culpa dela.

Eu o encarava incrédula, me perguntando como eu pude ter entrado no carro dele, meses atrás. Como um dia pensei que ele era bonito, ou que merecia dois segundos dos meus pensamentos. Ele alternava entre olhar as luzes de freio da minivan e o espelho retrovisor, e eu achei que ele estivesse de olho, temendo que a polícia aparecesse de repente atrás dele com as luzes piscando.

Eu esperava que aparecesse. Mas eu não estava mais prendendo a respiração, por assim dizer.

O relógio do carro mostrava que eram quase dez da manhã. Eu não sabia ao certo quantos anos tinham as meninas, mas achava que deveriam estar na escola.

De repente, ele pegou o celular que tinha deixado no banco do passageiro. Eu me encolhi quando a mão dele tateou o assento. O rádio do carro apitou, e me perguntei se eu tinha feito aquilo.

Ele tirou um pedaço de papel do bolso e discou um número de telefone, pisando fundo no freio para não entrar na traseira da minivan da família. Vi os olhos arregalados de April no retrovisor. Podia apenas imaginar o que ela estava pensando agora. Em parte, sentia pena dela. Era casada com um assassino. E não fazia ideia disso.

Outra parte de mim sentia raiva dela. E outra ainda a odiava. Pois como era possível que ela não soubesse? Pelo que Brecia me contou, ela leu o artigo publicado em Utah sobre o homicídio que ele cometeu lá.

Pensei nos meses que antecederam o divórcio dos meus pais. Nos gritos. No choro. Na energia ruim. Nas conversas preventivas: "Você sabe que, quando o papai e eu brigamos, não é culpa sua, não é, Skye-Passarinho?" Mas, mesmo depois de tudo isso, quando eles, por fim, sentaram a aluna do terceiro ano à mesa e contaram que meu pai iria morar em outro lugar, eu me recusei a acreditar que era verdade. Não queria que aquilo acontecesse. Portanto, não estava acontecendo.

Mas eu estava no terceiro ano.

Aproximei-me mais dele quando uma voz de mulher atendeu à ligação. "Marjorie falando."

Era a voz de uma mulher velha... e desconfiada.

"É o James", ele anunciou sem rodeios.

A desconfiança se transformou em surpresa. "James? Puxa vida... Não reconheci seu número. Que maravilha ouvir sua voz... Faz tanto tempo... Não esperava ouvir...

O tom de voz dele não combinava com o dela quando ele a interrompeu. "Precisamos ficar na cabana."

O rádio apitou de novo quando entendi o que ele disse. Perdi a resposta de Marjorie enquanto olhava para trás desesperada, para a cidade onde a delegacia e Brecia haviam desaparecido de vista fazia um bom tempo.

Ele ia fugir.

Eu não podia entrar em pânico. Precisava manter o foco. Precisava ouvir a conversa. Marjorie parecia meio confusa, mas muito satisfeita, quando respondeu: "A cabana? Ah, sim. Sim, tenho lembranças maravilhosas daquele lugar. Faz muito tempo. Quando quer ir fazer essa visita? Vou dar uma olhada na minha agenda...".

Ele revirou os olhos e pisou forte no freio outra vez quando April parou em um semáforo fechado. "Lembranças maravilhosas?" Ele riu com amargura, mas não deu explicações. "April e eu precisamos sair da cidade. Não tenho tempo para explicar, mas você precisa manter isso em segredo, e esse telefonema também, se alguém perguntar. Consegue ficar de boca fechada? Eu fiquei quieto todos esses anos. Agora, é sua vez de retribuir o favor."

Marjorie ficou em silêncio do outro lado da linha. Eu conseguia sentir a contrariedade e a irritação transbordando dele em ondas. Quem era essa mulher? E o que ele queria dizer com *ficar quieto*?

James pisou no acelerador quando o semáforo abriu e April seguiu em frente. A região começava a parecer familiar. Se eu não estava enganada, estávamos quase chegando na casa dele.

"Tudo bem", Marjorie respondeu, por fim, num tom de voz seco. Já não havia mais a mesma felicidade na voz dela. "Mas a casa está empoeirada. Você se lembra de onde deixamos a chave?"

"Lembro", ele respondeu com um tom igualmente duro. "Era minha casa, antes de ser sua."

Houve uma longa pausa. Então, ela disse: "Que bom... Fico feliz por se lembrar!".

"Eu me lembro de tudo", ele disparou.

Quando ele desligou o celular, escapei pelas saídas de ar e voltei para a delegacia o mais depressa que pude.

35
MEGHAN

BOISE, IDAHO

AGORA

Domanska não parou nem para ir ao banheiro. Partimos pouco antes de o sol aparecer no horizonte e fizemos a viagem de Salt Lake a Boise em cinco horas.

Quando paramos na delegacia, eu esperava uma recepção agitada que combinasse com a energia "sem parar para fazer xixi" que dominava no carro. No entanto, mesmo depois de Domanska voltar do banheiro da delegacia, Kittleson nos manteve esperando.

Fiz o que Domanska não podia fazer: vaguei pelo prédio até encontrá-lo, conversando com outro detetive do lado de fora de sua sala, com a porta aberta, sobre outro caso.

"Saia já daí e vamos prender o desgraçado!", o exortei. Hoje era o dia em que o pegaríamos, afinal. O dia em que, enfim, ele começaria a pagar pelo que fez comigo e com sabe-se lá quantas outras mulheres.

Foi nesse momento que uma mulher pôs a cabeça para fora da porta do escritório.

Ela usava chinelos cor-de-rosa e o pijama roxo de aparência mais confortável que eu já tinha visto.

E olhou na minha direção.

Mas a surpresa que tive quando ficou claro que ela podia me ver e ouvir transformou-se no mais absoluto choque quando ela sussurrou "Ai, meu Deus. Meghan!".

Dei um passo para trás, e ela mudou de expressão. "Sinto muito", ela disse, e as lâmpadas fluorescentes do corredor do lado de fora do escritório de Kittleson começaram a piscar de forma descontrolada.

Balancei a cabeça, tentando entender o que era aquilo. "O quê...? Espera aí, você consegue me ver?" Ela era algum tipo de sensitiva? Isso também explicava o uso daquele pijama, de algum modo?

Ela assentiu. "Sim, eu sou a Brecia. E sinto muito. Tentei impedir o que ele fez naquela noite. Queria ir atrás de você, mas estava correndo muito, e eu não quis deixar que ele fugisse..."

As luzes piscaram à nossa volta outra vez, e de repente eu entendi. Lembrei-me de uma voz de mulher quando corri por entre as árvores e desci a margem, certa de que estava fugindo.

Ela também estava lá naquela noite. Porque ele a tinha atacado primeiro.

Olhei para ela incrédula. Ela se retraiu, como se eu estivesse me preparando para gritar.

Em vez disso, sem pensar no que estava fazendo, passei por Kittleson — que continuava falando sobre algo que nem parecia ser muito importante — e me inclinei para abraçá-la.

E, quando fiz isso, tomei conhecimento da resposta para cada pergunta que tinha passado por minha cabeça nos últimos trinta segundos — e todas as perguntas que eu poderia fazer no futuro sobre Brecia. Quando nossos braços se tocaram e nos abraçamos, vi com clareza cristalina tudo o que ela queria tanto que eu soubesse sobre seu assassinato. Sobre o que ela tentou fazer na noite em que morri. E sobre o que fez depois disso. Nem todas as palavras poderiam ter resumido a história, por mais que tentássemos.

Quando nos afastamos, compreendi que a mesma coisa tinha acontecido com ela. Que ela percebeu como eu estava ansiosa para que ela soubesse onde estive durante todo esse tempo. O que significava saber que ela tentou me salvar, mesmo que não tenha dado certo. Compreendi tudo o que eu queria dizer.

A luz fluorescente no teto, por fim, explodiu, e Kittleson reagiu. "Droga", ele resmungou. O telefone dele estava tocando de novo — como tocava desde que Domanska chegou. Enfim, ele entrou correndo no escritório e atendeu à ligação.

Foi quando outra voz — aguda e desesperada — se sobrepôs ao toque do telefone.

Brecia e eu nos viramos ao mesmo tempo e vimos uma jovem latina de cabelo preto encaracolado correndo em nossa direção.

“Ele está fugindo!”, ela gritou.

E, pelo jeito como passava por mesas e contornava portas, eu soube que ela também estava morta.

36
BRECIA

KUNA, IDAHO

Meghan, Skye e eu saímos da delegacia no momento em que a detetive Domanska enfim começou a coordenar a ação junto aos agentes de Kittleson, em Boise, que ajudariam a comandar a prisão.

Meghan hesitou um pouco, não queria sair de perto de Domanska — e, é claro, não queria vê-lo de novo.

No entanto, não havia tempo para debate. Por fim, Meghan veio conosco. Domanska tinha tudo sob controle. Viria logo atrás de nós. E, se quiséssemos ter alguma chance de atrasar a fuga, precisaríamos unir esforços.

Não podíamos voar. Não como eu imaginava, pelo menos. Entretanto, corríamos como campeãs, atravessando ruas movimentadas sem parar nos semáforos e passando pelas frestas das cercas nos quintais. A cidade era um borrão de cores à nossa volta. Se eu tivesse que arriscar um palpite, diria que corremos uns oito quilômetros. Eu não tinha mais como mensurar o tempo, é claro, mas, antes que percebesse o fim do caminho, estávamos paradas na frente da casa dele.

E, no mesmo instante, a porta da garagem se abriu.

A minivan já estava ligada, com April e as meninas lá dentro. James Carson colocava a bagagem no porta-malas, que já estava repleto de coisas soltas.

A essa altura, eu já sabia que esse não era seu estilo. James era organizado. Metódico. Limpo. Se a van estava nessas condições, era porque ele tinha pressa para partir.

Nós três nos olhamos. Estávamos muito perto.

Eu podia sentir isso em cada parte de mim. E, salvo engando, ele também podia.

"Talvez a gente consiga impedir", eu sugeri. Nunca tive muita sorte com carros. Contudo, com Meghan e Skye aqui, talvez a gente conseguisse quebrar alguma coisa.

Valia a pena tentar.

Deixei o pânico se expandir, tentando encontrar a fúria e o medo acumulados nos últimos dois anos. Às vezes, tinha a sensação de que o poço estava secando. Era cada vez mais difícil acessar essa emoção bruta que eu encontrava com facilidade nas primeiras semanas, nos primeiros meses.

Porém, eu conseguia sentir a energia que vinha de Skye — e de Meghan também — em ondas que faziam o ar à nossa volta vibrar com a carga de eletricidade.

Skye mantinha os olhos fechados, as mãos estendidas para a frente, o cabelo em torno do rosto como uma moldura.

Meghan olhava direto para a frente, se abraçando com força ao subir no para-choque da van, se transmutando em um *minitransformer*.

Era tudo muito bonito, de uma beleza sinistra. Concentrei a atenção nele, para não diluir a corrente fraca que tinha conseguido colocar em movimento.

James sentou-se no banco do motorista, sem perceber que as duas lanternas traseiras — e. ao que tudo indica. os faróis também — tinham acabado de queimar de repente.

Como eu não estava ajudando muito, mergulhei no interior da minivan e me espremi no vão entre os bancos da frente. O rosto de April estava pálido. Ela olhava para a tela escura do celular, tocando o botão de ligar a todo instante para ver as horas.

Aproximei-me dela em uma espécie de abraço desesperado. "Saia do carro, April! Chame a polícia. Tire as meninas de perto dele. Você *sabe* o que ele fez. Ele não está fugindo de uma acusação falsa. Está fugindo porque é culpado."

April virou o telefone com a tela para baixo e o segurou sobre as pernas quando James se sentou ao volante. Ele olhou direto para o aparelho. "Não pode levar isso aí, porra! Não ouviu nada do que eu falei? Deixe isso em casa. Eles vão rastrear o aparelho."

Ela não se moveu, e ele arrancou o celular das mãos dela e saiu do carro de novo. Emma começou a choramingar no banco de trás, e April saiu do transe. Ela se virou para confortar as meninas. "Está tudo bem. Papai está enfrentando um dia difícil, é apenas isso. Vamos resolver tudo e viver uma aventura muito divertida."

Quando voltou à van, James engatou a ré e começou a sair.

As luzes tinham queimado. Mas o motor estava funcionando. O carro era dirigível.

Olhei para trás sentindo-me impotente e vi Meghan e Skye ainda do lado de fora da van.

Não havia mais nada que pudéssemos fazer.

Enquanto James continuava saindo de ré, primeiro, Meghan e, depois, Skye entraram pela porta do lado do passageiro.

Domanska não chegaria a tempo.

37

SKYE

CASCADE, IDAHO

Com exceção da trilha sonora de *Vila Sésamo* que April pôs para as meninas ouvirem, a van foi dominada pelo silêncio na primeira meia hora de estrada.

Brecia, Meghan e eu também não falamos muito. Pelo que ele disse ao telefone mais cedo, estávamos a caminho de Cascade — uma viagem de duas horas, mais ou menos. Mas também não falamos sobre isso. Ficamos quietas, esperando o momento em que, enfim, ouviríamos as sirenes ao fundo.

A essa altura, a polícia já devia saber que ele havia fugido.

Era evidente que James pensava a mesma coisa, pelo número de vezes que olhava pelo espelho retrovisor. Dirigia no limite de velocidade, segurando o volante com força e mantendo as mãos na posição de dez para as duas.

Só depois que Kimmie e Emma dormiram ao som do Come-Come cantando sobre alimentos saudáveis, April decidiu falar.

Ela se virou para olhar para as cadeirinhas onde as meninas dormiam — e onde Meghan viajava sentada entre elas, olhando pela janela, para as colinas que davam lugar a pinheiros altos.

Os olhos de April vagaram pelas caixas de comida enlatada, pelos suprimentos para camping e as malas que foram espremidas em cada espaço do assoalho do carro. Então, ela suspirou: "Vai me contar o que o detetive falou quando foi buscar o Kia, pelo menos? Se você é inocente…" Ela parou, mas logo depois recomeçou: "Já que é inocente, por que não pode apenas conversar com eles? Explicar que nunca viu aquela menina. Por que temos que…" E ela apontou para trás, para a minivan lotada. "Nesse momento, estou me sentindo como um personagem do filme *O Fugitivo*." Ela forçou um sorriso, mas desistiu quando percebeu que ele não correspondeu.

Ouvi Brecia suspirar frustrada no fundo da van, onde tinha se acomodado sobre uma pilha de sacos de dormir. "Ele não é Richard Kimball, April. Ele é o homem de um braço só."

James — eu ainda pensava nele como James, mesmo sabendo que essa pessoa nunca existiu — apertou um pouco os olhos e não disse nada.

April balançou a cabeça. "Pense um pouco, eles devolveram o Kia. Não teriam feito isso se tivessem encontrado alguma coisa, não é?" Era impossível disfarçar o desespero que transparecia em sua voz.

Ele comprimiu os lábios e manteve os olhos voltados para a estrada. "A detetive de Utah quis me incriminar desde que sua melhor amiga, *Nina*", ele cuspiu o nome como se fosse um palavrão, "ficou tão entediada com a própria vida que decidiu acabar com a minha". E olhou para April. "E agora com a sua também", acrescentou cantarolando, quase sem abrir a boca.

April agarrou o cinto de segurança com uma das mãos quando ele freou quase em cima de um galho de árvore que tinha caído na estrada de pista única. Tínhamos saído da rodovia asfaltada alguns quilômetros atrás e seguíamos por uma trilha estreita de terra. Não passamos por nenhum carro desde que saímos da rodovia. O bosque à nossa volta ia se tornando mais denso conforme subíamos. Estive em Cascade uma vez quando tinha dez anos e minha mãe me levou para acampar em Ponderosa. Eu nem imaginava que havia cabanas nessa parte da montanha.

April tentou de novo. "Avisou seu advogado que iríamos sair da cidade? Quanto tempo vamos ficar fora? Se Emma perder mais alguns dias de aula, vou ter de enviar um atestado, ou vão denunciar sua ausência."

Sem olhar para ela, ele retrucou: "Dá para calar a boca, por favor?".

April sentiu como se tivesse levado uma bofetada. Ficou quieta por alguns segundos. Então, perguntou em voz baixa: "Tem alguma coisa que você não me contou?".

Sua pergunta foi desconsiderada. Após alguns minutos, ela respirou fundo e tentou de novo. "Na última vez que Marjorie entrou em contato, depois que seu pai morreu, você lhe disse para não ligar mais, senão providenciaria uma ordem de afastamento. Você nem foi ao funeral. E agora vamos ficar na cabana dela?"

Ele comprimiu a mandíbula, mas ficou em silêncio. April continuou falando num tom atormentado. "Nunca te pressionei para falar sobre ela, porque sei como fica quando o nome dela é mencionado, mas sempre me perguntei se ela poderia ter..." Ela o observou apreensiva. Por fim, sussurrou: "... alguma coisa a ver com suas cicatrizes".

Seus dedos apertaram o volante até ficarem brancos, mas ele continuou olhando para frente.

"Por favor, fale comigo", April suplicou com a voz embargada. "Estou com medo."

Ele tirou uma das mãos do volante. Por um instante, pensei que ia bater nela. April deve ter pensado a mesma coisa, porque se encolheu no banco.

Então a olhou com ar de reprovação, como se não acreditasse em todo o drama que estava fazendo; depois, pegou a garrafa de água do porta-copos do console e soltou o volante para abri-la com as duas mãos.

"Será que ele vai fazer mal a elas?" Meghan perguntou de repente em voz baixa, atrás de mim. Tinha desviado o olhar da janela e observava Kimmie, que dormia segurando um cobertorzinho roxo.

Brecia desceu da pilha de sacos de dormir e se espremeu no espaço do outro lado da cadeirinha de Emma. "Acho que não", ela disse. "Ele trouxe todas as coisas delas."

"Para April vir com ele...", Meghan disse meio atordoada. "Ele não pagou minha bebida porque queria me agradar." Ela fechou os olhos, e eu notei o mesmo brilho reflexivo que, às vezes, via em mim quando olhava para um espelho. "Não devíamos ter vindo", ela sussurrou. "Não sei o que vai acontecer, mas, seja o que for, eu não quero ver."

* * *

O sol brilhava com intensidade na hora do almoço, quando chegamos à trilha coberta de mato que levava à cabana.

Não houve sirenes. Não houve outros carros na estrada.

Ele conseguiu.

As meninas acordaram quando a minivan parou, e April recuperou a máscara da mãe feliz. Enquanto James procurava a chave e arrastava malas e bolsas para a velha cabana, ela jogava futebol de pinha com as crianças sob os grandes pinheiros no terreno da frente da casa.

Eu o segui para dentro da cabana, enquanto Brecia e Meghan ficavam para trás. Era uma estrutura de madeira com dois quartos pequenos, um ambiente que parecia ter sido decorado na década de 1970. Um carpete cor de laranja sujo, abajures amarelos empoeirados e bancadas de fórmica verde-limão. Era evidente que fazia muito tempo que ninguém visitava a cabana. Quando James abriu a torneira, a água saiu vermelha e cheia de ferrugem, no início.

Parecia um pouco com sangue.

38
MEGHAN

CASCADE, IDAHO

Quando a detetive Domanska, enfim, me levou de volta à civilização depois de meses naquela maldita montanha onde ele jogou meu corpo, nunca imaginei que o destino me levaria de volta à natureza selvagem — com ele, a esposa e as filhas, ainda por cima.

E foi uma viagem de verdade, pode acreditar.

Nem mesmo depois de horas e dias do meu próprio assassinato, enquanto via meus ossos serem desconjuntados por aves e coiotes, eu senti uma ansiedade como essa.

Eu já sabia que não iria ficar para ver, se ele fizesse alguma coisa com elas. Se as coisas desandassem — isto é, mais do que já tinham desandado —, eu não iria querer ser testemunha. Iria encontrar Bubbie e desapareceria de vez.

Eu me sentei ao lado de Brecia sobre um tronco caído. “Não acredito que está seguindo esse homem há tanto tempo. Eu me sinto muito impotente. Como suportou?”

A alguns metros de nós, Emma brandia um galho coberto de musgo para uma vespa; depois, correu gritando para April quando o inseto a perseguiu. Kimmie, ainda agarrada ao cobertorzinho roxo, berrou e começou a chorar quando a vespa se aproximou.

Brecia balançou a cabeça quando Skye saiu da cabana e voltou para perto de nós. “Não suportei. Eu desisti.”

"Por que não foi embora, então?", perguntei. "Tipo... de vez?"

Brecia olhou para mim. "Eu não sabia que existia essa opção."

Olhei para ela e, depois, para Skye, que também parecia confusa. Elas não sabiam.

Skye se deitou no tapete de agulhas de pinheiro e fechou os olhos. "Conta essa sua magia, Meghan."

E eu contei para elas sobre o *challah* e a lembrança de Bubbie, que prometia desabrochar em um milhão de outras lembranças assim que eu estivesse preparada. Pessoas que nunca conheci, lugares que nunca tinha visto, um universo em expansão de consciências conectadas. Eu me sentia um pouco como um pregador exortando o paraíso enquanto via a expressão de Brecia passar da incredulidade para a perplexidade.

"Eu não tinha ideia", ela sussurrou. "Se soubesse, acho que não teria ficado."

"Algumas vezes, pensei em desistir", eu disse.

Skye sentou-se. "Na verdade, não conheço mais ninguém que morreu. Duvido que tenha alguém ansioso me esperando chegar para me mostrar o outro lado. Meus avós ainda estão vivos. Não consigo pensar em ninguém." Ela permaneceu reflexiva por um tempo. "Exceto meu professor de ginástica do fundamental, talvez. Ele morreu de câncer no verão passado. Duvido que esteja muito empolgado para me ver. Eu sempre fingia estar menstruada para fugir das atividades da aula dele."

Senti sua tristeza se espalhar no ar em torno de nós. Magrinha e com aqueles grandes olhos escuros, ela parecia ter ainda menos que 18 anos. Estaria esperando para receber as pessoas que amava quando elas a encontrassem em suas lembranças.

"Você disse que ia para a faculdade na Idaho State, não é? Onde não conhecia ninguém...", eu perguntei

Skye sacudiu os ombros. "É. Talvez seja assim."

Segurei a mão dela e senti sua tristeza como se fosse minha.

"Você vai encontrar sua família", eu disse. "As pessoas que criaram seus avós. E as pessoas que criaram essas outras. E assim por diante. Embora ainda não as conheça, elas vão te procurar."

Skye parecia duvidar disso. "Sempre quis fazer um daqueles testes de mapeamento genético. Minha mãe tentou entrar na história da família uma vez. Só uma vez, depois que viu uma propaganda. Ela ficou toda empolgada e quis saber se tínhamos, sei lá, a realeza asteca em nosso sangue. Não durou muito. A linha parou nos meus tataravós em El Salvador, na guerra civil." Ela fechou os olhos e deitou-se de novo sobre as agulhas de pinheiros.

Brecia e eu nos deitamos ao lado dela. "Eles vão ficar muito felizes por te encontrar", eu disse. "E, quando sua mãe chegar lá e descobrir que você a está esperando, aposto que vai apresentá-la à realeza, enfim."

Skye sorriu. "É. Você deve estar certa."

As delicadas folhas de esperança que atravessavam a tristeza densa foram banidas no instante seguinte, quando James saiu da cabana de repente.

"Cadê a mochila preta?", ele gritou. "Juro, se você não trouxe..."

Kimmie ficou em silêncio, e Emma segurou, meio que por instinto, a mão da mãe. April baixou a cabeça e caminhou em direção à van, de onde tirou a mochila preta que tinha sido empurrada para baixo do banco do passageiro. Quando entregou a mochila, ela disse: "Está aqui. Não fale comigo desse jeito na frente das meninas. Elas estão assustadas."

"Ela vira uma leoa para proteger as duas", Brecia murmurou. "Venham! Vamos ver o que tem na porcaria da mochila."

39
BRECIA

CASCADE, IDAHO

A mochila estava cheia de ferramentas de sobrevivência — e maços de dinheiro. O exterior parecia familiar, e quando examinei minhas memórias, eu a encontrei na prateleira mais alta do armário do corredor, perto de uma pilha de equipamentos variados de camping e de um balde enorme lotado de refeições desidratadas para acampamento.

Eu não tinha prestado muita atenção na mochila até uma das amigas de April da igreja — uma "professora visitante" que havia sido designada para transmitir a mensagem inspiradora do mês — levar um prato de *brownie* de chocolate branco e ler uma passagem sobre "estoque de comida". April havia exibido orgulhosa o armário onde estava a mochila, os equipamentos de camping e as refeições. "Não sou perfeita em mais nada, mas quase beiro a perfeição em me preparar para emergências", ela havia comentado dando um sorriso.

A professora visitante tinha reagido com satisfação e admiração, enquanto April contava tudo sobre a grande variedade de ferramentas de sobrevivência e itens para abrigo que integravam sua coleção. Havia comida para seis meses naqueles baldes, ela contou. Se acrescentassem alguns itens frescos, poderiam sobreviver até por um ano em diversas situações de emergências.

Nós três o vimos contar as notas e enfileirar uma faca, uma machadinha, um punhado de isqueiros, vários tipos de corda, fósforos, capas de chuva, kits variados, pilhas, lanternas, um rádio de manivela, abridor de lata, purificador de água e algumas outras coisas que eu nem reconhecia. A mochila era como um carro de palhaço de suprimentos para sobrevivência.

"Puta merda", Skye sussurrou. "Por que ele tem tudo isso pronto?"

Eu suspirei. "Foi a April que fez isso. Acho que ela não imaginava que seria usado desse jeito. Faz parte da religião dela. Preparação para emergências."

"Pelo jeito, ele entendeu bem o mandamento da preparação", Meghan comentou num tom seco. "Só precisa estudar um pouco mais a parte do 'não matarás'."

Quando April, enfim, levou as meninas para dentro da cabana, o sol tinha começado a se aproximar do horizonte, e o interior da casa era quase aconchegante. As meninas a ajudaram a acender o fogão a lenha e se revezaram para jogar gravetos pela porta de ferro aberta, enquanto as chamas lambiam as toras maiores de lenha que haviam tirado da impressionante pilha coberta por uma lona que ficava do lado de fora.

Sem sirenes e sem nenhuma indicação de que alguém tinha pistas de onde ele estava, James relaxou. Pediu desculpas a April pela explosão quando procurava a mochila e pelo mau jeito durante a viagem de carro. E pelo caos daquela manhã. Até tomou a iniciativa de preparar uma das refeições de acampamento para o jantar no velho fogão elétrico. Estrogonofe de carne.

Os pedidos de desculpa não me convenceram. Eu o via executar essa coreografia havia dois anos. Meghan e Skye, no entanto, saíram da casa incomodadas. Como April podia acreditar nele? Como era possível que ela não enxergasse a verdade? Como podia concordar com esse plano?

Fiquei à mesa ao lado das meninas enquanto elas jantavam e, depois, enquanto se preparavam para dormir e faziam suas preces. *Por favor, abençoe a mamãe e o papai e Oscar e a vespa na pinha, apesar de ela ter assustado Kimmie.*

April contou a história de *O cão e a raposa*, que sabia de cor, depois que elas se acomodaram em uma cama de casal cujo colchão afundava, cobertas por uma colcha malfeita. Os ursinhos de pelúcia nos quadrados da colcha não se encaixavam e formavam versões Frankenstein deles mesmos nas beiradas. Braços e pernas brotando de cabeças, quatro pares de pernas, esse tipo de coisa. Ao que tudo indica, as meninas não tinham percebido.

"Mamãe, Oscar está sentindo nossa falta", Emma afirmou sem rodeios quando April terminou de contar a história e se inclinou para os abraços de boa-noite.

April olhou para ela. "Está tudo bem." Ela sorriu e afagou o cabelo de Emma. "Tenho certeza de que ele sente nossa falta, docinho. Mas gatos não são como pessoas. Ele vai ficar feliz quando voltarmos. Por enquanto, deve estar ocupado e contente caçando ratinhos. Deixamos muita comida para ele, e Oscar pode beber água no riacho do quintal do vizinho."

As meninas não haviam perguntado sobre a condição de sobrevivência de Oscar. Era como se April estivesse tentando amenizar as próprias preocupações, tanto quanto as de Emma. Mas Emma se deu por satisfeita, e eu também fiquei contente ao pensar que Oscar estava bem.

Eu esperava que April tentasse ter outra conversa com James, depois que as meninas foram para a cama. Mas vi na cara dela que não havia muito mais a ser dito. E entendi.

Skye e Meghan entraram quando ela lavava o rosto, escovava os dentes e ia se deitar na cama *queen* no outro quarto minúsculo. A colcha xadrez azul não era tão feia quanto a monstruosidade de ursinhos, mas a cama também era velha e barulhenta.

April ficou deitada por alguns minutos, olhando para o teto. Depois, saiu de debaixo das cobertas e se ajoelhou ao lado da cama. Eu conhecia bem essa rotina e me ajoelhei ao lado dela. Às vezes, tentava falar com ela durante suas orações. Tinha essa teoria de que talvez, enquanto ela se esforçava para esvaziar a cabeça e ouvir, também pudesse me escutar.

"Você precisa tirar as meninas daqui", falei, chegando mais perto para repetir tudo o que já tinha dito mais cedo no carro.

Meghan e Skye me observavam em silêncio. April fechou os olhos para se concentrar.

De repente, Skye perguntou: "Já tentou falar enquanto ela dorme?".

Estranhei a pergunta. "Não, por quê?"

Skye encolheu os ombros. "Quando voltei para casa, na primeira noite, minha mãe já estava dormindo. Eu falei com ela. Cheguei bem perto e falei. Ela acordou gritando. Não sei se fui eu que fiz aquilo ou não, mas não tentei de novo. Foi muito intenso."

Meghan olhou para ela fascinada. "Isso parece incrível. Vamos tentar."

Enquanto esperávamos April adormecer em um sono profundo, ficamos com James. No escuro, à luz das chamas do fogão a lenha no canto do aposento, o espaço era quase aconchegante.

Quase.

Ele estava de novo fazendo um inventário das ferramentas de sobrevivência, das refeições desidratadas e do estoque de lenha. Anotava os números no verso de uma nota de compra que encontrou na mochila preta.

Havia 180 refeições. Cada uma servia duas pessoas. Ele anotou 180 dias. Depois, franziu a testa, batendo com a caneta na nota diante dele.

Virou o recibo para conferir a data. A compra tinha sido feita oito anos atrás. Ele resmungou um palavrão. "Você tinha só uma obrigação", ele sibilou, olhando para a porta fechada do quarto em que April dormia.

"Qual é o problema?", Meghan perguntou ansiosa. "Por que ele ficou irritado de novo de uma hora pra outra?"

Balancei a cabeça. "Porque não tem tanta comida. Acho que eles fizeram o kit de sobrevivência antes de as meninas nascerem. Se todos fizerem três refeições por dia, o estoque só vai durar..." Fiz um cálculo rápido. "Trinta dias. Não seis meses."

Ele girava a caneta entre os dedos, olhando para a porta fechada.

"Fala, seu merda", Skye gritou no ouvido dele.

Ele nem se mexeu. Nem falou nada. Em vez disso, se aproximou da pilha de suprimentos para camping no chão ao lado da porta e pegou uma das duas lonas ao lado dos sacos de dormir. Ele a abriu, estendendo a lona entre as mãos; depois, a segurou diante do corpo. Ela alcançava seu queixo, e era mais larga que os braços estendidos. Ele estudou a superfície e a segurou contra a luz. Estava procurando buracos.

"Não", Meghan gritou. "Não. O que ele está fazendo?"

"Não sei", sussurrei. "Pode ser qualquer coisa. Talvez queira cobrir a lenha para o fogão."

"Ele vai matá-las", Meghan gritou, e as luzes na cabana piscaram com muita intensidade.

James olhou irritado para a lâmpada da cozinha, então, se virou para dobrar a primeira lona e devolvê-la à pilha. Nós vimos horrorizadas quando ele pegou a segunda lona, que era maior. E repetiu o mesmo movimento que tinha feito com a primeira.

"Você disse que ele nunca machucou nenhuma delas, não é?", Skye perguntou, e ela e Meghan se viraram para mim como se eu pudesse tranquilizá-las.

Balancei a cabeça confirmando. "Sim. Quero dizer..." Parei de falar, me lembrando de todas as vezes em que ele gritara com April e as meninas e de quando atirou o celular na parede. Quando Kimmie machucou o cotovelo ao tentar entrar no escritório no porão, e ele empurrou a porta com força. Ele a mandou subir a escada de volta sem sequer pedir desculpas. Houve ocasiões em que April se encolheu de tal forma diante dele que eu soube que ela se preparava para o momento em que as agressões verbais se tornariam físicas. Talvez já houvesse acontecido. Eu não tinha visto tudo.

Então ele saiu da cabana, e nós o seguimos.

Ele não foi longe. Foi só até a lateral da casa, onde havia uma pá apoiada em uma pilha de lenha. Ele a pegou e testou seu peso. Depois, aparentando estar satisfeito, a devolveu ao lugar e voltou para dentro da cabana.

Meghan escorregou para o chão da sala de estar. Na nossa frente, James escovava os dentes na pia da cozinha. "Ele vai matá-las", ela repetiu.

Skye sentou-se ao lado de Meghan. "Talvez. Mas ainda não matou. Então, vamos lá. Vamos falar com April." Ela segurou a mão de Meghan e eu vi, primeiro, a surpresa, depois, uma enxurrada de outras emoções — compaixão, tristeza, horror — desfilar por sua expressão. "Vem, minha irmã. Eu te entendo. E estou com você. Fica com a gente, ok?"

Meghan balançou a cabeça, mas seguiu Skye de volta ao quarto, ainda segurando a mão dela.

40
SKYE

CASCADE, IDAHO

Não esperava que desse certo — embora a ideia fosse minha.

Brecia se encarregou de falar. Ela conhecia April e as meninas melhor que nós. E Meghan e eu não disputaríamos esse prazer com ela. Brecia teve de se deitar entre April e James — que tinha despido a calça jeans e se enfiado na cama, vinte minutos atrás.

Eu sabia que Meghan estava certa. Ele podia ter trazido a esposa e as filhas para cá em meio a um ataque de pânico; afinal de contas, elas eram sua família. Até os psicopatas têm apreço por algumas coisas, não é? Mesmo assim, meu cinismo me lembrava de que deixá-las na casa em Boise teria sido um risco. April o conhecia melhor do que ninguém. O que não era muita coisa.

Se fosse para avaliar o modo como ele calculava o equilíbrio entre recursos e riscos, April e as meninas se tornavam de imediato um problema aqui também. Eu não sabia quando ele pretendia agir. Ou o que planejava fazer. Nós três tínhamos visto do que ele era capaz, mesmo quando não estava encurralado; no entanto, diferente de Brecia, nunca me imaginei capaz de detê-lo. Ele fez aquilo comigo. E continuaria fazendo a mesma coisa.

Tudo o que tínhamos eram sussurros e luzes piscando.

Era o que eu pensava, pelo menos.

Brecia não mediu palavras quando se encolheu ao lado de April afundada na cama e coberta com a colcha e falou diretamente no ouvido dela.

"Quando acordar, você precisa encontrar um jeito de sair daqui com as meninas. Não pode esperar. Ele vai matar as duas. E vai matar você também. Como me matou." Ela fez uma pausa de um segundo e continuou. "Meu nome é Brecia, aliás. E tenho seguido ele e vocês nos dois últimos anos. Você se lembra das noites em que ele chegava em casa tarde do 'trabalho'? Da notícia que leu sobre a menina que foi assassinada bem ao lado da sua cidade, em Utah? Sabe a garota a respeito da qual a polícia o interrogou? A foto que Nina mandou para você... Você se lembra..."

Isso foi o máximo que ela conseguiu fazer. Os olhos de April tremularam o tempo todo, à luz pálida que entrava pela janelinha do quarto. E então, de repente, ela se sentou na cama, chorando e empurrando as cobertas, tateando a superfície da mesa de cabeceira em busca do celular.

O telefone não estava ali. Ela correu para um canto do quarto, olhando para a silhueta imóvel de James, ofegando e enxugando os olhos.

"Caramba", Meghan sussurrou, olhando para Brecia e para mim. "Funcionou depressa."

Brecia ainda olhava para April. "Não acredito que podia ter feito isso o tempo todo. Nunca imaginei..."

Dei um passo à frente e segurei a mão dela, como tinha feito com Meghan minutos atrás. Em um momento anterior ao meu toque em sua mão, sabia que ela se encaminharia para um labirinto de *se*. Se tivesse pensado nisso antes, poderia tê-lo feito parar.

"Não", disse a ela. "Não. Para com isso. Não vai ajudá-la em nada." Acenei com a cabeça na direção de April, que saía do quarto e fechava a porta em silêncio. "Vem, vamos lá."

Esperava que April estivesse embrulhando as meninas em cobertores. Que ela levasse as crianças adormecidas para a minivan, encontrasse a chave e dirigisse até encontrar um posto policial. Que os oficiais chegassem ali antes do raiar do dia. Antes que ele soubesse o que estava acontecendo.

Em vez disso, ela se sentou no chão ao lado da cama das filhas, olhando para os ursinhos horrorosos da colcha. As lágrimas ainda desciam por seu rosto, prateadas pelo raio de luar que entrava pela janela. Sentada no chão, com as mãos fechadas sobre o colo, ela balançava a cabeça.

Nós três nos sentamos perto dela. Era impossível saber o que estava pensando, ou se as palavras de Brecia tinham entrado em seus sonhos.

Fiquei feliz por terem sido suficientes para tirá-la da cama.

Só esperava que fossem o suficiente para, enfim, acordá-la.

41
MEGHAN

CASCADE, IDAHO

Por volta das quatro da manhã, April enfim enxugou os olhos, ajeitou a colcha de ursinhos sinistros sobre as meninas e voltou para a cama.

Senti os últimos e cintilantes fios de esperança desaparecerem, se apagarem na escuridão do outro lado da porta fechada.

Agora, só nos restava esperar.

Mesmo assim, tentamos de novo na noite seguinte. E na outra. E tivemos mais ou menos os mesmos resultados.

Uma vez, depois da "conversa de sonho", como Skye começou a chamar aquilo, April acabou se debatendo e gritando, e gritou tão alto que acordou as meninas, que estavam no outro quarto. James se virou e a sacudiu com força para acordá-la. Quando ela acordou chorando, ele a empurrou com tanta violência que ela caiu da cama enrolada nos lençóis e na colcha.

Quando as cobertas deslizaram da cama junto com ela, ele a xingou em voz alta e se esticou para pegá-las de volta, ignorando o choro das meninas no outro quarto. April se levantou chão bem devagar, tocando a cabeça com cuidado.

"Você acordou as crianças. Agora, vai lá resolver", ele resmungou. Então, se virou para o outro lado e voltou a dormir.

Assim que sua respiração se tornou mais lenta e profunda, Skye falou: "Vamos fazer isso com ele!".

Olhei para ela sem entender. “Fazer o quê com ele?”

“Essa coisa da conversa de sonho. O pior pesadelo que a gente puder criar.”

Brecia balançou a cabeça. “*Ele* é o pior pesadelo em que consigo pensar. O que amedronta um porra de um narcisista que sente prazer matando mulheres?”

A pergunta pairou no ar por um bom tempo.

“April”, sussurrei, por fim. “As crianças. Ele teme que elas vejam quem ele é de fato e o entreguem. Que comam toda a sua comida e estraguem seu joguinho insano de fugitivo.”

Skye revirou os olhos e assentiu. Não conseguiríamos plantar esses pesadelos nele.

Ele sorriu e murmurou alguma coisa dormindo, como se fosse embalado pelas ondas de fúria que cresciam e quebravam à sua volta.

Os dias se passavam ainda mais devagar do que quando eu estava sozinha nas montanhas. Não havia muito o que fazer. Não tinha TV nem tablet para distrair as meninas. Só alguns livros e brinquedos que já estavam na minivan. E as refeições desidratadas, que no início eram novidade, perdiam a graça com bastante rapidez — mesmo com apenas duas refeições por dia. Todo mundo tinha diarreia, o que significava que o banheiro pequeno e sem tranca na porta era usado o tempo todo.

Seria até meio engraçado, se não fosse tão horrível.

James passava a maior parte do tempo dentro da cabana, cada vez mais irritado. Ele perdia a paciência com as meninas sempre que elas perguntavam sobre a hora de comer, ou quando diziam que precisavam ir ao banheiro. Andava de um lado para outro, olhando para a mochila e para as fileiras organizadas de equipamentos de sobrevivência e refeições, que havia separado em porções e dias.

Mesmo com duas refeições por dia, a comida acabava depressa. E a paciência dele também.

April conseguia manter as meninas ocupadas com o que chamava de “escola natural”. Pequenas caminhadas e aulas sobre pássaros e fauna.

Histórias e projetos de arte criados com folhas caídas e flores. Kimmie conseguiu transformar uma pinha comprida e fina em uma boneca e a chamou de Pippa. Emma convenceu um esquilo a comer um pouco de granola na mão dela. April sorria radiante e elogiava a genialidade das meninas. Ela não voltou a perguntar sobre a escola nem sobre o risco de denunciarem a ausência das crianças. Nem sobre a polícia. Nem perguntava mais quando voltariam para casa.

Na terceira noite, depois que April foi dormir, James sentou-se à mesa da cozinha e ficou olhando para os suprimentos. Ele se levantou para olhar a comida e tocar as lonas. Depois, foi até o quarto onde April dormia. Porém, em vez de se despir e se deitar, ele apagou a luz do corredor e ficou parado na penumbra, ouvindo a cadência da respiração da esposa.

"Acabou. Ele vai dar um fim nelas", deduzi, tão realista quanto o medo que crescia em mim. "Olhem a cara dele."

Brecia e Skye já estavam olhando para ele. Seus olhos eram diferentes. Calculistas. No entanto, ele não parecia estar ansioso. Apenas decidido.

Depois de fechar a porta sem fazer barulho, ele voltou à sala, onde pegou uma lamparina de um pedestal e vestiu a jaqueta para sair pela porta da frente.

"Aonde ele vai? Está indo embora?", Skye perguntou esperançosa. "Talvez entre na van e desapareça."

Mas a luz da lamparina parou diante da pá encostada na pilha de lenha.

Vi em silêncio e horrorizada quando ele pegou a pá e começou a andar na direção da floresta.

Ele escolheu um lugar a uns quinhentos metros da cabana, ao lado de uma trilha de veados. O solo embaixo dos pinheiros era macio e úmido o suficiente para que ele não demorasse a completar o primeiro buraco de acordo com o que pretendia.

Nós três ficamos na trilha, tentando entender tudo aquilo.

O buraco parecia ter uns trinta centímetros de largura, um metro de comprimento e um metro de profundidade.

Ele cavava em silêncio e só olhava para cima quando um estalar de galhos provocado por alguma criatura interrompia o silêncio da noite e o *tunc* suave da pá batendo na terra.

Ficamos ali por tempo suficiente para absorver de fato o que ele estava fazendo. O suficiente para ver que o buraco era, sem dúvida nenhuma, uma sepultura, e que ele começava a cavar a segunda.

Então, voltamos correndo para a cabana.

42
BRECIA

CASCADE, IDAHO

Não demorou muito para April acordar.

Acordá-la não foi difícil. Fazê-la ouvir é que era complicado. E estávamos ficando sem tempo para isso.

Eu não sabia o que acontecia ao certo quando falava com ela durante o sono. April via imagens das covas rasas que descrevi com urgência em seu ouvido? Ela me ouvia falar ao longe? Pelo menos, se lembrava dessas coisas quando acordava, ou era só uma noite de terror, uma descarga de adrenalina pura e inominável na escuridão?

Quando ela acordou sobressaltada na cama vazia, olhei para Skye e Meghan atrás de mim.

Já sabia que esses poderiam ser nossos últimos momentos juntas. Meghan não ia ficar. E, agora que eu sabia que tinha escolha, também não ficaria. Era demais. E a janela para fazer qualquer coisa estava se fechando. Se ele chegasse às vias de fato, eu não seria capaz de olhar. Já tinha decidido quem ia procurar em minhas lembranças, quando chegasse a hora: tia Nelly. Ela cuidou de mim quando eu era criança, e eu a amava muito. Recém-saída da faculdade, tia Nelly foi morar conosco quando eu tinha 5 anos e cuidava de mim depois que eu voltava da pré-escola, até que encontrou um emprego de verdade, um ano depois. Nadávamos na piscina infantil da Associação Cristã de Moços, fazíamos colares de cereal e macarrão, escovávamos rabos e crinas dos meus cavalinhos de plástico e assistíamos aos desenhos animados juntas. Ela morreu em um acidente de carro quando eu tinha 6 anos. Logo depois de se mudar da nossa casa.

Voltei ao presente, ao quarto escuro com April. Se houvesse alguma luz acesa no interior da pequena cabana, com certeza, estaria piscando. O quarto escuro estava repleto de fagulhas invisíveis que não tinham por onde sair. Eu não tinha mais dúvidas. Ele ia matar a própria família. Deixaria os corpos das três na floresta.

April respirava ofegante, piscava para se orientar no quarto escuro e na cama barulhenta. Vi que ela mordia o lábio para tentar ficar em silêncio, até que, cautelosa, tateou o colchão a seu lado e constatou que James não estava ali.

Então, agarrou a colcha para controlar o tremor das mãos e tentar acalmar a respiração.

Depois, ela ouviu.

Nós ouvimos com ela.

O barulho constante e abafado da geladeira velha na cozinha. O coro de grilos que aumentava e, depois, diminuía. O farfalhar suave dos pinheiros. O leve rangido da cama quando ela ajeitou a colcha em torno dos joelhos.

E, de repente, estava lá: o *tunc* distante e repetitivo de alguma coisa batendo no chão. Nem eu tinha pensado que o som chegaria tão longe. Se não estivéssemos no meio da floresta é provável que aquele som não nos alcançaria.

O barulho se repetiu: o baque abafado de metal na terra.

April não se moveu por um bom tempo.

Continuou sentada na cama, mas tinha parado de tremer. Agora, não se mexia. Só ouvia. Depois, se enrolou na colcha e foi até a cozinha, de onde olhou para fora, para a escuridão.

O som persistia, constante e ameaçador.

“Será que ela sabe o que ele está fazendo? Vocês acham que ela entendeu?”, Skye sussurrou, olhando para a porta do quarto das meninas.

Nenhuma de nós respondeu. Ainda não havia respostas. Paralisadas, vimos April caminhar até o hall de entrada, pegar os sapatos e calçá-los.

Ela deslizou os dedos sobre os sapatos das filhas. Os tênis de James não estavam ali.

Por pelo menos um minuto, ela ficou imóvel, com a mão na maçaneta. As faíscas invisíveis que nos cercavam giravam mais depressa.

"Ela não pode ir lá fora. Se ele descobrir que ela sabe, vai acabar com tudo agora mesmo", Meghan falou. Na escuridão da cabana, vi que ela cruzava os braços como se quisesse abraçar o próprio corpo.

Sem tomar conhecimento do alerta, April abriu a porta da frente com todo o cuidado e saiu para a varanda.

Por um instante, olhou para o denso aglomerado de árvores que a cercava. E, depois, de forma tão detida que me fez compreender que se preparava para o que poderia ver, ela olhou para a pilha de lenha.

A pá não estava lá.

Ao longe, todas nós ouvíamos o suave *tunc*, pausa, *tunc*.

April foi até o outro lado da pilha de lenha, olhando cada centímetro como se pudesse ter deixado de enxergar a pá à primeira vista. Seu rosto estava inexpressivo, mas seus dedos seguravam a colcha com tanta força que perderam a cor, pareciam brilhar de tão brancos que estavam, sobre o bordado.

Tunc, pausa. *Tunc*, pausa.

Pausa. Pausa. Pausa. O estalo abafado de um galho soou em algum lugar distante. April recuou um passo em direção à porta aberta da cabana.

"Ai, merda", Meghan gemeu. "Ele vem vindo. Está voltando para pegá-las. Não posso..."

Skye logo segurou a mão dela e seguiu April, que corria para dentro da cabana. "Vem. Ela finalmente entendeu tudo. Fica comigo, irmã."

Enquanto Meghan e Skye seguiam April, corri para a trilha dos veados para encontrá-lo.

Ele carregava a pá sobre um ombro como se voltasse de um dia de trabalho honesto — em vez de andar pelo bosque no escuro como um lobo.

Não consegui me conter. Sabia que não ia adiantar nada, mas saltei sobre ele assim mesmo. Agarrei a jaqueta xadrez horrorosa e tentei arrancar os olhos castanhos que tanto me fascinaram quando o conheci pessoalmente. Gritei como quis gritar no meu quintal, na noite em que minha voz foi interrompida por um fio de extensão nas mãos dele. Eu me debati, chutei e soquei como imaginei fazer durante todos esses anos, mas nunca fiz. De que adiantaria?

A camisa e o cabelo dele se agitaram de forma violenta com a súbita rajada de vento que começou a soprar na trilha dos veados, mas não havia alcançado as folhas dos pinheiros, que ainda tremulavam com suavidade na brisa moderada. Sabia que era obra minha. Eu tinha feito aquilo. Mas, é claro, não o detive. Foi só uma rajada de vento aleatória.

Ele se sacudiu um pouco e ajeitou a pá.

Depois, continuou andando.

Quando chegamos à cabana, a porta da frente estava fechada. April não estava por ali. Nem Meghan nem Skye. Ele limpou os resquícios de terra da jaqueta xadrez, apoiou a pá na pilha de lenha com todo o cuidado e, silencioso, abriu a porta da frente.

Passei por ele e entrei na sala, enquanto ele se sentava para tirar os sapatos.

Vi Meghan e Skye saindo do corredor escuro, e nós três ficamos paradas como sentinelas, acompanhando o que ele fazia. Meghan recuou um pouco até a cozinha quando ele se levantou e observou a sala de estar, olhando para a coleção de ferramentas de sobrevivência. Skye se manteve onde estava, encarando-o com uma fúria que eu conseguia sentir do outro lado da sala.

Ele ficou parado no mesmo lugar por alguns segundos, na sala, considerando suas opções.

"Cadê a April?", perguntei a Meghan em voz baixa, torcendo para ela não ter ido embora. Não conseguia mais vê-la.

"No quarto." A resposta veio da cozinha. "Fingindo dormir."

Uma onda de desespero me envolveu como uma correnteza. "E as meninas? Ela pegou uma faca, pelo menos, ou alguma coisa?"

Skye balançou a cabeça com tristeza. "Não."

James se moveu, mas se dirigiu à cozinha, onde estava Meghan — não aos quartos.

Ele parou na frente do relógio de parede, olhando para o plástico rachado em meio à escuridão. Eram três da manhã.

Estava a poucos metros de Meghan. Ela permanecia na frente dele, ainda com os braços cruzados na altura da cintura, como se fizesse um esforço para se conter, para não se atirar em cima dele.

"Se quiser voar em cima dele, só vai", falei para ela. "Eu não consegui me conter. Foi bom por um instante, mesmo que não tenha servido para nada."

Ela assentiu tensa, mas não olhou para mim, nem se moveu para atacá-lo, como eu tinha feito na trilha. "Nós ouvimos você lá fora."

Ele massageou a nuca e se espreguiçou. Então, bocejou e deu um suspiro profundo. Skye emitiu um barulho, contrariada. "Coitadinho do bebê. Está cansado, depois de ter ficado até tarde cavando buracos."

Era verdade, ele parecia exausto. "Talvez ele espere", sugeri hesitante, ainda sentindo o desespero que ameaçava me derrubar. Se ele não fizesse isso hoje, faria amanhã. Ou no dia seguinte. Ainda não havia uma pista de quais eram seus planos em longo prazo, mas era evidente que não incluíam a família.

Isso me fez pensar no hamster que tive quando era menina, que, quando me esqueci de alimentá-lo por dois dias, comeu os três filhotes. Quando olhei a gaiola, tudo o que restava eram algumas gotas de sangue escuro.

Balancei a cabeça. *Não*. Ele não era como um animal. No caso do hamster, pelo menos, havia a questão da sobrevivência. Ele matava porque queria. Porque sentia vontade. Porque gostava. Eu não conhecia nenhum animal que fizesse isso.

Ele hesitou no corredor, parou na porta do quarto e olhou para a pilha de objetos de sobrevivência. Tentei não imaginar em que estava pensando, mas não consegui impedir a imagem mental dos diferentes objetos mortais à sua disposição. As facas. A corda. A pá ao lado da pilha de lenha lá fora. Se quisesse fazer alguma coisa nesta noite, teria muitas ferramentas disponíveis.

Ele bocejou de novo e alongou o pescoço; depois, olhou para a pilha organizada de refeições. Fazia alguns dias que não as contava. Porém os baldes ainda pareciam bem cheios. Ninguém comia com o mesmo apetite de alguns dias atrás, pois eles perceberam os efeitos dessas refeições no sistema digestivo.

Depois de um dar suspiro profundo, ele percorreu o corredor até o quarto onde estava April. Skye e eu o seguimos, porém Meghan ficou onde estava. Nenhuma de nós a incentivou a vir também.

Ele abriu a porta do quarto em silêncio, deixando entrar uma nesga de luz que se derramou sobre a cama, onde April estava deitada de lado, de costas para ele. Vi seu peito subir e descer. A respiração profunda e cadenciada. Ela devia estar contando cada ciclo, inspiração e expiração.

Ele a fitou por alguns segundos. Depois, fechou a porta, tirou o jeans e a camisa xadrez e se deitou do outro lado da cama.

43
SKYE

CASCADE, IDAHO

Eu sentia muita saudade de dormir. Poder desligar o cérebro por um tempo era algo que não valorizei como deveria enquanto estava viva. Sem um corpo material que precisasse do sono para se recarregar, meus pensamentos nunca desligavam. Exceto nos períodos em que me perdia com uma recordação.

Meghan chamava isso de "vagar". Foi assim que ela encontrou a avó, a que estava esperando para recebê-la quando acabasse esse show de horrores.

Nós três nos reunimos em torno de April, nos revezando para falar a verdade sobre o marido dela. Por fim, April havia despertado para a gravidade de sua situação. Mas só o tempo diria se esse despertar seria suficiente.

Eu conhecia aquele brilho nos olhos dela. Era a mesma sensação que tive quando percebi que podia ter cometido um erro terrível ao entrar no carro dele, e que minhas opções eram limitadas, a partir dali, em relação à misericórdia que o universo poderia me conceder. No meu caso, não houve misericórdia nenhuma. Mas talvez as coisas fossem diferentes para April e as meninas. Eu esperava que sim.

Quando a respiração de James se tornou mais profunda e cadenciada, April escorregou para a beirada da cama, agarrou a colcha e parou de fingir que dormia.

Os segundos passavam como horas enquanto esperávamos que ela entrasse em ação. Que fizesse alguma coisa. Fugisse.

"Vai, garota", eu ficava repetindo. "Ele está dormindo. Faz alguma coisa."

Brecia balançou a cabeça. "As meninas são pesadas demais para ela carregar. E, se ela as acordar, elas vão acordar ele também. São pequenas demais para ouvir e acatar ordens quando estão sonolentas e cansadas. É muito arriscado."

Então, nós ficamos todas ali, reunidas em torno de April, ouvindo os apitos suaves da respiração dele, inspiração e expiração.

Recolhi meus pensamentos várias vezes como se puxasse um cachorro na coleira, me recusando a vagar. Permanecer presente era devastador. E, pelo clima no quarto, sentia que esse sofrimento não era só meu.

De repente, tive uma ideia. "Brecia, sabe aquela coisa que aconteceu no pátio de veículos guinchados quando estávamos conversando?"

Brecia assentiu. "Aconteceu a mesma coisa com Meghan quando a abracei." Ela olhou para Meghan, cuja expressão confusa se dissolveu e se transformou em compreensão.

"Podemos tentar de novo?", perguntei, sentindo-me um pouco acanhada. Meu pedido era, sem tirar nem pôr, para poder espiar a alma das duas. "Não foi como vagar por minhas lembranças. Não me senti sonhando, distante. Eu só, sei lá, tive uma imagem clara da história que você estava me contando. Como se você tivesse me mostrado cada cena."

"Foi como um filme", disse Meghan. "Um filme em alta definição em um cinema com D-BOX. Eu senti tudo."

Brecia deu uma gargalhada. "D-BOX. Se meu pai soubesse que dá para ter um cinema com D-BOX personalizado depois de morrer..." Ela parou de repente. "Desculpa, Meg. Não estou debochando de você. Entendi o que você quis dizer. É a maneira perfeita de descrever isso."

"Posso mostrar meu gato?" Brecia perguntou. "Sei que é esquisito. Mas sinto saudade dele. É muito fofo. O nome dele é Frank."

"Por favor, mostra", eu pedi.

Nós nos aproximamos mais, sentadas no chão, do lado da cama em que April estava. Demos as mãos. Era como uma sessão espírita ao contrário, todas nós tentando contato com o mundo dos vivos.

Assim que nossas mãos se tocaram, vi as lembranças como se fossem um filme, com detalhes impressionantes. Quase pude sentir aquela bolinha de pelos brancos e orelhas cor de laranja ronronando no colo da Brecia. E quando sussurrei "Ah, que coisa mais fofa...", a Brecia dentro da lembrança olhou para mim, e seus olhos transbordaram alegria com o gato dormindo em seu colo, enquanto ela via alguma coisa na Netflix antes de dormir.

Era só um gato, mas, naquele momento, ele era tudo.

Vagamos juntas dessa maneira a noite toda, trocando memórias. Algumas doces, outras superficiais, algumas emocionantes, outras que preenchiam o quarto com uma tristeza tão intensa que navegávamos nela. Eu não sabia bem como isso acontecia, mas agora entendia o que Meghan havia dito sobre sua Bubbie: a lembrança não era mais estática, mas uma espécie de portinha secreta.

Durante todo o tempo, April ficou onde estava, paralisada, respirando depressa e ofegante, até os primeiros raios de sol, enfim, encontrarem a janela no quarto.

Ao ver aquele primeiro sinal da manhã, ela tirou as pernas de cima da cama com todo o cuidado e caminhou descalça até a cozinha. As meninas ainda dormiam, e ela não as acordou.

Meghan, Brecia e eu vimos ansiosas como ela procurava sobre superfícies, apalpava bolsos de casacos e abria gavetas com toda a cautela na pequena cozinha.

"Ela está procurando a chave", Brecia deduziu incrédula. "Vai fazer o que deve ser feito. Ai, meu Deus."

"Mas onde está a chave?" Meghan ficou agitada. "Não vi onde ele a deixou. Vocês viram?"

Nenhuma de nós tinha visto. E quando a busca de April foi se tornando mais criativa — embaixo dos protetores térmicos para segurar panelas, empoeirados e esquecidos ao lado do fogão, sob o tapete esgarçado, no fundo dos armários —, sempre interrompida ao menor ruído que ela ouvia nos quartos, a esperança de que a chave estivesse ali e pudesse ser encontrada foi se tornando cada vez menor.

A chave foi escondida onde ele sabia que ela não iria procurar. Porque, assim como as três fantasmas paradas na cozinha, ela podia ter entrado no carro por vontade própria em um determinado momento. Mas, depois de entrar, as chances de sair disso viva diminuíam de forma astronômica.

A tampa da cafeteira caiu no chão, gerando um barulho alto quando April a inclinou para ver o que havia atrás da jarra de plástico.

Ela congelou quando o ruído foi seguido por um estalo abafado e, depois, por passos pesados no corredor. Pegou a cafeteira e correu até a pia para enchê-la com água.

"Que diabo ela está fazendo?", Meghan gemeu. "Eles nem bebem café."

Então ele apareceu com uma expressão contrariada, esfregando os olhos para afugentar o sono, e olhou para ela irritado. "É sério? O dia mal amanheceu. Por que está fazendo tanto barulho?" Ao visualizar o bule de café na mão dela, ele fechou a cara ainda mais. "O que está fazendo?"

Com um sorriso radiante, ela o encarou, fechando a torneira quando a água chegou à borda do bule. "Meu bem, me desculpe. Lembrei que temos duas embalagens de chocolate quente e estava tentando fazer alguma coisa divertida para o café da manhã. Queria preparar uma surpresa para as meninas antes de elas acordarem." Então, ela fez uma careta, olhando para o bule da cafeteira. "Pensei que assim esquentaria a água mais depressa que no fogão. Eu te acordei, me desculpe!"

"Caramba, April", disse Brecia. "Que saída espetacular."

Também fiquei impressionada. Quase acreditei nela. Mas e ele?

Observei seu rosto e vi a ruga apreensiva se dissolver em irritação. Ele estava bravo. Era evidente que a considerava uma idiota. Mas não o suficiente para perder a cabeça. April manteve a calma e tocou o braço dele. "Desculpe, amor. Volte a dormir."

Ele não saiu do lugar. "Use um pacote só", ele disse, olhando para as fileiras de comida.

April seguiu a direção do olhar do marido. Então, vi alguma coisa iluminar seus olhos. "E se eu for até a cidade, hoje? Posso comprar comida enlatada e algumas coisas frescas para reforçar a despensa. Maçãs, feijão..."

"Isso", Meghan a incentivou. "Boa, garota. Saia daqui."

Não tive tempo para comemorar. O rosto dele se tornou de novo uma máscara de fúria. "Está brincando, April? Você não pode ser tão burra. Acha que vai sair para fazer *compras* e voltar para cá? Alguém vai te reconhecer. Alguém vai reconhecer a van. A menos que seja isso que você queira." A fúria se transformou em algo ainda mais terrível. Era a primeira vez que ele considerava a possibilidade de ela fugir. Apesar de atacá-la em todas as oportunidades desde que chegaram a essa prisão infeliz, era óbvio que ele nunca havia pensado que April pudesse se voltar contra ele. Ela não era real, a seus olhos. Ela e as meninas nunca foram mais que acessórios em sua vida. Valeu a pena mantê-las por perto enquanto eram úteis. Não havia nenhum motivo para deixar de descartá-las quando se tornaram um inconveniente.

April tentou de novo, passando a mão pelos cabelos loiros e finos para ajeitá-los, um gesto nervoso que eu tinha aprendido a reconhecer. Agora, eu podia ouvir o desespero se misturando à voz dela. "Estão procurando você, não eu, e vou estacionar bem antes da cidade e fazer tudo a pé. Ninguém vai ver as placas, nem o carro. Posso usar um chapéu, e sem maquiagem eu fico quase irreconhecível..."

Do nada ele a interrompeu, arrancando o bule da cafeteira da mão dela e derrubando água em sua blusa. "Você tem que se ligar, idiota. E não, não vamos correr esse risco por maçãs e feijão. Lamento se não estamos comendo como mandam os especialistas em nutrição, mas foi você quem estocou essas refeições. Se tivesse feito as contas direito, ou imaginado que todas têm um sabor horrível e provocam diarreia, as coisas poderiam ser mais agradáveis."

Perplexa, ela o encarou em silêncio, e rezei para que ele não conseguisse perceber, como eu percebia, que a esposa ouvia cada palavra que ele dizia com um novo filtro. Não havia mais argumentação. Não havia mais fingimento. Ele era uma bomba-relógio prestes a explodir na cara dela.

Como se a desafiasse a tentar de novo, ele sustentou seu olhar. Os dois ouviram o barulho da porta se abrindo no corredor e as vozes das crianças.

April recolocou a máscara e pegou um pano velho em cima do fogão para absorver a água da camisa molhada. "Tem razão", ela disse a ele num tom compreensivo. "Desculpa. Foi uma ideia idiota. Vou limpar tudo aqui e chamar as meninas para me ajudarem com o café. Desculpa", repetiu, tocando o braço dele de novo.

Ele se esquivou do contato e se virou para o corredor, sem se incomodar em responder ao coro animado de "Oi, papai!" ao voltar para o quarto.

As lâmpadas fluorescentes tubulares no teto da cozinha piscaram de um modo intenso por alguns segundos. Pareciam ser menos suscetíveis às nossas emoções que a variedade de halogênio. Eu sabia que uma lâmpada de halogênio já teria queimado bem antes.

April olhou para as lâmpadas, depois, forçou um sorriso quando as meninas entraram na cozinha.

"Papai está bravo de novo?" Emma perguntou, fazendo um biquinho.

Kimmie olhou para a blusa molhada de April. "Teve um acidente, mamãe?"

"Meu Deus, dá um jeito de tirar esses bebês daqui", murmurei, vendo Kimmie bater no quadril de April como se quisesse confortá-la. Ainda não sabia o que eu pensava sobre Deus. Esperava ter algumas respostas, a essa altura. Mas rezava assim mesmo. Porque não havia muito mais que eu pudesse fazer.

"Está tudo bem, mamãe", Kimmie garantiu, repetindo as palavras que eu tinha escutado April dizer quando Kimmie tinha um ou outro acidente, de vez em quando.

Por uma fração de segundo, tive a impressão de que a máscara de April ia cair. Seu lábio tremeu quando ela olhou para as meninas e para a pequena cozinha e, depois, para o corredor onde ele tinha desaparecido alguns segundos atrás. Agora, as meninas estavam acordadas. Não havia chave do carro que ela pudesse encontrar. Estavam encurraladas.

Ela cerrou os lábios e segurou a mão de Kimmie, levando a menina até a fileira de refeições junto da parede da sala. "Ah, eu derrubei água, meu bem! Estava tentando fazer uma surpresa para vocês, chocolate quente! Vocês me ajudam a encontrar o pacote? Vamos dividir e beber em xícaras de chá."

As meninas ajudaram animadas a procurar o pacote de chocolate nos baldes, enquanto April respirava fundo para se controlar e limpava apressada uma lágrima que conseguiu escapar e rolou por seu rosto.

44
MEGHAN

CASCADE, IDAHO

Ela até levou um copo do bendito chocolate quente para ele.

Acho que eu não teria essa capacidade. Mas ela teve, e ele demonstrou uma gratidão relutante e não tentou impedir quando ela disse que ia brincar lá fora com as meninas e construir mais "pessoinhas feitas de pinha".

Nós três a seguimos até a clareira perto da cabana, onde as meninas sempre brincavam. Kimmie e Emma, ainda sob o efeito da euforia do chocolate quente, estavam tão compenetradas na discussão sobre se pessoas de pinha comiam agulhas de pinheiro ou musgo que nem perceberam quando April as levou além da clareira e por uma trilha, até ela segurar as duas filhas pela mão e puxá-las para trás de um pinheiro alto com galhos frondosos e baixos o suficiente para encobrir a vista da cabana, a algumas centenas de metros dali.

"Mamãe!" Kimmie protestou, se preparando para argumentar. Aquele não era o caminho certo.

"Ouça sua mamãe", Skye cochichou no ouvido dela, e a menina ficou em silêncio antes que April pudesse falar alguma coisa.

Kimmie parou no meio da frase e franziu a testa.

April ficou um pouco assustada com a aparente capacidade da filha de ler pensamentos, mas não parou para fazer perguntas. Skye e eu nos olhamos.

"Opa", eu sussurrei.

April afagou o rosto das duas filhas. Sua expressão era séria, mas tinha um sorrisinho conspirador. "Vocês sabem como o papai tem estado mal-humorado e que todo mundo tem tido dor de barriga, não é?" E levou um dedo aos lábios para impedir respostas mais altas.

As meninas assentiram.

"Então, sabem como surpreendi vocês com chocolate quente hoje de manhã? Quero fazer outra surpresa para o papai."

Todo mundo chegou mais perto de April, querendo saber qual era o plano.

"Nós vamos procurar frutinhas para levar para o papai no jantar."

Emma parecia cética. "Frutinhas?"

Kimmie, por outro lado, estava muito empolgada. Fazia muito tempo que ninguém comia nada fresco. "Ah, mamãe, boa ideia", ela cochichou. "Onde tem frutinhas?"

"É bem longe, e vamos ter que ficar em silêncio para não estragar a surpresa", April respondeu também sussurrando.

"Ai, cacete", Skye falou, e a voz dela também era apenas um sussurro. "Boa, garota. É isso aí. Só vai."

Brecia se aproximou do limite da linha das árvores a fim de olhar para a cabana. "Ele ainda está lá dentro", ela disse. "Vão! Depressa!"

Como se pudessem ouvi-la, Kimmie e Emma seguraram as mãos de April.

"Papai não pode ver a gente saindo, ou vai descobrir que estamos planejando alguma coisa", April falou para as filhas, mostrando como elas deviam andar um pouco abaixadas atrás dos arbustos ao longo da trilha. Para mim, seu sorriso parecia meio histérico, mas as meninas não percebiam nada. "Pisem com cuidado, até estarmos um pouco mais longe, está bem? Daqui a pouco, não vamos mais ter de falar baixinho."

As meninas seguiram suas instruções com precisão, e as três começaram a descer a trilha, comigo e Skye logo atrás delas.

Brecia continuou onde estava, vigiando a cabana. "Eu alcanço vocês depois, ok? Sei que não vai mudar nada, mas preciso saber quanto elas vão ter de vantagem. Desço a encosta atrás de vocês se ele perceber alguma coisa."

O som dos pássaros entre as árvores tinha se tornado um chilreio baixo. O ar estava carregado de perigo e incertezas, mas também havia um fiapo de esperança.

Eu também fiquei um pouco mais para trás, para olhar para a cabana pela última vez. *Eu chego logo, Bubbie*, pensei, sentindo pela primeira vez que talvez pudesse sair desse limbo nas minhas condições. Como se pudesse encerrar esse assunto, afinal. Consegui enxergar o topo do rabo de cavalo loiro de April balançando ao longo da trilha, acima da linha dos arbustos, quando o caminho fazia uma curva e descia. O som de galhos secos era cada vez mais distante, e Brecia ainda estava no mesmo lugar, vigiando a cabana. Corri para alcançar Skye e April.

April andava na direção contrária à das três covas que esperavam de bocas abertas, mais acima, pela trilha. Fiquei feliz por ela não as ter visto. Eu conhecia a sensação de olhar para o próprio túmulo. E, quanto mais ela se afastasse daqueles buracos, mais chances teria de não acabar em um deles.

Examinei a lembrança da viagem até aqui enquanto caminhávamos pela floresta, passando por cima de troncos caídos e através de arbustos mais altos, enquanto a trilha ia ficando mais estreita. Conseguia me lembrar de cada detalhe com uma clareza cristalina, mas não olhei para o relógio do carro depois que entramos na rodovia. Era difícil determinar que distância percorremos e em que velocidade. Naquele momento, parecia uma eternidade. Eu não sabia a que distância a pequena cidade de Cascade ficava da saída para a estrada de terra. Sete quilômetros? Vinte? Quarenta? Senti a luz da esperança começar a se apagar. Com duas meninas pequenas, até minha estimativa mais otimista era uma distância impossível.

Skye também retomou suas lembranças, segurando minha mão para eu poder vê-las. "Olhei para o relógio do carro quando estacionamos na cabine", ela disse. "Chegamos lá pouco antes da hora do almoço. Às 11h58. Quando foi a última vez que você olhou para o relógio no painel?"

Consultei as lembranças de antes de entrarmos na estrada de terra. "A última vez que olhei, antes da saída, eram 10h32. Andamos mais dez minutos, talvez, antes de sairmos da rodovia."

"Espera aí, vamos fazer esse cálculo", respondeu Skye. "Ele dirigia no limite de velocidade, porque estava preocupado com a polícia. O limite era oitenta até chegarmos à estrada de terra. Portanto, deviam ser 10h45 quando ele chegou à saída. Então, mais ou menos uma hora."

Ficamos em silêncio por um tempo, pensando a mesma coisa. Demoramos uma hora *de carro* para percorrer a distância da rodovia até a cabana. A pé e com as crianças, levaria uma eternidade.

Skye continuou andando. "Ele dirigia bem devagar. A estrada é esburacada e cheia de curvas. Eu me lembro de ter pensado que poderia correr ao lado do carro, se quisesse. Que velocidade poderia ser?"

Dei risada. "Sou muito mais rápida agora do que era antes. Talvez quinze, vinte quilômetros por hora?"

Skye assentiu. "Acho que era isso. Então, se levamos quarenta e cinco minutos para chegar à cabana, isso significa que são cerca de nove, dez quilômetros."

Decidi aceitar o cálculo de Skye como um mandamento. Em parte, porque era melhor do que eu havia imaginado. E, em parte, porque matemática não estava entre os poderes limitados que eu parecia ter herdado com a morte.

"Elas conseguem chegar antes de anoitecer?", perguntei, sem esperar uma resposta, na verdade.

Skye assentiu com firmeza. "Mesmo que andem muito devagar, mais ou menos a um quilômetro e meio por hora, elas conseguem. Só precisam continuar andando."

Quando ela disse isso, Emma gritou ao ver uma vespa pousar em seu braço. Ela bateu no inseto, histérica, e tropeçou em uma raiz no chão, enquanto April se virava desesperada para tentar acalmá-la.

"Merda", murmurei e olhei para trás. Nenhum sinal de Brecia. Ainda não. Mas me lembrei de como o som da pá se propagou na noite anterior. Se todas nós ouvimos da cabana o *tunc* daquela pá batendo na terra, um berro como esse poderia ser ouvido muito mais longe.

Como tinha feito antes, Skye tocou o ombro de Emma. "Benzinho, para de chorar", ela disse, usando um tom mais alto que as súplicas de April.

Emma mordeu o lábio e parou de chorar, fosse pelos pedidos da mãe ou pela interferência de Skye.

De início, pensei que talvez tivéssemos escapado. Ele podia não ter ouvido. Talvez estivéssemos longe o bastante para isso. Fazia uma hora que estávamos andando, pelo menos. No entanto, menos de cinco minutos depois, Brecia nos alcançou.

"Ele vem vindo", ela se limitou a dizer. "De van."

Skye e eu nos olhamos incrédulas. "Ele vem de van?" Eu havia imaginado que ele nos perseguiria a pé, em meio às árvores.

No mesmo instante, ouvimos um ruído distante que devia ser de pneus na terra. Queria saber a que distância estávamos da estrada, mas April não parecia estar com pressa para descobrir. Ainda não.

"Acho que ele está tentando passar na frente delas", Brecia respondeu. O tom sereno da voz dela não fez a floresta deixar de parecer um barril de pólvora.

Olhamos para April, que com certeza também tinha escutado o ruído distante. As meninas ainda não haviam percebido. Ela olhou em volta, estudando o emaranhado de troncos de árvores e clareiras escassas; depois, disse para as filhas: "Acho que as frutinhas ficam para lá!". E apontou para uma bifurcação na trilha que levava para mais longe da estrada e do som do veículo.

Kimmie e Emma a seguiram, mas eu sabia que seria só uma questão de tempo até elas começarem a perguntar quando voltariam para casa, para almoçar. Até alguém escorregar no tapete de folhas de pinheiro ou tropeçar em um galho caído, ou antes de as três se afastarem tanto da estrada de terra que April perderia o senso de direção e não saberia como voltar para a rodovia. Ela olhava para o sol a todo instante, tentando se orientar, imagino. Mas conduzir as meninas por entre os obstáculos, acompanhar o som dos pneus na terra e incentivá-las a continuar andando não seria tarefa fácil.

Não tinham nem levado água. Nem agasalhos. Por enquanto, o clima era bem agradável, mas não seria, depois que a noite caísse. Eu me lembrava de cada detalhe daquela primeira noite que passei sozinha nas montanhas. Os olhos brilhantes dos coiotes. O barulho de galhos se partindo na escuridão. A sensação de estar completamente sozinha. E eu estava *morta*. Nada mais poderia ter me tocado. Também fiquei olhando para o sol, tentando convencê-lo a permanecer no céu. E tentando induzi-las a seguir em frente.

O sorriso de April já mostrava sinais de cansaço. E ainda faltavam horas, antes de termos alguma esperança de encontrar a saída dali. Isto é, se ele não nos encontrasse antes.

O som dos pneus estava mais próximo, embora fosse impossível saber a que distância.

Então, de repente, o barulho parou.

April levou as meninas por outro ramo da trilha rústica, em sentido contrário ao da estrada.

Não estávamos avançando para a cidade, mas de repente isso não importava. Eu podia imaginar o resultado horroroso do conjunto da posição do queixo e da raiva nos olhos dele. Não sabia o que ele trazia no porta-malas, mas sabia que se movia em nossa direção com uma intenção obstinada e mortal. E ele não estava carregando duas crianças em fuga.

April fechou os olhos e rangeu os dentes. Deixou a máscara cair por um instante ao olhar para as duas cabecinhas loiras diante dela, ainda se movendo diligentes — embora lentas — pela trilha.

Não havia tempo. Elas precisavam avançar mais depressa, de alguma maneira.

"Meninas", ela as chamou, séria, e as duas pararam e olharam para trás. Até eu entendi que April nunca usava esse tom com elas.

"Mamãe?", Kimmie respondeu, e April a interrompeu.

April balançou a cabeça. "Vocês precisam fazer uma coisa para mim, e não temos tempo para sentir medo. Porque isso só vai nos atrasar."

Agora, Kimmie e Emma olhavam para ela com os olhos bem abertos, tomados de medo. Brecia e Skye exibiam a mesma expressão, enquanto tentávamos antecipar o que ela ia dizer.

April respirou fundo. "Tem um urso atrás de nós. Precisamos correr o mais depressa que pudermos, e sem fazer barulho. Ok?"

De modo instintivo, Skye se aproximou de Kimmie, enquanto Brecia se colocou ao lado de Emma. "Ouça a mamãe", Brecia disse à menina, e Skye murmurou as mesmas palavras.

Nenhuma das duas chorou nem fez perguntas. Conheciam os ursos das canções que, às vezes, cantavam enquanto brincavam com as pessoinhas de pinhas e das histórias que April contava para elas quando as colocava na cama.

Então, se April dizia que era para correr, elas correriam.

45 BRECIA

CASCADE, IDAHO

Fiquei impressionada de verdade com a velocidade com que as meninas se moveram depois disso.

Se eu sabia um pouco sobre April, acho que ela já estava se punindo em pensamento por ter mentido para as meninas. Por ter amedrontado as filhas para fazê-las correr. Por não ter corrido antes. Por ter inventado um urso.

Eu queria abraçá-la. Ela fez a coisa certa.

Não havia tempo para explicar para duas crianças pequenas que alguma coisa muito pior que um urso de verdade as estava caçando pelas trilhas enquanto elas corriam para dentro da floresta, ofegantes e assustadas, mas sem parar.

E eu olhava para trás a todo instante, esperando vê-lo atrás de nós. Esperando o estalo de um galho que anunciaria o fim da perseguição. No entanto, pouco a pouco, o aglomerado de árvores foi se tornando menos denso, e a encosta da montanha ganhou suavidade até se tornar um terreno com relevo mais discreto. Mais luz atravessava as copas das árvores, e era mais fácil andar sem medo de tropeçar em troncos caídos.

Enfim, April segurou a mão das meninas e disse que elas podiam parar. Precisavam descansar. Estavam vermelhas, e o suor desenhava linhas em suas bochechas cobertas de poeira.

"O urso ainda está atrás de nós, mamãe?", Emma perguntou com medo, olhando para trás e entre as árvores.

April afagou a mão dela e respirou fundo, arquejante. "Somos mais rápidas que ele, bebê. Estou muito orgulhosa de vocês. Vamos pedir ajuda a alguém, está bem?"

"E depois voltamos para o papai?", Kimmie perguntou chorosa, claramente inquieta por terem deixado o filho da mãe se virando sozinho.

Skye balançou a cabeça e olhou em volta, procurando algum sinal da rodovia ao longe. Eu não tinha ideia de quanto havíamos corrido, mas disse a mim mesma que devíamos estar nos aproximando. O sol se encaminhava para o horizonte, e fazia mais de uma hora que as meninas estavam correndo e andando, depois de já terem caminhado muito, antes.

April assentiu confiante e puxou o cabelo suado para trás com uma das mãos. "Não precisa se preocupar com ele, amorzinho. Vamos descansar mais alguns segundos e, depois, continuaremos."

Foi Skye quem anunciou eufórica que, enfim, estávamos quase na rodovia. A saída da 55 ainda estava a um quilômetro e meio, pelo menos — ela havia corrido até lá —, mas ao nosso alcance. Mais meia hora, se mantivéssemos esse ritmo. Íamos conseguir. As meninas estavam exaustas e ensopadas de suor. Cada vez que paravam e descansavam um pouco, as mãos de April tremiam e seus olhos varriam a trilha por onde elas haviam corrido. Eu sabia que ela estava ensaiando um discurso, para o caso de ele as encontrar, mas também sabia tão bem quanto ela que não havia nada que pudesse dizer. James não acreditaria na história do urso. Sabia que ele era o urso.

"Segui em frente pela rodovia para ver a que distância estamos da cidade, e não estamos longe", disse Skye. "Talvez mais uns oito quilômetros pela estrada. Ela é uma mulher branca com duas crianças. Alguém vai parar e dar uma carona para elas. Ela vai conseguir ajuda, certo? E chamar a polícia!"

Sorri, pronta para comemorar. E foi então que April caiu de repente, caiu deitada na terra, e Kimmie e Emma olharam para ela em choque.

Primeiro, pensei que ela tivesse desmaiado. Faria sentido. Ela não havia bebido nada enquanto corria para salvar a vida, e fazia horas que estava correndo.

Mas não foi um tombo. Ela gesticulou para as meninas se deitarem a seu lado, pedindo para que fizessem silêncio com a mesma voz que usara para falar sobre o urso. Era um tom que eu imaginava que as mães adotavam nos momentos mais difíceis, sempre que punham os filhos sob suas asas quando a morte se aproximava. Um tom que dizia: *Não há espaço para perguntas. O pior se aproxima, e essas palavras associadas a sua obediência precisa são sua única esperança de permanecer segura.*

Parei de ouvir April e as meninas e dirigi a atenção ao perigo. O som de galhos se partindo e passos pesados que se aproximavam depressa. Teria sido inútil correr com ele tão perto. Se ele parasse e ouvisse, mesmo que apenas por um segundo, agora, poderia escutá-las. Talvez já as houvesse escutado.

Fui encontrá-lo, enquanto Meghan e Skye ficavam com April e as meninas. Quando olhei para trás, só consegui ver Meghan com os braços cruzados na linha da cintura, olhando para mim. As outras estavam muito bem escondidas desse ângulo, perto de um tronco caído que se estendia até duas pedras cobertas de musgo.

Ele vinha da direção da estrada. Quando o vi, consegui ver também a minivan parada, equilibrada de forma precária no acostamento da estrada de terra, no alto de um declive acentuado. Nessa corrida pela floresta, chegamos mais perto da estrada do que eu pensava.

Sem se dar conta do barulho que fazia, James grunhiu quando sua camisa ficou presa em um galho e rasgou. Seus olhos estudavam a bifurcação da trilha dos veados logo adiante, procurando algum sinal de April ou das meninas. Quando ele voltou a caminhar em minha direção, vi que carregava alguma coisa. Era uma ferramenta dupla do kit de sobrevivência: metade machado, metade martelo.

A farsa tinha acabado. Era hora da verdade. Não havia mais nenhum sinal de planejamento metódico e controlado nessa pessoa que se aproximava de mim. Seu cabelo, colado na testa suada, estava desgrenhado e embaraçado. Os olhos eram duros e cheios de fúria. Não havia mais jogos, nem tempo a ganhar. April o traiu. Fugiu antes que ele se sentisse pronto para acabar com ela. E, agora, ele mataria as três assim que as encontrasse.

Eu não sabia em que ele estava pensando nesse momento. Não queria saber. Mas senti o desespero e a raiva que emanavam dele em ondas quando passou por mim, limpando a testa e examinando o terreno.

O desespero era o único conforto que eu conseguia encontrar. Ele havia ido e voltado por essa estrada de terra na minivan durante todas essas horas, sem sucesso. Talvez, se não as encontrasse perto dali, ele desse meia-volta e continuasse a busca de carro.

Mas ele continuou andando e grunhiu furioso mais uma vez. Eu o segui, tão impotente quanto sempre fui para detê-lo, caso ele as encontrasse.

46
SKYE

CASCADE, IDAHO

No início, fiquei escondida com April e as meninas, sentindo o terror me espremer como se eu fosse um tubo de pasta de dente enquanto o ouvia se aproximar. Sabia que ele não podia me ver, mas parte de mim tinha certeza de que, se eu espiasse por cima do tronco caído, veria aqueles olhos escuros cravados nos meus.

Meghan não parecia compartilhar do meu medo irracional. Ficou onde estava ao nosso lado, de braços cruzados, como se abraçasse a si mesma com desespero, como se tentasse se segurar, se manter inteira.

April fez bem em dizer às meninas que um urso corria atrás delas. Porque era bem isso que ele parecia agora, descendo pela trilha dos veados, quebrando galhos e fazendo aquele ruído horrível no fundo da garganta. Ele era como um animal: um animal determinado a dilacerar alguém.

As meninas se mantiveram em silêncio e sem fazer qualquer movimento, com exceção do tremor de seus corpos e do peito ofegante.

Kimmie mantinha o rosto voltado para a terra, quase toda escondida sob um braço de April. Emma estava encolhida um pouco mais distante, e April segurava sua camiseta azul da Elsa entre os dedos crispados. O peito da menina subia e descia depressa, movido pela respiração acelerada.

Ele se afastou um pouco; depois, se aproximou. Estava fazendo uma varredura na área.

Quando parou a poucos metros de nós, não consegui mais me conter. Acompanhei a direção dos olhos de Meghan e, como temia, o vi ali, olhando na nossa direção.

Ofegante, ele respirava pela boca tentando recuperar o fôlego, atento à trilha dos veados que bifurcava à sua frente. Ele tinha visto onde estávamos? Tinha ouvido as meninas? Não tinha muita importância. Porque, se desse mais alguns passos nesta direção, passaria por nós. E as veria.

Sua mão direita segurava uma ferramenta dupla. Os olhos percorriam os caminhos estreitos à sua frente, e eu tentava enxergar o que ele via.

Não havia pegadas que o levassem até ali. Nem outras marcas no chão. Fomos pelo outro lado da trilha. Eu tinha quase certeza de que ele não havia identificado nenhum sinal da nossa presença. Ainda não.

Com um grunhido baixinho, ele deu um passo à frente.

Emma deixou escapar um gemidinho, e April puxou a camiseta da Elsa com força, a sacudindo de leve.

Então ele parou e ouviu com atenção, varrendo a área com o olhar mais uma vez.

Foi quando Meghan saltou para a frente.

A princípio, pensei que ela o atacaria, como Brecia tinha feito na noite em que ele cavou as covas. Mas ela parou ao lado da orelha dele.

"Elas não teriam conseguido chegar tão longe. Estão lá atrás, bem lá atrás. Você se afastou demais", ela gritou, fazendo jus ao descontrole que eu via em seus olhos.

Ele continuou olhando para a frente. Emma estava quieta. A floresta à nossa volta estava silenciosa. Torci para os pássaros começarem a fazer uma algazarra, para um urso de verdade descer a trilha a caminho dali. Mas não aconteceu nada. Havia algo muito mais perigoso ali.

Tudo era silêncio e o som pesado de sua respiração ofegante.

Me encolhi ao lado de Emma, esperando que, de algum jeito, ela sentisse o apoio invisível do outro lado. Ela não fez ruído nenhum, mas percebi, pelo tremor de seu peito, que estava chorando.

Kimmie estava tão quieta sob o braço de April que eu mal conseguia perceber sua respiração superficial. Aproximei a boca da orelha de Emma e sussurrei palavras de confiança em que eu mesma não acreditava.

"O urso não vai te pegar, bebê", falei. *O urso me pegou.* "Sua mamãe está aqui, e ela vai te proteger." *Às vezes, ninguém pode impedir uma coisa ruim.* "Aguenta só mais um pouquinho, ok? Não faz barulho." *Ele está vindo para cá.*

O som de passos sobre as agulhas de pinheiros recomeçou. Eu me preparei e tentei chegar mais perto de Emma, sussurrando várias vezes as mesmas palavras em que não acreditava, ouvindo a voz de Meghan — e agora de Brecia, que tinha se juntado a ela — gritando para ele voltar. Insistindo em afirmar que essa parte da floresta estava vazia. Afirmando que ele as encontraria se desse meia-volta e retornasse pelo caminho por onde veio.

Então, de repente, ouvi o barulho mais glorioso. "FILHA DA PU...", ele gritou frustrado, palavras quase ininteligíveis que saíram dele como um uivo.

O som de passos se afastou de nós quando ele voltou para a estrada e para a minivan.

April esperou até ouvir o barulho distante do motor ligado e o ruído dos pneus na estrada de terra, e só então soltou as meninas e se levantou tremendo, voltando os olhos cheios de lágrimas para as duas bebês apavoradas.

"O... urso... foi... embora?", Kimmie choramingou.

"Ele falou, ouvi as palavras", Emma conseguiu comentar com a voz trêmula, olhando para April com os olhos cor de avelã bem abertos.

April piscou para conter as lágrimas e segurou as mãos delas. "O que importa é que ele foi embora. E que estamos quase seguras. Vocês duas são muito corajosas. Meninas valentes", ela sussurrou de novo quando as palavras enroscaram no nó em sua garganta. "Conseguem correr comigo mais uma vez?"

As duas assentiram.

Olhei para Brecia e Meghan, que continuavam no mesmo lugar onde ele tinha estado momentos antes — a poucos metros de onde nós nos escondíamos encolhidas atrás de um tronco caído.

Havia uma nova determinação no ar, um sentimento mais firme. Meghan descruzou os braços. Na verdade, parecia pegar fogo. E, a julgar pelo esboço de sorriso no rosto de Brecia, ela também tinha essa mesma sensação.

Os pratos da balança se moviam. Ainda não haviam parado. Mas se moviam sob a pressão leve de mãos invisíveis.

47

MEGHAN

CASCADE, IDAHO

Conforme nos aproximávamos do desvio para a Rodovia 55, o sol estava se pondo abaixo da cordilheira a oeste, deixando o vale numa espécie de penumbra, típica dos momentos que antecedem o pôr do sol.

Fazia alguns minutos que April carregava Kimmie. Emma andava atrás dela, agarrada à sua blusa e cambaleando, movida pela força da adrenalina. As três estavam prestes a desabar.

Mas afinal conseguimos. April gesticularia para alguém, que teria pena da jovem mãe exausta com duas meninas pequenas cobertas de poeira e ofegantes. A polícia seria chamada. As meninas estariam seguras. Isso tudo chegaria ao fim.

Todas nós ouvimos o barulho de um veículo se aproximando pela pista asfaltada, os pneus rodando pela superfície lisa da Rodovia 55.

Quando o som se aproximou um pouco mais, April pôs Kimmie no chão ao lado de Emma. "Já volto, está bem? Fiquem aqui."

Mas Emma e Kimmie pareciam estar à beira de um ataque de pânico. Eu entendia. Nesse momento, ficar sozinha não era uma opção muito agradável.

April apontou para o fundo do acostamento, para uma elevação mais acentuada. "Vou só até ali. Vocês vão conseguir me ver. Mas preciso ir depressa." Antes que as crianças pudessem protestar, ela se virou e subiu a encosta além do acostamento para enxergar mais longe.

Brecia e Skye ficaram com as meninas, sussurrando palavras de conforto. Eu subi a encosta com April, olhei para a estrada envolta em sombras cada vez mais escuras.

Quando o automóvel surgiu na curva, April cerrou os olhos.

Senti o coração apertado enquanto a forma nebulosa se movia em nossa direção. Os faróis acesos impediriam a identificação de que tipo de veículo era aquele, até que ele se aproximasse muito do acostamento. Era uma SUV? Uma caminhonete? Uma minivan?

Não dava para saber.

Brecia, Skye e eu queimamos as lâmpadas da minivan na garagem. Mas era dia. Ninguém havia notado, até onde pude ver. E ninguém tinha dirigido a minivan desde a chegada da família à cabana.

Era arriscado demais acreditar que James evitaria a estrada depois de anoitecer. E, considerando a preocupação dos Carson com a preparação para emergências, eles deviam ter lâmpadas extras em algum lugar da van.

Até onde sabíamos, qualquer farol de carro poderia ser ele. E, se fosse a minivan — e James —, ele veria April antes que ela tivesse tempo para se esconder.

Por isso ela permaneceu camuflada, fechando os olhos quando uma chuva de terra e pedrinhas caiu sobre o acostamento e o cabelo dela.

Não havia outra opção além de continuar andando.

As meninas não fizeram perguntas quando ela desceu a pequena encosta e segurou as mãos delas. April começou a conduzi-las pela parte mais baixa do acostamento, passando para a pista propriamente dita quando a encosta na lateral se tornou terreno plano e não havia mais barulho de motor nem faróis acesos.

De algum jeito, a escuridão trazia conforto. A menos que fôssemos surpreendidas pelo brilho repentino das luzes de um carro, April e as meninas agora estavam invisíveis. Mas, quando outra luz se aproximou e April puxou as filhas para a proteção escassa do acostamento estreito, empurrando as duas para o chão e se deitando com elas, ouvi Kimmie e Emma começarem a chorar de verdade.

"Vamos ficar perdidas para sempre?", Emma soluçou. "Vamos ter que dormir na floresta?"

"Eu me arranhei toda. Cadê o urso?" Kimmie soluçou e limpou o rosto, que agora estava marcado por vergões vermelhos causados pelos arbustos no chão. Suas palavras se dissolveram em gritinhos quando um galho estalou em algum lugar no escuro entre as árvores.

April a pegou no colo e seguiu cambaleando, sem responder às perguntas, e Emma se agarrou à sua blusa e a seguiu, quase derrubando April e Kimmie ao tropeçar em uma pedra.

Eu não sabia por quanto tempo April conseguiria continuar desse jeito. Não havia um fim à vista. Ela ainda estava à mercê de um predador. E ainda era a única responsável por proteger duas meninas pequenas à beira de um colapso. Assistir a tudo isso provocava uma agonia imensa.

De algum jeito, nosso grupo avançava com uma lentidão desesperadora pelo acostamento estreito da estrada agora descendente, sinuosa entre os pinheiros elevados. Seguíamos em frente em meio ao silêncio interrompido apenas pelo som dos passos leves de April e Emma, pelo ruído de um ou outro veículo se aproximando, pelo rangido de galhos na escuridão e pelos sussurros de incentivo de Skye, Brecia e meus quando Kimmie ou Emma começavam a choramingar de novo.

Pensei nas histórias que havia escutado sobre mães que levantavam carros de cima de seus bebês ou lutavam contra uma matilha de lobos em Oregon Trail. Sempre achei que fossem lendas, ou ocorrências incomuns, pelo menos. Mas agora pensava que a matilha de lobos em sua porta ou o carro em cima de uma criança é que eram a raridade. Talvez essa força, esse poder sobre-humano, estivesse sempre ali, latente. Pensei em minha mãe, e em como em alguma ocasião futura lhe mostraria esse momento, quando nos reencontrássemos. Em como lhe contar que ela também teria me carregado por toda aquela inacreditável distância.

Mais ou menos uma hora depois, Brecia disse: "Olhem! Estão vendo aquilo?".

Olhei para a frente, para a pista que agora era plana e reta. O acostamento era mais largo, ladeado pela grama alta de uma espécie de prado. Ao longe, além dos pinheiros que acompanhavam a rodovia estreita, o horizonte brilhava.

"Acho que é Cascade", disse Skye, estudando o prado e a linha das árvores mais adiante. "Aquelas luzes não são faróis de carros. E o sol não se pôs há tanto tempo assim. Aquele brilho é das luzes de uma cidade."

April também viu as luzes, e sua expressão sombria se transformou com um esboço de alívio. Ela acelerou o passo, tirando uma das mãos das costas de Kimmie para afagar o ombro de Emma. "Estamos quase chegando, bebês. Estão vendo aquelas luzes lá na frente? Logo estaremos seguras. Estamos bem perto. Continuem comigo, ok? Só mais um pouquinho."

48
BRECIA

CASCADE, IDAHO

A pequena construção de madeira na periferia de Cascade — o Big Cat Mountain Lodge — tinha um luminoso de néon anunciando "A Melhor Costela de Idaho". Além do estabelecimento, por entre os pinheiros densos, havia mais luzes prometendo um encontro com a civilização para quem seguisse pela estrada. Mas o bar e churrascaria iluminado e cercado por alguns carros era o que havia de mais próximo, sem dúvida.

Quanto mais nos aproximávamos, mais April estudava com atenção cada sombra e cada forma na escuridão. Quando chegamos perto das árvores que delimitavam o estacionamento de piso de terra, ela parou e passou alguns minutos examinando cada um dos dez automóveis, mais ou menos, ali parados, procurando a silhueta da minivan.

Estávamos muito perto. Mas se ele tivesse alguma suspeita de que ela pretendia chegar à cidade, este era o lugar onde pararia primeiro.

Skye andou pelo estacionamento para confirmar o que todas nós víamos: a minivan não estava ali, e havia um telefone e socorro a poucos passos de nós.

Kimmie se animou e olhou para as luzes brilhantes, ouvindo a música que transbordava pela porta do Big Cat Lodge. "Conseguimos?", ela perguntou baixinho.

"Conseguimos", April respondeu com a voz trêmula, ainda parada entre as sombras no limite do estacionamento.

"Acho que ele não está aqui, de verdade", Skye anunciou em meio à pequena coleção de veículos no estacionamento. "Ela conseguiu." O alívio no ar era como gás hélio, elevando todas nós quando cercamos April e as meninas e corremos para dentro do bar.

A euforia que senti ao passei pela porta e entrar com as meninas no ambiente dominado por uma luz laranja era mais intensa, mais rica e mais profunda que quase tudo o que conseguia me lembrar de ter sentido na vida.

Esperava as luzes da varanda do bar fossem acender e apagar bem rápido. Em vez disso, elas brilharam de forma intensa e com uma sobrecarga repentina que iluminou todo o estacionamento.

Olhei para Skye e Meghan tomada pela mais pura alegria.

Não havia nenhuma dúvida, elas tinham conseguido. E não havia dúvida, pelo menos na minha cabeça, de que tínhamos contribuído para isso, mesmo que de um jeito bem modesto.

Não dava para mudar o passado ou reparar a violência que tinha antecedido essa noite sombria. April e as meninas nem imaginavam que estávamos ali. No entanto, saber que elas não poderiam ver nenhuma de nós esta noite era motivo para a maior felicidade que senti desde que podia me lembrar. Imaginava que, dali a décadas, talvez todas nós nos encontrássemos. Mas só depois de elas terem vidas longas bem longe do monstro que conectou todas nós.

Imersa na minha fantasia, nem havia notado que April parou de repente ao lado da porta, logo depois de entrar.

Porque ali, a poucos metros dela, James estava sentado junto ao balcão.

49
SKYE

CASCADE, IDAHO

Ele estava bem na ponta do balcão, com o corpo virado de frente para a porta. No momento, olhava carrancudo na direção do garçom, que tirava o copo vazio de cerveja da frente dele.

Eu o tinha imaginado lá fora, procurando na escuridão. Em vez disso, ele veio para cá e ficou esperando por este exato momento.

Tinha feito o possível para modificar sua aparência em pouco tempo. Usava uma jaqueta *puffer* gigante que o fazia parecer muito maior do que era. O cabelo, que parecia molhado, estava penteado para trás, colado na cabeça. Ele usava os óculos de April, que ela deixava no carro para dirigir. Eu esperava de verdade que isso prejudicasse sua visão. James parecia um antigo vendedor de carros baratos. Seria hilário, se não fosse aterrorizante.

Se April não o tivesse notado no momento exato em que o viu e puxado Kimmie e Emma para o lado e virado na direção do restaurante, ele a teria visto. Não deve ter havido mais que alguns segundos de discussão com o garçom, que revirou os olhos e deixou o copo vazio onde estava, sobre o balcão na frente dele.

Parada no mesmo lugar, eu o vi olhar para a porta de vaivém e, depois, para o restaurante.

"Ele está indo para aí!", gritei para Brecia e Meghan, que tinham seguido April e as meninas.

No entanto, quando ele chegou no hall de entrada para olhar além da divisória para o interior do restaurante, April e as meninas tinham entrado no banheiro.

Ele voltou ao seu lugar no balcão sob meu olhar furioso e ficou lá olhando para a porta, esperando.

Estávamos encurraladas. De novo. Eu não sabia o que ele estava disposto a fazer em um ambiente público, se a visse. Estava armado, levava um revólver dentro do casaco? Levaria April e as meninas para fora, jogando a cartada da "esposa maluca"? Ele se sentia tão ameaçado e sem saída que decidiu correr o risco de sair da cabana. Não voltaria para lá sem elas, qualquer que fosse o preço.

Eu sabia do que ele era capaz. Mas ninguém mais nesse bar e restaurante de pouco movimento sabia disso. Sim, ele poderia atrair alguma atenção e preocupação. Talvez tivesse que recorrer ao charme para justificar a confusão doméstica. Alguém enxergaria a verdade? Alguém tentaria detê-lo?

Queria acreditar que o jovem casal no bar chamaria a polícia. Que o garçom mal-humorado de costeletas grisalhas o jogaria no chão no momento em que ele agarrasse o braço de April. Os caçadores vestidos com roupas de estampa de camuflagem sentados em torno de uma mesa no fundo do bar pegariam a mochila no chão que — talvez, só talvez — poderia conter algum tipo de arma?

Eu já sabia que não seria assim. As meninas estavam com medo de um urso, não do pai delas. Assim que o vissem, correriam para ele aliviadas, o abraçariam e ficariam com medo de April, que gritaria para elas voltarem. Eu já podia imaginar a cara de preocupação dos clientes do bar se transformando em alívio quando James passasse pela porta levando as três para o estacionamento, desculpando-se pelo comportamento insano de April, enquanto as meninas o abraçariam apavoradas e April se debateria. O garçom, o jovem casal e os caçadores se olhariam apreensivos, mas, depois, diriam "Que diabo foi isso?" e voltariam hesitantes para a cerveja ou o hambúrguer. Mais tarde, quando fossem entrevistados pelos jornais, diriam: "Eu sabia que havia algo de estranho nele!". Mas, por ora, lhe dariam o benefício da dúvida. O ônus da prova é muito pesado para quem se mete nos assuntos de um desconhecido. Talvez eu também agisse assim se estivesse viva.

50
MEGHAN

CASCADE, IDAHO

April trancou a porta do banheiro e levou as meninas para um reservado maior no fundo da sala. A exaustão entorpecedora havia desaparecido, tinha sido substituída por um desespero frenético e olhos bem abertos.

As meninas a observavam confusas. Para elas, esse dia havia sido um tour de force sem sentido e estressante que acabava dentro de um banheiro. “Mamãe, por que estamos todas juntas aqui?”, Kimmie perguntou, olhando perplexa para o reservado sujo. Ela parecia prestes a chorar de novo. Suas bochechas coradas estavam cobertas de marcas de sujeira. “Preciso beber água. Estou com fome.”

O corpo todo de April tremia quando ela pôs as duas meninas no chão sujo. Emma não falou nada. Parecia tão chocada com o fato de ter sido carregada quanto estava com todo o restante. Eu ainda não sabia quantos anos tinha a menina — uns sete, talvez? —, mas podia imaginar que não era carregada no colo daquele jeito fazia um bom tempo.

Skye passou pela fresta da porta do banheiro, espalhando-se por baixo da dobradiça. “Tenho certeza de que ele não as viu. Continua lá sentado, olhando para a porta.”

April afagou o cabelo de Kimmie, murmurando alguma coisa sobre todo mundo precisar usar o banheiro antes. Kimmie e Emma se olharam, mas obedeceram e se prepararam para usar o vaso sanitário, enquanto

April saía do reservado e fechava a porta, olhando para as paredes do banheiro como se pudesse haver ali uma saída secundária que, de algum jeito, ela não havia notado ao entrar.

Quando o som de água corrente invadiu o silêncio, April se dirigiu à pia e olhou o próprio reflexo no espelho.

Alguém bateu na porta alguns segundos depois, e ela se encolheu e balançou a cabeça. Seus olhos se encheram de lágrimas. Era uma voz feminina. "Tudo bem aí?"

April hesitou, olhando desesperada para os espelhos e em volta. "Hum, espere um pouco, está bem? Só um segundo."

Tinha um quadro de cortiça ao lado dos espelhos, um espaço coberto de anúncios de um show de fogos de artifícios na região, ofertas de serviço de passeador de cachorro, aluguel de barcos, vendas de quadriciclos, babás. A comunicação habitual de uma cidade pequena. Parte dos anúncios tinha manchas de água, como se tivessem sido usados para enxugar as mãos de alguém que não havia encontrado o papel-toalha.

"Por que ela não deixa a mulher entrar? Por que não pede para ela chamar a polícia?", Brecia perguntou frustrada.

Skye balançou a cabeça. "Acho que não é tão simples. E se ele vier até aqui e vir a mulher chamando a polícia, parada na porta do banheiro? Ele não é burro."

Brecia pensava nisso quando April se aproximou mais do quadro de avisos e o examinou com atenção. O som de água corrente persistia ao fundo. "Sim, mas, se ela mantiver a porta trancada, isso não vai provocar uma cena quando a mulher voltar? Ela não pode só entrar e fechar a porta? Deve ter um celular, não é?"

Franzi a testa. "E se ela gritar? Ela não sabe de nada. Eu gritaria se alguém me puxasse para dentro de um banheiro e trancasse a porta. Ele ouviria"

Enquanto conversávamos, vi o pânico nos olhos de April se transformar em algo mais firme. Ela desviou o olhar do quadro de cortiça, caminhou até a porta do banheiro e a abriu. Só uma fresta, por onde viu a mulher mais velha do lado de fora.

Olhei para o quadro de avisos, para onde April olhava pouco antes, e reagi com surpresa. Brecia e Skye viram o papel manchado de água no mesmo instante em que eu o vi.

Seu encontro não está indo bem? Está se sentindo em perigo ou um pouco incomodada? Mande chamar Andrea no balcão. Vamos garantir que você chegue em casa segura.

Senti os olhos de Skye e Brecia em mim. Elas sabiam onde eu tinha visto aquele mesmo anúncio antes, porque mostrei para elas a lembrança daquela noite no Gracie's.

A lâmpada fluorescente do banheiro piscou quando April sorriu trêmula e chamou a mulher, olhando para a área do bar que era possível ver dali.

Vi a mulher hesitar do lado de fora. Ela parecia ter uns 45 anos. Seu cabelo tingido de vermelho estava preso em um rabo de cavalo descuidado, e ela usava um moletom grande da Idaho State University com calça de moletom cinza. A mulher se inclinou para observar April, que tinha recuado para trás da porta, para se esconder.

April olhou para a direita quando a porta do grande reservado se abriu e Kimmie e Emma saíram de lá. "Esperem um pouquinho, bebês." Ela olhou de novo para a mulher. "Por favor, pode me ajudar? É muito importante. É só dizer ao garçom no balcão que estou chamando Andrea no banheiro. Só isso, por favor. Não diga mais nada, está bem? Não precisa fazer mais nada." Os olhos de April analisavam o rosto da mulher, esperando sua reação. Esperando sua expressão confusa se endurecer e virar ceticismo. Esperando vê-la recuar bem devagar e gritar para um garçom que tinha uma maluca no banheiro.

A mulher com o moletom da Idaho State olhou para Kimmie e Emma, que pareciam ter acabado de rolar montanha abaixo. E, sendo sincera, tinham, mesmo. April também parecia transtornada, aflita. A situação toda anunciava que havia algo muito errado ali. E presumi que a mulher precisava usar o banheiro, além de avaliar o que acontecia dentro dele. Ela assentiu devagar e recuou. "Ok, meu bem. Aguenta aí."

"Obrigada", April sussurrou e, depois, fechou a porta e a trancou.

* * *

Um ou dois minutos depois, ouvimos alguém bater de leve na porta.

Apesar de estar atrás dela, ouvindo e esperando, April ficou tensa, incapaz de desviar os olhos da maçaneta. Kimmie e Emma tinham parado de fazer perguntas e bebiam água da pia do banheiro, usando as mãos em concha.

A voz era feminina e jovem. "Andrea? Você está aí?"

Quando ela disse isso e April abriu a porta apenas o suficiente para deixá-la entrar, olhei triunfante para Skye e Brecia. Se pudesse chorar, eu teria chorado, com toda a certeza.

A garçonete não devia ter mais que 18 anos. A mesma idade de Skye. Mas enquanto April sussurrava as partes mais críticas de sua história, tentando impedir que Kimmie e Emma ouvissem alguma coisa, ela ouvia séria, com uma atitude que me dizia que já tinha visto algumas coisas na vida.

Nesse momento, a garçonete afagou o braço de April para tranquilizá-la e a orientou a trancar a porta do banheiro. Então, voltou ao restaurante.

Brecia, Skye e eu a seguimos. Ela deu uma olhada em James, que continuava parado perto da entrada, olhando para a porta e bebendo um copo de água. Ele se alongou impaciente e fez um breve contato visual com a garçonete.

Ela não sustentou o contato, nem parou de andar. Seguiu para o fundo do restaurante, abriu um armário, pegou a bolsa, tirou o celular de dentro dela e ligou para a polícia.

Quando as luzes azuis e vermelhas apareceram piscando do outro lado das janelas do bar e restaurante, James não perdeu a compostura. Não se levantou. Não olhou para os policiais que atravessaram o estacionamento escuro e entraram no estabelecimento.

Não reagiu nem quando percebeu que eles andavam em sua direção. Acho que pensava que ainda podia haver uma chance de não terem vindo atrás dele. De estarem ali para procurar outra pessoa. Afinal, as chances de alguém nesse fim de mundo o ter reconhecido ou visto a minivan, onde quer que a tivesse escondido, eram mínimas.

Ele nem imaginava que April havia passado por ali. E sua cara quando um oficial muito magro e barbudo ordenou que ele se levantasse e pusesse as mãos na cabeça foi a melhor coisa que já vi.

Primeiro, arregalou os olhos, chocado; depois, começou a falar um monte de mentiras sobre estar esperando a esposa. Por que estava sendo abordado daquele jeito? O que estava acontecendo?

"James Carson, você está preso pelo assassinato de Meghan Campbell", o policial anunciou. "Tem o direito de permanecer calado. Tudo o que disser pode ser e será usado contra você no tribunal. Tem direito a um advogado..."

Senti Brecia e Skye se aproximarem de mim e segurarem meus braços enquanto ele era conduzido para a porta. As lâmpadas pequeninas que decoravam a área sobre o balcão brilharam com maior intensidade. O bar, que momentos antes era dominado pelo barulho constante de vozes e utensílios, agora estava tão silencioso que dava para ouvir os passos dos policiais no assoalho de madeira. Os caçadores sorriram para ele com compaixão e humor. O jovem casal no balcão o encarava horrorizado. A garçonete que havia chamado a polícia acompanhava tudo com um sorriso satisfeito do fundo do restaurante, perto da cozinha.

James fechou a boca, olhando em volta enquanto os policiais o conduziam para fora, examinando em vão a noite escura em busca de April, que continuava trancada no banheiro.

Percebi alguma coisa relaxar dentro de mim, como se tivesse passado muito tempo prendendo a respiração. Não sentia vontade de pular ou gritar de alegria. Não era esse tipo de felicidade. A única maneira de descrever o que estava sentindo era comparar com o que experimentei quando me despedi de Bubbie ao lado de sua cama quando ela morreu. Alívio por ter chegado a tempo. Gratidão por estar na companhia de pessoas que amava. E uma tristeza avassaladora por quase todo o resto.

51
BRECIA

CASCADE, IDAHO

Vi Emma ajudar Kimmie a espremer um pouco de *ketchup* e mostarda no cachorro-quente no interior do bar vazio. As duas meninas sorriam de novo, o que parecia quase impossível. Ainda não sabiam nada sobre o pai delas. Ainda não sabiam que ele era o verdadeiro monstro do qual fugiram durante o dia todo, que as havia forçado a atravessar a floresta e passar parte da noite no reservado de um banheiro sujo, só para não se tornarem vítimas da mesma violência que ele cometera bem embaixo do nariz delas durante todo o tempo de suas vidas.

Um dia, April teria que contar a verdade para as filhas. Era inevitável. Mas eu suspeitava de que não estaria presente para testemunhar essa conversa. Então, quando olhei para o rostinho e os cabelos claros de Kimmie e Emma, fiquei contente. Não queria ver o coração delas se partir. Já tinha sido bem difícil ver April na sala dos funcionários com a polícia, de olhos vermelhos e com o corpo todo tremendo.

Os policiais tomavam seu depoimento inicial na sala dos funcionários do bar e restaurante enquanto esperavam a chegada da detetive Domanska, que estava vindo de Boise. A caçada deflagrada por todo o estado tinha chegado ao fim, e James fora levado para a prisão da cidade.

Disseram a April que tinham obtido um mandado de busca para a casa onde ela morava com James, e isso incluía computador, contas em redes sociais e os registros telefônicos dele. As peças do quebra-cabeça estavam se encaixando. Se ainda não haviam encontrado sua conta no MatchStrike.com, encontrariam em breve. O que significava que, se cavassem fundo o bastante no meio de todos os nomes e contas falsas, também encontrariam meu nome em sua caixa de mensagens.

Compreendi que os oficiais que interrogavam April esperavam descobrir quanto ela sabia. Imaginavam, como eu tinha imaginado no início, que ela era ingênua. Ou burra. Ou as duas coisas. Pensavam que, no pior cenário possível, ela poderia ter sido cúmplice do marido. Mas April apenas chorava, se desculpando pelo que descobriu tarde demais. Desculpando-se pelas suspeitas que havia negado até para si mesma. Contou aos policiais sobre Nina e as mensagens que tinha recebido em Utah. Admitiu ter pesquisado o nome de Meghan depois que a detetive Domanska telefonou. E chorou mais ainda quando Domanska contou a ela sobre Skye.

Quando mais policiais chegaram e os funcionários do restaurante foram interrogados e liberados, soubemos que a misteriosa Marjorie havia sido localizada em Caldwell, Idaho, onde foi presa como cúmplice por ter ajudado James a fugir das autoridades.

Enquanto relatava a sequência de acontecimentos que os havia levado ao episódio da fuga para a cabana, April contou à polícia que Marjorie era madrasta de James. A mãe morrera quando ele tinha 6 anos, e o pai havia se casado com Marjorie no mesmo ano. Eles se divorciaram quando James tinha 10 anos. Ele insinuava, mas nunca admitiu diretamente, que a coleção de cicatrizes apagadas em seus braços, nas costas e nas pernas — em qualquer lugar que uma camiseta ou um short pudessem esconder — eram obra dela.

Marjorie telefonava para a casa deles nos primeiros anos, logo depois do casamento, pedindo para conhecer April e as meninas. Mas James sempre deixou claro que não queria vê-la de novo. Até o dia em que ligou para ela para pedir a cabana.

A detetive Domanska chegou em Cascade e logo levou April e as meninas — e Skye, Meghan e eu — a um motel perto dali para passarem a noite. Eram quase onze horas da noite, àquela altura. April não estava presa, é claro. E as meninas estavam quase dormindo no bar.

Ao chegaram ao motel de pequenos chalés de madeira, Domanska conduziu a sonolenta Emma pela mão, enquanto April carregava Kimmie no colo. Skye e eu ficamos quando April se deitou na cama *king* com as filhas, sem sequer tirar a roupa. Meghan seguiu Domanska até o quarto dela.

"Ela não vai embora sem se despedir, vai?", Skye perguntou em voz baixa quando April desligou o abajur, inundando o quarto com uma penumbra aveludada. A tristeza na voz dela me envolveu, fria e pesada como uma névoa.

Eu sabia que, de nós três, Skye era a menos interessada em seguir adiante. Ela não sabia o que a esperava ou como chegar lá. Não como Meghan com a avó. E, embora eu ainda não tivesse me permitido vagar da mesma maneira, estava pronta. Pronta para encontrar tia Nelly. Para dizer quanto ela tinha sido importante para mim quando eu era criança e conhecê-la com um pouco mais de profundidade, além dos colares de macarrão e das brincadeiras. A ideia de encontrá-la de novo me preenchia com uma luz morna. Eu estava preparada para seguir na direção dessa luz.

"Ela vai voltar", garanti a Skye, deixando meu alívio e minha esperança penetrarem a névoa úmida de sua tristeza como se fossem raios de sol.

Quando Meghan entrou no quarto escuro, uma hora depois, trazia notícias do avanço do caso na última semana. Ken — ex-chefe da Skye e gerente do Daily Grind — tinha reconhecido James em uma sequência de fotos e o apontado como o homem que flertava com Skye no balcão da cafeteria.

No entanto, o vídeo que mostrava as placas do carro de James no estacionamento não exibia Skye entrando no automóvel. E o vídeo da câmera de segurança do FroYo, onde ela aparecia entrando no carro, não exibia o rosto de James. Quando a detetive Domanska telefonou para Kittleson — que ainda estava na cama, em sua casa, em Boise —, ele deixou claro que, a menos que houvesse alguma prova além das evidências circunstanciais que já vinham conectando-o ao assassinato de Skye, a promotoria não pretendia acusá-lo nesse momento. Não tinham encontrado nada no carro. Ele já tinha sido denunciado pelo assassinato de

Meghan em Utah. E descobriram que ele a havia conhecido — e muitas outras mulheres — em um site chamado MatchStrike.com.

Quando Meghan contou que a detetive Domanska tinha citado meu nome — o caso estagnado de *Brecia Collier* —, senti um arrepio de eletricidade. Um detetive do Colorado estava a caminho de Idaho. Meus pais e minha irmã, enfim, saberiam o que havia acontecido comigo. Talvez outras mulheres que ele conheceu no aplicativo se apresentassem. Nicole. Elle. Elas também teriam respostas.

Eu sabia que ainda não havia acabado. Para muita gente, a dor e o horror estavam apenas começando a tomar forma; no entanto, sabia que meu papel nessa história estava tinha chegado ao fim. E estava pronta para seguir em frente sem James Carson.

Então, senti Skye ao meu lado, notei que sua tristeza se transformava em desespero.

Em um instante, o alívio que eu sentia também azedou.

As respostas de que a família dela precisava estavam bem ali, ao alcance das mãos. A polícia sabia quem tinha matado a filha deles. Mas, pelo jeito como as coisas eram conduzidas, o nome de Skye não seria ouvido em um julgamento. Ela não seria encontrada no MatchStrike.com. Seu caso seria encerrado.

Imaginei a mãe de Skye — a mulher que ela mostrou para nós em suas lembranças. Delicada, morena, com o mesmo tipo de cachos e a mesma pele marrom. Eu a imaginei acompanhando a cobertura da imprensa sobre as famílias enlutadas ligadas ao caso MatchStrike. Lendo os detalhes em artigos e mais artigos de jornais, enquanto advogados se empenhavam para deixá-lo atrás das grades por dois assassinatos, não três. Sabendo que a filha tinha ficado fora do processo devido a "dificuldade probatória", apesar da arma parecer uma prova inquestionável.

O desespero de Skye se transformou em resignação quando ela olhou para April, que, enfim, respirava tranquila e dormia um sono profundo. "Tudo bem. Eu sabia que isso poderia acontecer." Ela fechou os olhos e acrescentou em voz baixa: "Mesmo assim, fui importante."

Meghan franziu a testa. "Ainda é." Ela parecia pensativa enquanto olhava para os raios de luar nos cantos da persiana do motel. "Talvez exista alguma coisa que eles tenham deixado passar. Talvez ainda consigam acusá-lo pelo que fez com você."

Skye riu com amargura. "É bem provável que Kittleson tenha deixado passar uma tonelada de coisas. Ele queria encerrar o caso antes de encontrarem meu corpo."

Aproximando-se dela, Meghan estendeu as mãos para Skye e para mim. "Então, vamos juntas procurar o que ele não viu."

Passamos o resto da noite vasculhando as memórias de Skye.

Assistimos a cada detalhe doloroso do flerte de "James" com ela no Daily Grind.

Cada momento dilacerante da tímida e hesitante Skye entrando no carro no estacionamento, depois de seu último dia de trabalho.

Vimos todos os detalhes inenarráveis do que aconteceu depois disso.

Só podíamos ver o que ela viu, e lembrar do que ela lembrava, é claro.

Entretanto, no momento em que víamos as recordações de Skye da cafeteria, da última vez que ele esteve lá, eu gritei de repente.

O copo descartável de café que ele segurava entre as mãos. O que tinha a carinha desenhada com cílios e a palavra "James" e "chocolate quente" em letras redondas.

Já vi aquele copo antes, estava nas minhas lembranças, na casa dele.

Ele o havia escondido na gaveta da mesa de trabalho.

Soltei a mão da Skye e da Meghan, desesperada para contar a elas. "Skye, ele estava segurando um copo de café em alguma imagem das câmeras de segurança?"

Ela balançou a cabeça. "Não sei. Não vi todas as imagens. Apenas as partes que minha mãe via e revia. Mas sei que ele aparece na gravação daquela manhã, quando esteve na loja."

Segurei a mão dela e mostrei a lembrança do copo de café na gaveta da mesa. Não tínhamos como saber se ainda estava lá. Mesmo que estivesse, os detetives que executavam o mandado de busca saberiam o que estavam procurando?

"Temos que contar para Domanska", Meghan insistiu, já se dirigindo à porta do quarto. "Ela vai ouvir."

52
SKYE

KUNA, IDAHO

Eu sabia que Domanska não encontraria o copo de café no lugar onde Brecia se lembrava de tê-lo visto.

Quem poderia saber se ainda estava lá, de algum modo? Eu não conseguia imaginá-lo deixando alguma coisa assim jogada desse jeito.

Enquanto sussurrávamos nos sonhos da detetive naquela noite, eu me preparava para a decepção.

Meu caso não seria solucionado. Muitos homicídios ficam sem solução. De qualquer maneira, eu permaneceria morta, é claro. Então, que importância tinha isso?

Mas era mais difícil mentir para mim mesma sem as distrações que tinha enquanto estava viva. Sem celular. Sem televisão. Apenas meus pensamentos e a decepção que se espalhava em mim enquanto via a detetive — que tinha lutado tanto por Meghan — dormir.

"Ela não vai encontrar", falei para Meghan e Brecia num tom realista.

Nenhuma das duas discordaram de mim. Mas também não pararam de sussurrar.

Tinha certeza de que ela não ia encontrar o copo.

Até o momento em que ela o encontrou.

* * *

Não estava mais escondido na gaveta da escrivaninha. Na verdade, estava no fundo da lata de lixo reciclável na garagem, escondido sob caixas da Amazon e embalagens de comida. O lixo teria sido levado antes, no começo daquela semana, se ele não tivesse fugido com April e as meninas.

Domanska o viu nas imagens da câmera de segurança do Daily Grind — uma captura de James segurando o copo enquanto saía da loja na manhã do dia em que me matou —, antes de encontrar o copo propriamente dito.

Pelo jeito como ela se debruçou sobre a cena congelada, dando *zoom* na carinha sorridente que desenhei no copo com cílios e tudo, eu soube que ela havia escutado.

Minha mãe chorou quando o detetive Andrews, que substituiria o detetive Kittleson em todos os casos até segunda ordem, contou a ela que meu assassinato seria acrescentado às acusações contra o "Assassino do MatchStrike".

Todas nós — Brecia, Meghan e eu — estávamos lá quando ele contou a ela. Tínhamos nos mudado para perto da minha mãe, em vez de acompanhar April ou Domanska.

Ainda que desejasse o melhor para April e as meninas, não tinha por elas os mesmos sentimentos que Brecia tinha. É claro que estava feliz por termos conseguido ajudá-las. No entanto, não queria ver o horror ou as lágrimas quando ela tomasse conhecimento de todos os detalhes do que o marido havia feito.

Não a culpava pelo que ele fez; porém tinha certeza absoluta de que ainda estaria viva se ela tivesse olhado para o marido com um pouco mais de atenção, em vez de olhar para o outro lado.

Visitamos James, que tinha sido preso sem direito a fiança por três homicídios.

A ideia foi minha.

Eu queria uma despedida apropriada. Todas nós queríamos.

Ele era patético. A barba já começava a se transformar em um ninho de ratos, e ele vestia um macacão cor de laranja e sujo que era curto demais e deixava os tornozelos à mostra.

Confinado em uma cela minúscula com um gigante dependente de metanfetamina, enquanto esperava por uma possível sentença de morte, ele afinal sentiu o medo e a impotência que merecia conhecer.

Passamos três dias inteiros com ele.

Cada vez que ele dormia, nós o cercávamos e compúnhamos nossa obra-prima de pesadelos.

April contando à polícia tudo o que sabia. Seu olhar duro enquanto declarava em uma entrevista que a pena de morte não seria exagero.

Mulheres entrando em contato com os jornais em Idaho, Utah e Colorado para dizer que também o tinham conhecido.

Os olhos de Elle brilhando furiosos durante o relato do que ele havia feito com ela e do quanto foi repulsivo.

A risada aliviada e desprovida de humor de Nicole revelando as mensagens que havia mandado para uma amiga para escapar do *date*, quando o deixou sozinho no restaurante e com a conta para pagar.

Marjorie, vendendo sua versão da história para um tabloide. "Meu Enteado, o Serial Killer."

Seus colegas de trabalho do Colorado, de Utah e de Idaho contando à imprensa que ele não era tão inteligente quanto fingia ser no escritório.

Os pesadelos tinham o efeito desejado.

Ele acordava gritando e ofegante todas as vezes, balbuciando sobre "vadias" e "mentiras".

Começou a tentar não dormir, só para evitar os pesadelos que sabia que teria cada vez que cochilasse. Isso o tornou cada vez mais irritado, cruel e delirante, com o passar dos dias.

Seu companheiro de cela, o cabeça de metanfetamina, não gostava nada disso.

No terceiro dia, às duas da manhã, Cabeça de Meta, enfim, chegou ao limite. Quando James acordou com um uivo patético, ele jogou longe as cobertas da cama de baixo do beliche, onde dormia, e arrancou James da cama de cima com um movimento rápido.

James caiu no chão emitindo um baque impressionante e rastejou para o canto da cela, olhando em volta desesperado e tentando entender o que estava acontecendo. Ele segurava o braço direito, que pendia do ombro em um ângulo estranho.

Cabeça de Meta avançou sobre ele.

James gritou por socorro.

As luzes da penitenciária continuaram apagadas.

Enquanto seus gritos desesperados ecoavam pelo prédio da cadeia, nós três nos afastamos pelo corredor em direção à luz da lua além das grades e do arame farpado. Não olhamos para trás. Ele havia tirado o suficiente de nós em vida — e na morte também.

Não dava para esperar prazer nenhum do que aconteceria a seguir. Só justiça.

Depois disso, passamos uma semana com minha mãe, apreciando a luz do sol na cozinha, que, diferente da delegacia ou da cabana, era como um paraíso.

Eu não prolonguei as despedidas. Megan e Brecia não falaram sobre voltar ao Colorado e Utah para ver os pais e ter mais tempo com eles. Saber que haveria reencontros com nossos entes queridos no futuro tornava esse último adeus menos sombrio.

Nós três passamos aqueles últimos momentos revendo minhas lembranças em busca de uma ligação. Procurando alguém que me acolheria na *matrix* que guardava meus avós, bisavós e todos os que existiram antes deles.

Enfim, a encontramos em El Salvador. Só estive lá uma vez, e eu ainda era bebê. Fomos visitar a irmã de minha mãe e suas duas filhas, Rocio e Erica. As duas tinham idades próximas à minha — e continuavam bem vivas. No entanto, naquela breve viagem, conhecemos dezenas de outras pessoas, parentes e amigos. Enquanto exibia essas recordações da viagem a San Salvador para Brecia e Meghan, vi apresentações de primos de segundo grau, meios-irmãos e uma tia-avó.

Me sentia boba invocando em minhas lembranças aquelas pessoas que cumprimentavam minha mãe com abraços demorados e apertavam minhas bochechas rosadas. O que eu poderia dizer? "Oi, você também morreu?"

As memórias continuaram da mesma maneira até que eu, rechonchuda e com um ano de idade, fui parar no colo da minha tia-avó — Marcia.

"Você consegue me ouvir?", perguntei em voz baixa ao ver minhas mãos gordinhas segurando seus cabelos grisalhos.

Assim que disse essas palavras, senti a recordação mudar de repente. Megan e Brecia desapareceram, e eu soube que Marcia olhava para *mim* quando abriu bem os olhos e, surpresa, disse meu nome. Não Skye — o nome inglês que insisti em usar a partir da metade do ensino fundamental —, mas meu nome de batismo: Estela. *Estrelas no céu*. "*Ah, mija, Estelita. ¿Como puede ser?*"

"Vai", ouvi dos recantos distantes de minha memória. E, por um instante, me demorei no sentimento de ser amada de tantos lugares diferentes no tempo.

Imaginei Meghan, enfim se envolvendo na lembrança da avó como se fosse um cobertor quente.

Pensei em Brecia e em sua tia Nelly.

Depois, me deixei acolher pela recordação; pelos braços que esperavam por mim.

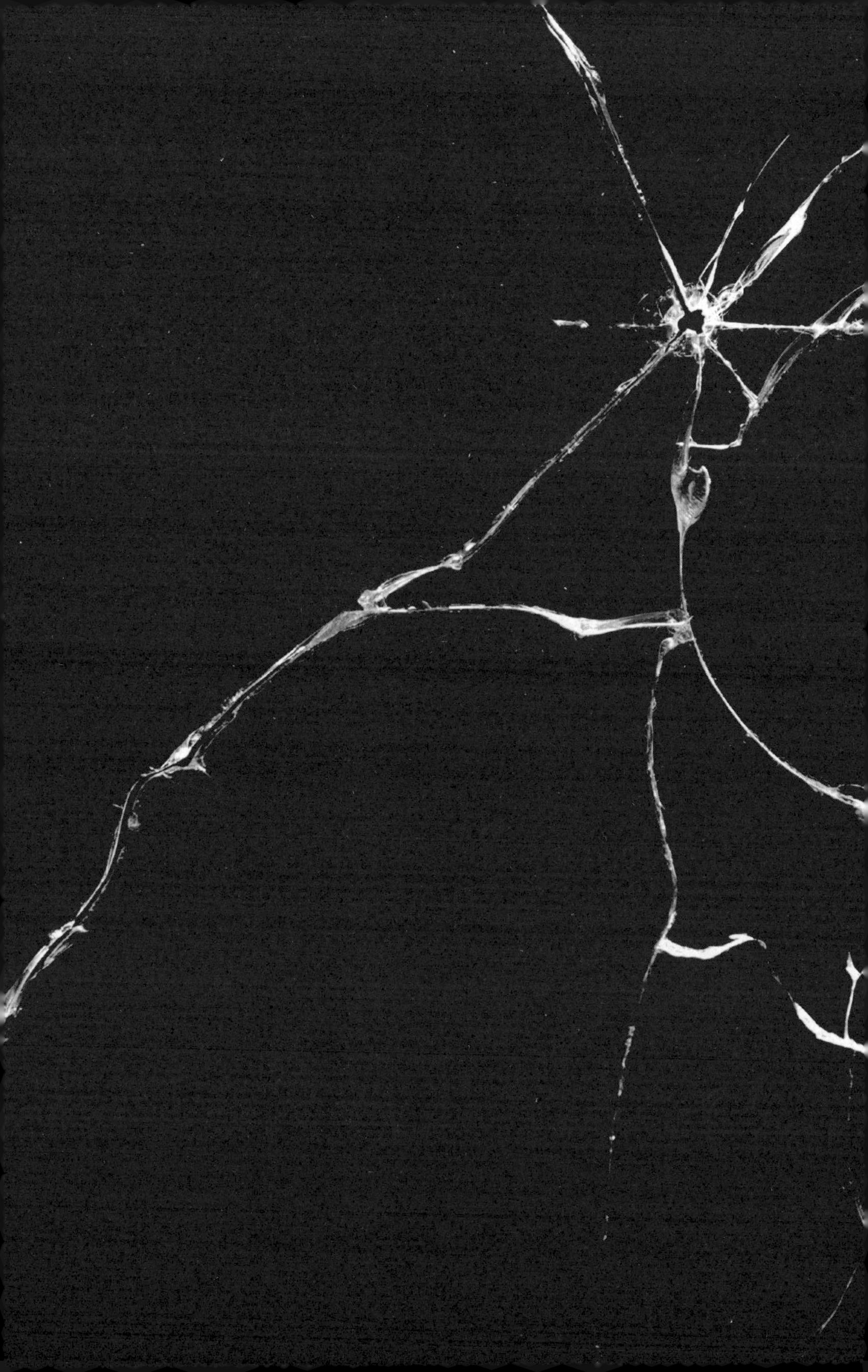

NOTA DA AUTORA

Se você gostou deste livro, uma avaliação positiva seria muito importante para mim. Como outros autores independentes e de editoras pequenas, dependo muito de recomendações boca a boca para conquistar novos leitores.

Posso garantir que leio cada avaliação. Porque cada uma é uma nova janela para esta história. E porque, se você adorou este livro, foi para *você* que o escrevi — e é por isso que coloco esta nota antes dos agradecimentos.

Obrigada por ter lido!

Mais uma coisa: se você quer saber o que aconteceu com April, visite meu Instagram @noelleihliauthor. Você vai encontrar nos meus destaques o link para uma história curta e gratuita chamada "The River".

AGRADECIMENTOS

Minha sincera gratidão a todos os que dedicaram tempo, talento e apoio a este livro.

Obrigada, Brett Stanfill. Seu incentivo, seu entusiasmo e seu feedback foram grandes presentes.

Obrigada, Bryan e Jeanne Allen, pela amizade, pelas belas ideias e pelo apoio a este projeto. Ele é melhor graças a vocês.

Obrigada, Stephanie Nelson. Sou muito grata por sua generosidade e por seus insights. Você é uma verdadeira alma gêmea.

Agradeço à minha editora, Patti Geesey: você é uma verdadeira joia, e sou profundamente grata por seu cuidado com este livro.

Por último, mas não menos importante, agradeço a Nate por ser meu primeiro leitor, meu lar e meu melhor amigo.

Case No. #02 Inventory

Type 4ª temporada

Description of evidence coleç

Quem é ELA?

NOELLE WEST IHLI lançou seu primeiro livro, *The Thicket*, em 2021, e quase imediatamente foi reconhecida como uma autora revelação do thriller. Obras como *Gray After Dark*, *Chame por Andrea* e *Run On Red* conquistaram os fãs do gênero, mas foram além e tiveram sua qualidade literária reconhecida por comunidades como a BookTok, onde suas histórias atingiram um público amplo e levaram seus livros a serem classificados como Melhores da #BookTok pela Amazon. As duas grandes paixões de Noelle são assassinatos e cavalos (separados, nunca juntos). Ela é mãe de dois meninos, Luke e Max, e também de uma gata, Michelle. Quando se dispõe a usar calça comprida (o que é menos frequente do que gostaria), pode ser vista no mais puro estilo *mom jeans*. Seu marido, Nate, é a melhor pessoa que ela conhece.

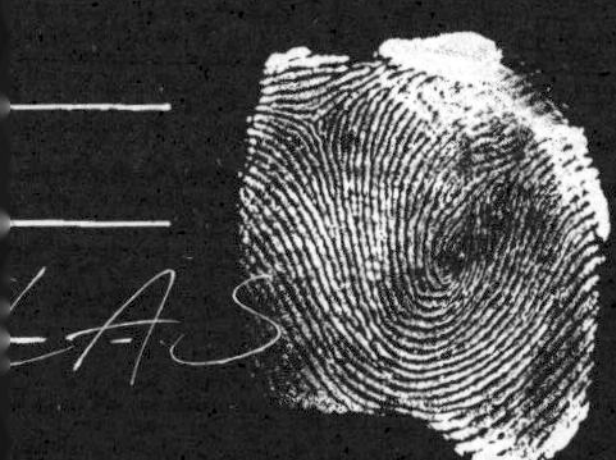

E.L.A.S®

QUEM GOSTOU DE
CHAME POR ANDREA
TAMBÉM VAI GOSTAR DE:

Protagonista marcante, única sobrevivente de um serial killer, em busca da verdade vinte anos após o crime

Thriller psicológico que mistura trauma, justiça e memória com narrativa intensa e comovente

Clima sombrio e poético, sobre a dor, sobrevivência e culpa

Reflexão sobre pena de morte, falhas judiciais e ciência forense, com base no olhar jornalístico da autora

Top 5 best-seller do Sunday Times e USA Today

1

JULIA HEABERLIN
SONO ETERNO DAS MARGARIDAS

Quando margaridas começam a brotar sob a janela de Tessa, ela percebe que o verdadeiro assassino ainda está à solta.

"Meu livro do ano até agora… de tirar o fôlego, de parar o coração."
SOPHIE HANNAH, autora de *The Monogram Murders*

E.L.A.S® ESPECIALISTAS LITERÁRIAS NA ANATOMIA DO SUSPENSE EVIDENCE

TO BE OPENED BY AUTHORIZED PERSONNEL ONLY //// ESPECIALISTAS LITERÁRIAS NA ANATOMIA DO SUSPENSE EVIDENCE